永樂宮壁畫「飛天」。

永樂宮壁畫「諸神像」——永樂宮建於元初，與楊過約略為同一時期。其時全真教大盛，壁畫中的諸神像雖是出於當時道教人士的想像，但服飾兵器等等也必受到當時實物形狀的影響。

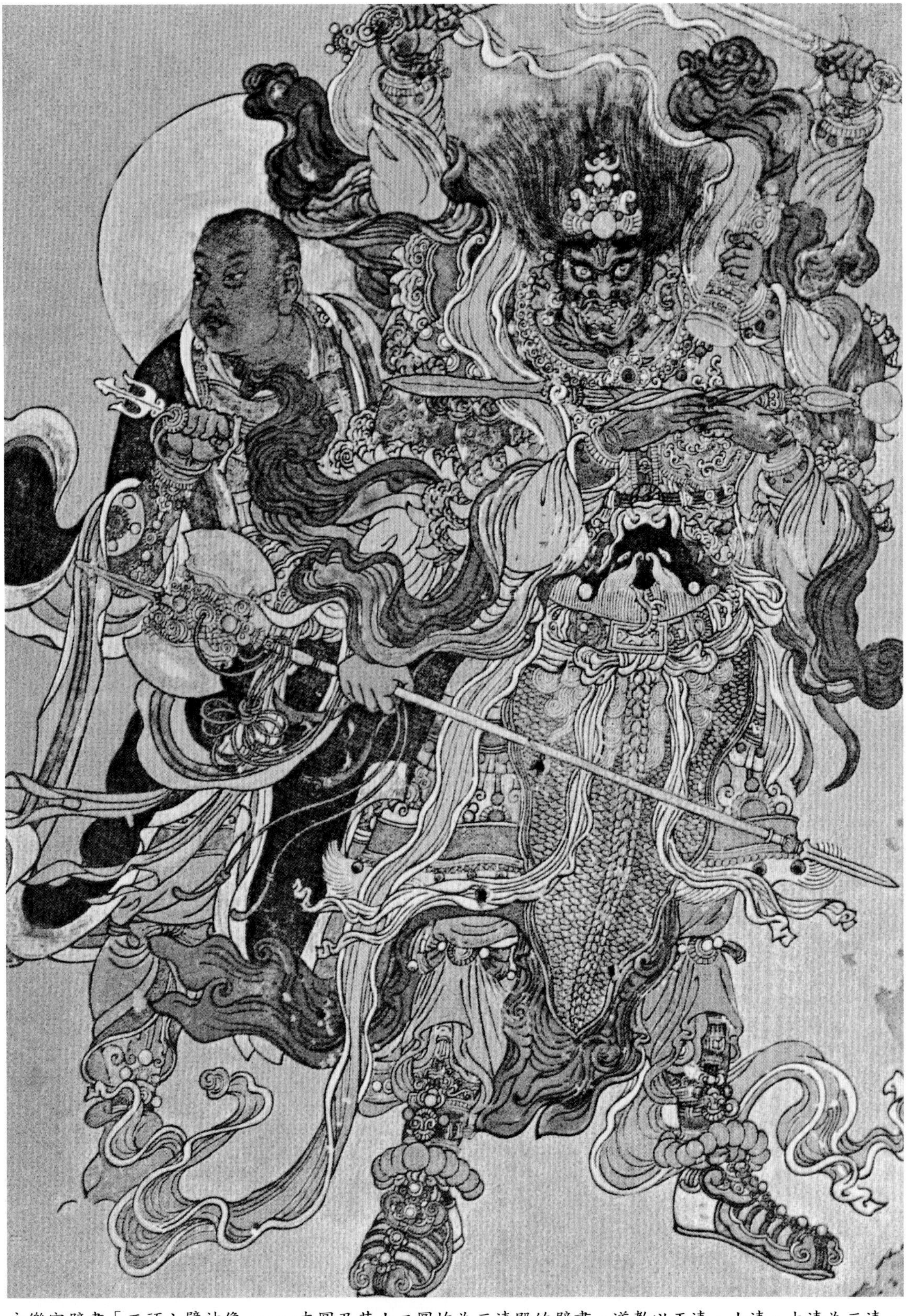

永樂宮壁畫「三頭六臂神像」──本圖及其上二圖均為三清殿的壁畫。道教以玉清、上清、太清為三清，後世指元始天尊、太上道君、太上老君。三清殿是道觀的正殿，相當於佛寺的大雄寶殿。終南山重陽宮中三清殿的壁畫，當與此大同小異。

墓室石刻畫——東漢石刻。上列為武將殺敵，中為勝利歸來，下為打獵。

石棺石刻畫「飛兔」——隋朝石刻。石棺右側刻青龍圖，左側刻白虎圖。這隻飛兔是青龍圖中的一部分。兔頸繫有綵結，增加飛翔的動態。陝西咸陽出土，現存陝西省博物館。

石床石刻畫——北魏石刻。兩人林中對坐。石床上共有十二幅石刻畫，這是其中之一。

石槨石刻畫——唐朝石刻。棺外之棺稱為槨。圖中女子正在捕蝶，蝴蝶停在花上。陝西長安南郊出土，現存陝西省博物館。咸陽與長安均在終南山附近。由以上四圖可見在墓室、石床、石棺、石槨刻石作畫，在我國由來已久。

金國帝后向蒙古大汗投降圖——法國巴黎國家圖書館藏。

大字版 神鵰俠侶

②玉女心經

金庸

神鵰俠侶（大字版）/ 金庸作. -- 二版.
-- 臺北市：遠流, 2017.10
冊； 公分. --（大字版金庸作品集；17–24）

ISBN 978-957-32-8094-1（全套：平裝）.

857.9 106016631

大字版金庸作品集⑱

神鵰俠侶 (2)玉女心經 「公元2003年金庸新修版」

The Giant Eagle and Its Companion, Vol. 2

作　者／金　庸

封面設計／唐壽南　內頁插畫／姜雲行

發行人／王榮文
出版・發行／遠流出版事業股份有限公司
臺北市中山北路一段11號13樓
電話／2571-0297　傳真／2571-0197　郵撥／0189456-1

□2004年2月16日　初版一刷
□2023年8月1日　二版六刷

大字版　每冊380元（本作品全八冊，共3040元）

〔另有典藏版共36冊（不分售），平裝版共36冊，新修版共36冊，新修文庫版共72冊〕

ISBN　978-957-32-8094-1（套：大字版）
ISBN　978-957-32-8087-3（第二冊：大字版）
Printed in Taiwan

YLib 遠流博識網
http://www.ylib.com　E-mail:ylib@ylib.com

目錄

小龍女雙掌這邊擋，那邊拍，八十一隻麻雀盡數聚在她胸前三尺之內。她雙臂飛舞，兩隻手掌宛似化成了千手千掌，任他羣雀如何飛滚翻撲，始終逃不出她雙掌所圍成的圈子。

第六回　玉女心經

小龍女從懷裏取出一個瓷瓶，交在楊過手裏，高聲道：「這是治療蜂毒的蜜漿，拿去給趙志敬罷。」楊過見到趙志敬，早就恨得牙癢癢地，但不便拂逆小龍女之意，快步上前，將蜜漿在趙志敬面前地下重重一放。羣道聽說小龍女又到宮前，只道來爲孫婆婆報仇，一面嚴加戒備，一面飛報馬鈺、丘處機等師尊，那知她竟是來送解毒蜜漿，愕然之下，無言可對。楊過放下瓷瓶，向趙志敬望了一眼，滿臉鄙夷之色，轉頭便走。

鹿清篤見到楊過，怒火上沖，叫道：「好小子，叛出師門，就這麼走了麼？」那日他給楊過以蛤蟆功打暈，雖一時閉氣，但楊過功力甚淺，畢竟受傷不重，丘處機給他推拿了幾次，將養數日，已然痊愈，此時飛步搶出，要報當日一推之仇。

小龍女道：「過兒，今日且別還手。」楊過聽得背後腳步聲響，接著掌風颯然，有人抓向自己後領。他在活死人墓中睡了八晚寒玉床，練了八日捉麻雀，小龍女雖只授了他一些捉雀的法門，但那是古墓派輕功精萃之所在，此時身上功夫與當日小較比武時已頗有不同，當下不先不後，直等鹿淸篤手掌剛要抓到，這才矮身竄出，跟著乘勢伸手在他衣角上一帶。鹿淸篤說甚麼也想不到短短數日內他輕功便已大有進境，大怒之下出手不免輕敵，急撲不中，身已前傾，再給他一帶，登時立足不住，重重一交向前撲倒。

待得他爬起身來，楊過早奔到小龍女身畔。鹿淸篤大聲怒喝，要待衝過去再打，羣道中突然奔出一人，猶似足不點地般倏忽搶到，拉著他的手臂，回入人叢。鹿淸篤爲他抓住，登時半身痲木，抬頭看時，原來是師叔甄志丙，已罵到口邊的一句話便即縮回。

甄志丙朗聲叫道：「多謝龍姑娘賜藥。」說著躬身行禮。小龍女不理，牽著楊過的手道：「回去罷。」甄志丙道：「龍姑娘，這楊過是我全眞教門下弟子，你強行收去，此事如何了斷？」小龍女一怔，並不答理，挽著楊過手臂，快步入林。

甄志丙、趙志敬等羣道呆在當地，相顧愕然。

兩人回入墓室，來到大廳。小龍女道：「過兒，你的功夫有進益了，不過你打那胖道士，卻很不對。」楊過道：「這胖道士打得我苦，不過今日我聽你話，沒打夠他。姑姑，幹麼我不該打他？」小龍女搖頭道：「不是不該打他，是打法不對。你不該帶他仆跌，應該不出手帶他，讓他自行朝天仰摔一交，那就更加出醜，大大狼狽。」楊過大喜，道：「那可有趣得緊，姑姑，你教我。」小龍女道：「我是過兒，你是胖道人，你就來捉我罷。」說著緩步前行。

楊過笑嘻嘻的伸手去捉她。小龍女背後似乎生了眼睛，楊過跑得快，她腳步也快，楊過走得慢了，她也就放慢腳步，總是與他不即不離的相距約莫三尺。楊過道：「我捉你啦！」縱身向前撲去，小龍女竟不閃避。楊過眼見雙手要抱住她的脖子，那知就在兩臂將合未合之際，小龍女斜刺裏向後一滑，脫出了他臂圈。楊過忙回臂去捉，這一下急衝疾縮，自己勢道用逆了，再也立足不穩，仰天一交，跌得背脊隱隱生痛。

小龍女伸手牽住他右手提起，助他站直。楊過喜道：「姑姑，這法兒眞好，你身法怎麼能這般快？」小龍女道：「你再捉一年麻雀，那就成啦。」楊過奇道：「我已會捉啦。」小龍女冷笑道：「哼，那就算會捉？我古墓派的功夫這麼容易學會？你跟我來。」

當下帶他到另一間石室之中。這石室比之先前捉麻雀的石室長闊均約大了一倍，室中已有六隻麻雀在內。地方大了這麼多，捕捉麻雀自然遠爲艱難，小龍女又授了他一些輕功提縱術與擒拿功夫，八九天後，楊過已能一口氣將六隻麻雀捉住。

此後石室愈來愈大，麻雀隻數也越來越多，最後是在大廳中捕捉九九八十一隻麻雀。古墓派心法神妙，寒玉床對修習內功助力奇大，只三個月工夫，八十一隻麻雀楊過已能手到擒來。小龍女見他進步迅速，也覺歡喜，說道：「這初步功夫，叫作『柔網勢』。現下咱們到墓外去捉啦。」楊過聽說到墓外練功，喜形於色。小龍女道：「有甚麼好歡喜的？這功夫難練得緊。八十一隻麻雀，一隻也不能飛走了。」

兩人來到墓外，此時正當暮春三月，枝頭一片嫩綠，楊過深深吸了幾口氣，一股花香草氣透入胸中，甜美清新，說不出的舒適受用。

小龍女抖開布袋袋口，麻雀紛紛飛出，她一雙纖纖素手揮出，東邊一收，西邊一拍，將幾隻振翅飛出的麻雀擋回。羣雀驟得自由，那能不四散亂飛？但小龍女雙掌這邊擋，那邊拍，八十一隻麻雀盡數聚在她胸前三尺之內。

但見她雙臂飛舞，兩隻手掌宛似化成了千手千掌，任他八十一隻麻雀如何飛滾翻撲，始終飛不出她雙掌所圍成的圈子。楊過只看得目瞪口呆，又驚又喜，一定神間，立時想到：「姑姑是在教我一套奇妙掌法。快用心記著。」凝神觀看她如何出手擋擊，如何迴臂反撲。她發掌奇快，但一招一式，清清楚楚，自成段落。楊過看了半晌，雖不明掌法中的精微之處，但已不似初見時那麼詫異萬分。

小龍女又打了一盞茶時分，雙掌分揚，反手背後，那些麻雀驟脫束縛，紛紛沖天飛去。小龍女道：「要牠們飛不走，這功夫叫『天羅空碧』。」突然高躍，長袖揮處，兩股袖風撲出，羣雀盡數跌落，唧唧亂叫，過了一會，才一隻隻養回力氣，振翅飛去。

楊過大喜，牽著她衣袖，道：「姑姑，我猜郭伯伯也不會你這本事。」小龍女道：「各派武功家數不同。柔網勢之後是夭矯空碧，是祖師婆婆自創的功夫。你好好學罷！」於是授了他十幾招掌法，楊過一一學了。十餘日內，楊過將八十一招「柔網勢」學全了，練習純熟。小龍女捉了一隻麻雀，命他用掌法攔擋。最初擋得兩三下，麻雀就從他雙掌空隙中竄了出去。小龍女候在一邊，纖手一伸，擋回麻雀。楊過繼續展開掌法，但不是出招未夠快捷，便是時刻拿捏不準，只兩三招，又給麻雀逃走。小龍女擋回讓他再練。

如此練習不輟，春盡夏來，日有進境。楊過天資穎悟，用功勤奮，所能擋住的麻雀不斷增加，到了中秋過後，「柔網勢」已然練成，掌法展了開來，已能將八十一隻麻雀全數擋住，偶爾有幾隻漏網，乃因功力未純，卻非旦夕間所能做到了。

這日小龍女說道：「你已練成了這套掌法，再遇到那胖道士，便可毫不費力的摔他幾個觔斗了。」楊過道：「若和趙志敬動手呢？」小龍女不答，心想：「瞧那趙志敬和孫婆婆動手時的身手，他如不是中了蜂毒，孫婆婆也未必能贏。你目下的功夫可還遠不及他。」楊過明白她這不答之答的含意，說道：「現下我打不過他也不要緊，再過幾年，就能勝過他了。姑姑，咱們古墓派的武功確比全眞教要厲害些，是不是？」

小龍女仰頭望著室頂石板，說道：「這句話世上只你我二人相信。上次我跟全眞教姓丘的老道動手，武功我不及他，然而這並非古墓派不及全眞教，只不過我還沒練成我派最精奧的功夫而已。」楊過一直以小龍女難勝丘處機爲憂，聽了此言，不由得喜上眉梢，問道：「姑姑，那是甚麼功夫？很難練麼？你就起始練，好不好？」

小龍女道：「我跟你說個故事，你才知道我派的來歷。你拜我爲師之前，曾拜過祖師婆婆。她姓林，名字叫做朝英，數十年前，武林中以祖師婆婆與王重陽二人武功最高。本來兩人難分上下，後來王重陽因組義師反抗金兵，日夜忙碌，祖師婆婆卻潛心練武，終於高出了他一籌，但祖師婆婆向來不問武林中的俗事，不喜炫耀，因此江湖上知道她名頭的人卻很少。後來王重陽舉義失敗，憤而隱居在這活死人墓中，日夜無事，以鑽研武學自遣，祖師婆婆那時卻心情不佳，接連生了兩場大病，因此待得王重陽二次出山，祖師婆婆卻又不及他了。最後兩人不知如何比武打賭，王重陽竟輸給了祖師婆婆，這古墓就讓給她住。來，我帶你去看看這兩位先輩留下來的遺跡。」

楊過拍手道：「原來這座石墓是祖師婆婆從王重陽手裏贏來的。早知如此，我住在這裏可又加倍開心了。」小龍女淡淡的道：「你住在這裏，本來不很開心。嫌氣悶了，不好玩，是不是？」楊過道：「不，跟你在一起，不管在甚麼地方，都是挺開心的。」小龍女微微一笑，搖搖頭，領著他來到一間石室。楊過見這座石室形狀奇特，前窄後寬，成爲梯形，東邊半圓，西邊卻作三角形狀，問道：「姑姑，這間屋子爲甚麼建成這個怪模樣？」小龍女道：「這是王重陽鑽研武學的所在，前窄練掌，後寬使拳，東圓研劍，西角修習內功。」楊過在屋室中走來走去，只覺莫測高深。

小龍女伸手向上一指，說道：「王重陽武功的精奧，盡在於此。」楊過抬頭看時，見室頂石板上刻滿諸般花紋符訣，均以利器刻成，或深或淺，殊無規則，一時之間，未能領略得出其中奧妙。

小龍女走到東邊，伸手到半圓的弧底推了幾下，一塊大石緩緩移開，現出一扇洞門。她手持蠟燭，領楊過進去。裏面又是一室，卻和先一間處處對稱，而又處處相反，乃後窄前寬，西圓東角。楊過抬頭仰望，見室頂也刻滿了無數符號圖訣。

小龍女道：「這是祖師婆婆的武功之秘。她贏得古墓，乃是用智，若論眞實功夫，確是未及王重陽。她移居古墓之後，先參透了王重陽所遺下的這些武功，更潛心苦思，創出了剋制他諸般武功的巧妙法子。就都刻在這裏了。」楊過喜道：「這可妙極了。丘處機、郝大通他們武功再高，總也強不過王重陽去，你只消將祖師婆婆的武功學會了，自然勝過了這些臭道士。」小龍女道：「話是不錯，只可惜沒人助我。」楊過昂然道：「我助你。」小龍女橫了他一眼，道：「只可惜你本事不夠。」楊過滿臉通紅，甚感羞愧。

小龍女道：「祖師婆婆這套功夫叫作『玉女心經』，其中高深的部分須得二人同練，互相幫助。當時祖師婆婆是和我師父一起練的。祖師婆婆練成不久，便即去世，我師父卻還沒練成。」楊過轉愧爲喜，道：「我是你徒兒，也能跟你同練。」小龍女沉吟道：「好！咱們走著瞧罷。第一步，你先得練成本門各項武功。第二步是學全眞派武功。第三步再練剋制全眞派武功的玉女心經。我師父去世之時，我還只十四歲，本門功夫是學全了，全眞派武功卻只練了個開頭，更不用說玉女心經了。第一步我可教你，第二步、第三步咱倆須得一起琢磨著練。」

一般修習內功之道，多爲增強內力。同樣的一拳一腳、一掌一劍，在內力平平之人使來，不過令敵人摔倒受傷，或以之拆解對手來招。但內力一經增強，輕輕一掌，即可使敵重傷嘔血，甚或一命嗚呼；揮劍架出，可將對手沉重攻來之兵刃反彈自傷，將對手虎口震裂，甚或兵刃脫手高飛。武功高低往往便決於內力之深淺。當年郭靖在蒙古大漠隨江南六怪學練武功，進境甚慢，其後得全眞派丹陽子馬鈺授以上乘內功，修習之後，不知不覺便手腳靈便，膂力大增，習武時進步便速。古墓派武學修習內功之法與一般武功大異，內功漸高，學者只身輕足健，出手快捷，於常人發出一招的時刻中可連發三四招，但招力卻並不相應而增。蓋輕捷與厚重相對，既求輕捷即不能厚重，厚重若得，輕捷便須相應捨離。

古墓派祖師林朝英當年創此武學，只旨在勝過其心中愛侶王重陽，但求於對方出乎不意之時，在其後頸或背心輕輕拍上一掌，或戳中一指，既不欲其真感痛楚，更不願對方受傷，只須雙方哈哈一笑，王重陽束手認輸，便心願已償。是以身法越快越好，越輕越佳，招式中不須帶有絲毫勁力，但求出招方位匪夷所思，便即大功告成。這不免與武學成法截然相反，所傳下來的，盡是這些在王重陽身上曾經試之有效的招式。王重陽乃武學大師，當時天下無敵，華山論劍居五絕之魁，要在他身上輕輕拍上一掌，令他束手認輸，當眞難乎其難。林朝英挖空心思、朝思暮研，走的便是一條武學怪徑。傳到後世，李莫愁以區區一個弱女子，竟能憑著人所難測之掌法，以及從劍法中變化出來的奇妙拂塵招數，威震江湖，羣豪聞名喪膽。

小龍女將基本功夫傳了楊過，令他練熟之後，又出外捉了三隻麻雀，放入前窄後寬的石室之中，任其自由飛翔，然後當一雀低飛之時，縱身而前，將其擋落，最後將三隻麻雀擋入一個小圈子內，不能脫身爲止。

小龍女說道：「先前你練成的『柔網勢』，是不令八十一隻麻雀脫出圈子，此後要練的，是先任由麻雀夭矯空碧，再以掌力將牠逼低，再也不能脫出掌力束縛，最後要練得逼落八十一隻麻雀爲止。這路功夫，叫做『天羅地網勢』，比之『柔網勢』又難了不少。麻雀高飛，你輕功再好，也決不能躍上五六丈高而將麻雀逼下來，唯須眼明手快，身法既輕且快，一見麻雀上飛，便即出手逼住。這功夫要跟麻雀比快，牠快你更快，麻雀沒勁力，只須手指輕輕一撥，手掌輕輕一擋，牠便飛不動了。因此所練的內功也以輕功爲主，須得動念即去，出手如電，手上全然無力也不打緊。」

楊過聽了點頭，問道：「姑姑，咱們這門武功雖然極快，但出手不帶勁力，對手如運力跟咱們對掌，或是拆解，他手上力道卻極凌厲，咱們只怕抵敵不過，那便如何是好？」

小龍女道：「好，咱們來試試！你發力來跟我對掌！」說著右掌輕飄飄向他面門按去。楊過右掌重重拍出，向她來掌拍去，這一下也快捷無倫，只盼啪的一聲，兩人手掌相向，互擊一掌。不料小龍女手掌突然轉向，噗的一下輕響，在他後腦拂了一下，跟著左手突然轉出，手指在他右肘「天井穴」上輕輕一彈。「天井穴」在肘外大骨後上一寸兩筋間陷中，在「清冷淵」穴之下，中指後手臂登時無力，軟軟垂下。楊過叫道：「你騙人，我不來，我不來！」

小龍女微微一笑，左手拿起他右臂，右手在他「天井穴」附近的「四瀆穴」及「清冷淵」兩穴上輕輕揉搓。楊過右臂酸麻即止，說道：「姑姑，我懂啦！咱們不跟對手拚力道，而是要比他快，令他想也想不到就著了道兒。」

小龍女微笑道：「是啊，咱們練的，就是要怎樣比他快，出手要奇，令他想上三天三夜也想不到咱們出手的方位。」楊過扒頭搔耳，喜悅不禁，說道：「姑姑，那眞好。」

小龍女道：「出手的招數方位，有祖師婆婆傳下來的奇妙法門，你只須記得便是。至於怎樣比他快，比武學大高手還要快，咱們就得多練練了。不但你要練，我也要練。好在有寒玉床相助，終究練得成的。」於是又教他一些「天羅地網勢」竄高伏低的輕身功夫。楊過道：「天羅地網，無所不包！對方就逃到天涯海角，咱們終能用『天羅地網勢』將他擒來。」

此後小龍女將古墓派的內功訣竅，拳法掌法，兵刃暗器，一項項的傳授。如此過得兩年，楊過已盡得所傳，藉著寒玉床之助，進境奇速，只功力尙淺而已。古墓派武功創自女子，師徒三代又都是女人，不論掌法劍法，都不免輕靈有餘，沉厚不足。楊過生性浮躁輕捷，這武功的路子倒也合於他性子。

小龍女年紀漸長，越加出落得淸麗無倫。這年楊過已十六歲了，身材漸高，喉音漸粗，已是個俊秀少年，非復初入古墓時的孩童模樣，小龍女和他相處慣了，仍當他孩童看待。楊過對師父十分敬重，兩年之間，竟無一事違逆師意。小龍女剛想到要做甚麼，他不等師父開口，早就搶先辦好。楊過又常搶著做飯燒水，儘量不讓師父勞碌。小龍女冷冰冰的性兒仍與往時無異，對他不苟言笑，神色冷漠，似沒半點親人情份。楊過卻也不以爲意。小龍女有時撫琴一曲，琴韻也平和沖淡，一片漠然。楊過便在旁靜靜聆聽。

這日楊過在窄室之中，已能將放開的八十一隻麻雀，盡數逐一擋落，圍成一團，不會飛散，小龍女所授的「天羅地網勢」輕功，大致也已學全，只內力尚有不足，飛身未能進退若神、出手亦未見快如電閃而已。小龍女道：「好了！過兒，練得很好。咱們到外面去練練。」楊過一聽得「到外面」三字，登時眼中有神，容光煥發。

兩人來到墓外，小龍女和楊過分別以「天羅地網勢」逼落飛翔的麻雀，有些飛得太高，望之無可奈何，便不理會。有時麻雀太過靈動，小龍女逼牠不落，楊過便縱身而前，出手相助，兩人合力，才將麻雀逼落。小龍女喜道：「對了，過兒，咱們已往練的還只是古墓功夫的第一層、第二層，到第三層之後，很多功夫是咱二人聯手抗敵。」

楊過大為開心，向後倒翻了個斛斗，說道：「姑姑，我如得能和你聯手痛打牛鼻子，挑了全眞教，那可眞快活死我了！」小龍女道：「全眞教是挑不了的，這些牛鼻子不過害死了孫婆婆，別的也沒做甚麼壞事。咱們只找郝大通一人算帳便是。我師父說，這些牛鼻子在江湖上行俠仗義，扶危解困，還做了不少好事呢，算得是俠義道吧！」楊過道：「江湖上總有不少壞人，咱兩個聯手對敵，來打壞人好了。」小龍女道：「壞人隨他自管自壞去，不跟咱們相干。咱兩個在這古墓之中，自在逍遙，壞人也害咱們不到。」

楊過聽師父這麼說，似乎今後一生要在古墓中長住，不覺氣悶之極，待要反駁幾句，又即想到小龍女說「咱兩個在這古墓之中，自在逍遙」，心道：「姑姑肯讓我在這古墓中陪伴她一生一世，永不分離，她說『自在逍遙』，好似也不厭煩我陪她一生一世，那可好極了。」衝口而出：「姑姑，我願意在這古墓中陪伴你一生一世，你答允了孫婆婆的，永永遠遠不趕我走！」小龍女淡淡一笑，道：「那也得瞧你乖不乖。」

楊過道：「我自然乖，永永遠遠聽你話，好教你不捨得趕我走。」小龍女道：「你好有寶嗎？我幹麼不捨得趕你走？你走了之後，我再去收個女徒兒，就不怕寂寞了。」楊過道：「女徒兒又蠢又不乖！」忽然心下恐懼，悲從中來，撲身草地，哭道：「姑姑，我將來大了，你也別趕我走。我不乖，你打我好了，你殺我好了，我死也不離開你！」說著越哭越大聲。他心情激動，哭得幾乎是故意撒嬌。

他只在初進古墓及孫婆婆去世時大哭過，此後從不哭泣，小龍女萬料不到只幾句話他便放聲大哭，不由得手足無措，說道：「別哭，別哭！我又沒趕你走。」楊過道：「那你以後也不可嚇我，說要趕我走。」小龍女道：「你一聽到『到外面去』就即眉花眼笑，我想你在古墓中一定氣悶得緊。」楊過道：「我陪著你在一起，一點也不氣悶，反而開心得很。你如不許我陪伴你，我就一劍殺了我自己。」小龍女板起臉道：「你只要乖乖的，聽我話就是了。不許你用自殺來威脅我。我如要趕你走，你死不死關我甚麼事，威脅也沒用的。」楊過聽她說「你死不死關我甚麼事」，這句話冷漠無情之極，忍不住又伏地大哭。小龍女道：「又不是小娃娃了，動不動就哭，算乖呢，還是不乖？」

楊過翻身躍起，說道：「姑姑，我不哭啦！」見一對白蝴蝶雙雙飛過，便即飛身縱出，雙掌打個圈子，將這對蝴蝶分別抓在雙手。蝴蝶飛翔遠較麻雀遲緩，以楊過此時的輕功及手法，捉蝶自是手到拿來，輕而易舉。小龍女道：「這對蝴蝶多好看，別傷了牠們。」楊過道：「是！」伸開手掌，任由雙蝶翩躚而去，臉頰上淚水兀自未乾，他伸衣袖拭去，微笑道：「夭矯空碧！」

當晚兩人吃過晚餐，楊過收拾了碗筷，在廚房中將碗碟筷子洗得乾淨，放在木架上掠乾，又洗了鍋鑊，自回寒玉床上躺臥，依照小龍女所傳之法修習內功。此時小龍女仍和他同睡一室，楊過有時修習內功時遇到難處，大呼小叫，小龍女便可立即指點，免他於極寒極熱時內息走岔。兩人日夜莊敬相對，心中各無男女之見，小龍女也沒想到要另睡一室。

這晚小龍女洗過臉、洗過手腳，走入臥室，又掛了長繩，上繩而睡。楊過練了一遍師傳內功，剛要合眼，忽見小龍女一雙纖纖白足在繩上轉了個方向，當是她翻了個身。楊過平時看慣了，向來無動於中，但這天日間爲了小龍女趕他不趕而大哭大叫一番，心情激盪，見到這雙白足，只覺說不出的可愛，心道：「我只須乖乖的聽話，姑姑便不會趕我走。我一生一世在這裏瞧著她這對小小的白腳兒，那一生一世就開心得很。」胡思亂想片刻，不敢再想，便即入睡。

也不知過了多少時候，心口突然一團熱氣，慢慢向下移往小腹，突見一對白蝴蝶忽上忽下、忽左忽右的在眼前翩翩飛舞。楊過看了一會，瞧得有趣，疾躍而起，伸出雙掌，使動「天羅地網勢」，右掌高擋，左手已輕輕抓住了一隻白蝶，跟著右掌前探，將另一隻白蝶抓住了。只覺入手冰冷，兩隻白蝴蝶身子柔軟，卻冷得出奇。片刻之間，只覺雙蝶漸漸溫暖，輕輕顫動。楊過生怕傷害了蝴蝶，輕輕鬆手，不敢抓緊，卻又怕蝴蝶飛走，仍鬆鬆攏住，卻不放手。突覺兩隻蝴蝶一衝，從他手掌中脫身滑出，跟著有人喝道：「過兒，你幹甚麼？」

楊過一驚而醒，立即察覺自己雙掌握住了姑姑的兩隻腳掌，自己站在地下小龍女所臥的長繩之前。他大吃一驚，急躍回床，砰的一聲，摔上了寒玉床，顫聲道：「姑……姑……對……對不住，我做夢，捉住了一對白蝴蝶，那知……那知卻抓住了你的腳。我……我真的不是故意的……」寒玉床寒氣上升，他驚惶之下不遑運功抵禦，登時冷得牙齒互擊，格格作聲，身子發抖。

小龍女道：「別怕，別怕！你不是故意就好。」輕拍他胸口。楊過只覺一股暖氣沖向「膻中穴」，漸漸周身溫暖，便即寧定，自運功力與寒氣相抗。小龍女上繩自睡，雙膝曲轉，雙足縮入裙底，楊過便見不到她的赤足了。

第二日小龍女怕楊過又再發夢，便將長繩掛入了隔壁的石室而睡。楊過央求道：「姑姑，我說甚麼也不敢再發夢來捉你了。我綁住自己的手，要是我再發夢，你用劍斬我好了，我一痛，立刻就醒了。」小龍女道：「我瞧你當真不是故意的，這才饒你。你功行已有進展，也不會輕易走火了，自己小心便是。」楊過不敢再求，此後練功，加倍的小心翼翼，居然無事。

這日小龍女道：「我古墓派武功，你已學全啦，明兒咱們練全眞派武功。這些全眞老道的功夫，練起來可不容易，當年師父也不十分明白，我更加沒能領會多少。咱們一起從頭來練。我如解得不對，你儘管說好了。」

次日師徒倆到了第一間奇形石室之中，依著王重陽當年刻在室頂的符訣圖形修習。楊過練了幾日，這時他武學的根柢已自不淺，又生性聰明，許多處所一點即透，初時進展極快。但十餘日後，突然接連數日不進反退，愈練愈別扭。

小龍女和他拆解研討，也自感到疑難重重，道：「我與師父學練全眞武功，練不多久，便難進展一步，其時祖師婆婆已不在世，沒處可以請教。明知由於未得門徑口訣，卻也無法可想。我曾說要到全眞教去偷口訣，給師父重重訓斥了一頓。這門功夫就此擱下了，反正是全眞派武功，不練也不打緊。此事不難，咱們只消去捉個全眞道士來，不斷敲他腦袋，逼他傳授入門口訣，那就行了。跟我走罷。」

這一言提醒了楊過，忽然想起趙志敬傳過他的「全眞大道歌」中有云：「大道初修通九竅，九竅原在尾閭穴。先從湧泉腳底衝，湧泉衝起漸至膝。過膝徐徐至尾閭，泥丸頂上迴旋急。金鎖關穿下鵲橋，重樓十二降宮室。」便將這幾句話背了出來。

小龍女細辨歌意，說道：「聽來這確是全眞派武功的要訣。你既知道，那再好也沒有了。」楊過於是將趙志敬所傳口訣，逐一背誦出來。當日趙志敬所傳，確是全眞派上乘內功的基本要訣，但未授其用法，至於甚麼「湧泉」、「十二重樓」、「泥丸」等等名稱更毫不解說，楊過只熟記在心，自毫無用處。此時小龍女細加推究，說明「湧泉穴」是在足底，「尾閭穴」是在脊椎盡頭，至於「泥丸」亦即頭頂的「百會穴」。同一穴道有六個不同名稱，因而易於混淆，小龍女指出其中關鍵，楊過立時便明白了。數月之間，兩人已將王重陽在室頂所留的武功精要大致參究領悟。

這一日兩人在石室中對劍已畢，小龍女嘆道：「初時我小覷全眞派的武功，只知它雖號稱天下武學正宗，其實也不過如此，到得今日，才知此道其實大有道理。咱們雖盡知其法門秘要，但要練到得心應手，勁力自然而至，卻不知何年何月方能成功。」楊過道：「全眞派武功雖精，但祖師婆婆既留下剋制之法，自然尙有勝於它的本事。這叫做一山還有一山高。」小龍女道：「從明日起，咱們要練玉女心經了。」

次日兩人同到第二間石室，依照室頂的符訣圖形練功。這番修習卻比學練全眞派武功容易得多，林朝英所創破解王重陽武功的法門，還是源自她原來的武學。室頂符訣圖形便是心經要訣，林朝英另有口傳詳解，詳述心經武功的練法及要旨所在。這部心經，自淺而深，分爲十篇。小龍女的師父不傳首徒李莫愁，卻傳給了小徒小龍女。李莫愁以爲另有筆錄的《玉女心經》，卻不知師祖、師父只是口傳，並無筆錄。

過得數月，二人已將《玉女心經》的外功練成。有時楊過使全眞劍法，小龍女就以玉女劍法破解，待得小龍女使全眞劍法，楊過便以玉女劍法剋制。那玉女劍法果是全眞劍法的剋星，一招一式，恰好把全眞劍法的招式壓制得動彈不得，步步針鋒相對，招招制敵機先，全眞劍法不論如何騰挪變化，總脫不了玉女劍法的籠罩。

兩人所使劍招均極狠辣，但兩人依照經中所囑，折去長劍劍尖，又將劍刃兩邊劍鋒以錘子打鈍，這劍既不能刺人，又不能傷人，變成了徒有劍招、劍意而不能傷人的「無鋒劍」。李莫愁所以使拂塵而不使劍，便因古墓派的劍法雖精，卻不易傷敵，於是以拂塵使劍招，劍法精妙，人所難測，往往一戰便即取勝。

殊不知「無鋒劍」不易傷人，乃因林朝英只求剋制全眞劍法，無意當眞與王重陽性命相拚，旨在較藝而非搏鬥，一勝即可，決不傷人。因之古墓派的「玉女無鋒劍」劍招奇幻，變化莫測，似乎平平無奇，突然間幻招忽生，看去極像要拋劍認輸，卻怪事陡起，劍招忽從萬萬不可能之處生出，實令人眼花繚亂，手足無措。蓋林朝英和王重陽對劍之時，七分當眞，卻有三分乃是戲耍，林朝英的武功與王重陽本來旗鼓相當，其實誰也勝不了誰，王重陽明知對方好勝心切，又憐她是女流之輩，到緊急關頭每每容讓一招半式，林朝英卻由此而生變化，有時撒嬌喬獃，有時放潑賴皮，不存半點武學大宗師風範，當王重陽哭笑不得之際，林朝英就此獲勝。這些劍術用在與自己人試招原本極爲適合，但當眞臨敵，只因花招極多，虛式層出，敵人難辨眞假，極易受騙上當，待得發覺，早已爲對方所制，後悔莫及了。

外功初成，轉而進練內功。全眞內功博大精深，欲在內功上創制新法而勝過之，委實談何容易？林朝英也眞絕頂聰明，居然別尋蹊徑，自旁門左道力搶上風。小龍女抬頭望著室頂的圖文，沉吟不語，一動不動的凝視，始終皺眉不語。

楊過道：「姑姑，這功夫很難練麼？」小龍女道：「我從前聽師父說，這心經的內功須二人同練，只道能與你合修，那知卻不能夠。」楊過大急，忙問：「爲甚麼？」小龍女道：「你如是女子，那就可以。」楊過急道：「那有甚麼分別？男女不是一樣麼？」小龍女搖頭道：「不一樣。你瞧這頂上刻著的圖形。」楊過向她所指處望去，見室頂角落處刻著無數人形，不下七八十個，瞧模樣似乎均是女相，姿式各不相同，全身有一絲絲細線向外散射。楊過仍不明原由，轉頭望她。

小龍女道：「我師父曾指著這些圖形說，練功時全身熱氣蒸騰，須揀空曠無人之處，全身衣服暢開而修習，使得熱氣立時發散，無片刻阻滯，否則轉而鬱積體內，小則重病，大則喪身。」楊過道：「那麼咱們解開衣服修習就是了。」小龍女道：「到後來二人以內力導引防護，你我男女有別，解開了衣服相對，成何體統？」

楊過這兩年來專心練功，並未想到與師父男女有別，這時覺得與師父解開全身衣衫而相對練功確然不妥。小龍女其時已年逾二十，可是自幼生長古墓，於世事可說一無所知，本門修練的要旨又端在克制七情六欲，是以師徒二人雖是少年男女，但朝夕相對，一個冷淡，一個恭誠，絕無半點越禮之處。此時談到解衣練功，只覺是個難題而已，亦無他念。楊過忽道：「有了！咱倆可以並排坐在寒玉床上練。」小龍女道：「萬萬不行。熱氣給寒玉床逼回，練不上幾天，你和我就都死啦。」

楊過沉吟半晌，問道：「爲甚麼定須兩人在一起練？咱倆各練各的，我遇上不明白地方，慢慢再問你不成嗎？」小龍女搖頭道：「不成。這門內功步步艱難，時時刻刻會練入岔道，如無旁人相助，非走火入魔不可，只有你助我、我助你，合二人之力方能共度險關。」楊過道：「練這門內功，果然有些麻煩。」小龍女道：「咱們將外功再練得熟些，也足夠打敗全眞老道了。又不是眞的要跟他們拚死活，就算勝他們不過，又有甚麼了？這內功不練也罷。」楊過聽師父這般說，便答應了。

這日他練完功夫，出墓去打些獐兔之類以作食糧，打到一隻黃麞後，又去追趕一頭灰兔，這灰兔東閃西躲，靈動異常，他此時輕身功夫已甚了得，但一時竟追牠不上。他童心大起，不肯發暗器相傷，卻與牠比賽輕功，要累得兔兒無力奔跑爲止。一人一兔越奔越遠，兔兒轉過山坳，忽然在一大叢紅花底下鑽了過去。

這叢紅花排開來長達數丈，密密層層，奇香撲鼻，待他繞過花叢，兔兒已影蹤不見。楊過與牠追逐半天，已生愛惜之念，縱然追上，也會相饒，找不到也就罷了。但見花叢有如一座大屏風，紅瓣綠枝，煞是好看，四下裏樹蔭垂蓋，便似天然結成的一座花房樹屋。楊過心念一動，忙回去拉了小龍女來看。

小龍女淡然道：「我不愛花兒，你既喜歡，就在這兒玩罷。」楊過道：「不，姑姑，這是咱們練功的好所在。你在這邊，我到花叢那一邊去，咱倆都解開了衣衫，但誰也瞧不見誰。豈不絕妙？」小龍女聽了大覺有理。她躍上樹去，四下張望，見東南西北都一片清幽，只聞泉聲鳥語，杳無人跡，確是個上好的練功所在，說道：「虧你想得出，咱們今晚就來練罷。」

當晚二更過後，師徒倆來到花蔭深處。靜夜之中，花香更加濃郁。小龍女將修習玉女心經的口訣法門說了一段，楊過問明白了其中疑難不解之處，二人各處花叢一邊，解開衣衫，修習起來。楊過左臂透過花叢，與小龍女右掌相抵，只要誰在練功時遇到難處，對方受到感應，立時能運功爲助。

《玉女心經》練到第七篇之後，全是二人聯手對敵之術，雙劍合璧，男攻則女守，男守則女乘機攻敵。兩人攻守兼備，攻者不虞對方反擊，儘可全力施爲，攻勢比之原來強了一倍；守者因有攻者窺伺在側，敵人不敢全力進攻，來力減弱，守者隨時可轉守爲攻。楊過與小龍女聯手應敵，雖無對手可任二人試招，但二人心中皆存了個全眞道人在，試招者每每便是郝大通，於是在師徒二人心中，郝大通一敗塗地之餘，只有跪地求饒，有時跪地求饒者竟是丘處機。師徒二人大樂，相對大笑。

小龍女受師父之誡，不可大悲大樂，自知不合，忙收斂笑容。楊過見小龍女平時難有笑顏，此刻卻玉容嫣然，可親可愛，偏又強自忍笑，更增嫵媚，忍不住便想伸臂將她抱在懷裏，親她幾下，但隨即想到她是師尊，雙臂伸出了便即縮回。小龍女問道：「你這招是甚麼？」楊過道：「我怕丘處機跪在地下，突然使出『前恭後踞』，詭計傷你，因此我要全力護你。」

這正是《玉女心經》第七篇的要旨所在。林朝英當年創建此經之時，已佔有石墓，王重陽不肯隨來。她枯居石墓，自創詭異武功，將一番無可奈何的相思之意，寄託於招式之中，想像自己遇到危難，愛侶王重陽竟能不顧自身安危，奮力來救，代爲擋開敵人。楊過隨口一句謊話，竟應了祖師婆婆當年撰述此經的遺意。小龍女點頭稱是。

兩人練到第十九招「亭亭如蓋」時，小龍女複述師傳要旨：「這一招我拚不過敵人，給他一掌擊倒，或是一腳著身，摔倒在地，敵人跟著追擊，以拳掌或刀劍再來傷我，你須撲將過來，擋在我身上，代我受這一擊。敵人舉起拳掌或是刀劍，要擊在你身上。你撲在我身上迴護之時，必須兩腿分開，撐在地下，腰脊出力挺住，上身才不致當眞壓在我身上。我一劍從你兩腿之間刺出，正通入敵人小腹。敵人見我二人摔倒，以爲我二人已無抗禦之能，更不提防，何況你遮住了我兵刃，敵人見不到這『無中生有』的一刺，非但閃避不了，根本沒想到要避，自然一劍直通入小腹。」

楊過搖頭道：「姑姑，這一招的確巧妙之極，敵人萬想不到，只不過……只不過好像太陰毒了一些。」小龍女道：「甚麼陰毒？我二人既已摔倒，那牛鼻子就該罷手，他爲甚麼又趕上前來，出手再來傷你？他如不上前追擊，這一劍就刺他不到。因此這一劍只刺壞人，不傷好人。」楊過點頭道：「對極，祖師婆婆要對付的原是壞人。」

殊不知林朝英創建這些招式之時，設想自己臨敵時遇到危難，王重陽只因愛極了自己，竟肯捨卻自身，來救愛侶。種種模擬，純係自憐自惜，不過於無可奈何中聊以自慰，以寄相思之情而已。

楊過按著心經第七篇下段所載，記清了招式之後，與小龍女倆一招一式的試演下來。其時二人修習心經上半部的內功初成，出手迅捷輕盈之極，刹忽來去，盡是奇招怪式，偏又快速無倫。楊過以前與小龍女對招，心中總是存著一份誠敬之意，手掌連她衣衫邊緣也不敢碰到。但練到第七篇下段的功夫，每一招每一式皆是由自己奮力迴護對方，心中假想敵人出招凌厲兇狠，小龍女難以抵敵，時時處於極大兇險之中，拆招既久，心中自然而然覺得小龍女已不是武功較己爲高的師尊，只覺她柔弱可憐，受惡人欺凌，非自己出力保護不可。

小龍女本來年紀比他大了幾歲，但自幼生長於石墓之中，少見天日，所練的玉女神功又有少憂少慮、駐顏緩老之效，因此兩人相較，倒似楊過的年紀反大過了她。這套武功一練，楊過到後來只覺小龍女是個依賴自己保護的小妹子，更不當她是姑姑師父，所有拳招劍法，盡用於代小龍女擋架敵招，竟不顧及自己。這麼一來，這第七篇下段的功夫，便練得絲絲入扣，將心經中武功的原意顯示無遺，不僅招式相合，更連拳旨劍意，也表達得淋漓盡致。

小龍女招式上受楊過代擋保護，時刻稍久，心隨手轉，不自禁生出依賴順從之情，師尊的架子尊嚴忽然盡去，兩人目光偶爾相對，一個憐惜迴護，一個仰賴求助，突然間心靈相通。這本是心經內功的原意，徒練內功，難達此境，一與外功相結，兩人不由自主的內外交融。

這日練到一招「願爲鐵甲」，楊過須得雙臂環抱小龍女，似乎化爲一件鐵甲，將她周身護得不受敵傷，小龍女則須束手受護，自行調勻眞氣。楊過縱身而前，雙臂虛抱，其實並沒碰到師父身子，但眼光中脈脈含情，顯得決意自捨性命，爲她盡受敵人刀槍拳腳。小龍女一與他眼光相接，紅暈上臉，微感不妥，眼光中露出羞怯之情，輕聲道：「過兒，不好！」楊過便即跳開。

兩人在古墓中相處日久，年歲日長，情愫早生，只是一個矜持冷淡，一個尊敬恭順，即在言語中亦無絲毫越禮之處，此刻所練武功既須全身縱躍出力，更時時刻刻設想處於生死存亡的一線之間，種種禮法堤防，早已減弱，自然順了凡人有生俱來的本性。這日從頭練起，練到「亭亭如蓋」那一招，小龍女叫聲：「啊喲！」一個挫步，向前斜身摔倒。楊過縱身而前，憑虛撲在她身上代擋敵招，雙足分開撐地，腰間使力，上身挺起，不和她身子相觸。此時敵人趕將上來，欲待傷害楊過。小龍女便挺長劍從楊過兩腿之間的空隙上刺，一劍通入敵人小腹，就此殺了敵人。

楊過腰背出力撐住身子，不令自己壓到小龍女身上，卻見她眼波盈盈，滿臉紅暈，嘴角邊似笑非笑，嬌媚百端，不禁全身滾熱，再也難以克制，雙臂抱住了她身子，伸嘴欲在她臉頰上一吻。小龍女年過二十，心中自非全無情欲，給楊過這麼一抱，見到他的眼光，不由得心中動情。但她自幼所練內功是冷漠自制，不論外界如何生變，自己既不驚懼，亦不動怒，動情自然更加不可，驀地裏覺到不妥，出力跳起，脫出楊過的摟抱，順手重重在他臂部猛擊一掌，喝道：「你不乖！不練啦。」奔回石墓。

楊過又驚又慚，急速隨後跟去，幸好小龍女並沒閉上墓門。楊過走到小龍女臥室之外，拿了一柄掃帚，跪倒在地，說道：「姑姑，今天我錯了，請你重重打我吧！」高舉掃帚過頂。小龍女道：「我不打你，你知錯了就好。咱們以後不練這一招了。」楊過道：「不練也成。以後倘若眞有壞人害你，我一般的奮不顧身，保你護你，代擋殺招！」小龍女哼的一聲，說道：「原來你還是乖的，並不欺侮我。」楊過聽了她一聲哼，心中大石才落，說道：「我永永遠遠的保你護你，決不欺侮你。」

兩人自此以夜作晝，晚上練功，白日在墓中休息。楊過和小龍女嚴自提防，以免更犯當日險些情不自禁之誤。如此兩月有餘，相安無事。

那心經的內功要旨在更增縱躍之能以及出招的快捷，勁力的增長卻非玉女心經要旨所在。所以要兩人同練，一來若遇走火入魔等困厄時可互相救助，更要緊的是使得兩人心靈相通，在危急之際有如一人。林朝英和王重陽所以良緣難諧，主因便在互不了解，各人所思所念，每每與對方相左，難以心靈相通。林朝英生性矜持，又復靦覥，不肯先吐情意，只盼同練內功，對方自悟，得以心心相印。其實男女二人若兩情相悅，坦白直言即可表達情意，自內功入手而求兩心互通，未免是遠兜圈子了。且捨口舌言語而不用，內功練到高深處，敵意漸增，情意自相應而減。

王重陽其實未與林朝英同練玉女心經，林朝英此番心血，於數十年後方得讓徒孫受益。楊過虛心受教，小龍女誠意傳劍，兩情相洽，敵意不生。

那玉女心經的第九篇全是內功，共分九段，分別行功，這一晚小龍女已練到第七段，楊過也已練到第六段。當晚兩人隔著花叢各自用功，全身熱氣蒸騰，將那花香一薰，更加芬芳馥郁。漸漸月到中天，再過半個時辰，兩人六段與七段的行功就分別練成了。突然間山後傳來腳步聲響，兩個人一面說話，一面走近。

這玉女心經單數行功是「陰進」，雙數為「陽退」。楊過練的是「陽退」功夫，隨時可以休止，小龍女練的「陰進」卻須一氣呵成，中途不能微有頓挫。此時她用功正到要緊關頭，對腳步聲和說話聲全然不聞。楊過卻聽得清清楚楚，心下驚異，忙將丹田之氣逼出體外，吐納三次，止了練功。只聽那二人漸行漸近，語音好生熟悉，原來一個是以前的師父趙志敬，一個卻是甄志丙。兩人越說越大聲，竟在互相爭辯。

只聽趙志敬道：「甄師弟，此事你再抵賴也沒用。我去稟告丘師伯，憑他查究罷。」甄志丙道：「你苦苦逼我，為了何來？難道我就不知？你不過要跟我爭做第三代的首座弟子，將來好做我教掌門人。」趙志敬冷笑道：「你不守清規，犯了我教大戒，怎能再做首座弟子？」甄志丙道：「我犯了甚麼大戒？」趙志敬大聲喝道：「全眞教第四條戒律，淫戒！」

楊過隱身花叢，偷眼外望，見兩個道人相對而立。甄志丙臉色鐵青，在月光映照下更顯得全無血色，沉著嗓子道：「甚麼淫戒？」說了這四字，伸手按住劍柄。趙志敬道：「你自從見了活死人墓中的那個小龍女，整日價神不守舍，胡思亂想，你心中不知幾千百遍的想過，要將小龍女摟在懷裏，溫存親熱，無所不爲。我教講究的是修心養性。你心中這麼想，難道不是已犯了淫戒麼？」

楊過對師父尊敬無比，聽趙志敬這麼說，不由得怒發欲狂，對二道更恨之切骨。但聽甄志丙顫聲道：「胡說八道，連我心中想甚麼，你也知道了？」趙志敬冷笑道：「你心中所思，我自然不知。我爲了要捉拿楊過這叛門的小畜生回觀治罪，派了鹿淸篤和另外三名弟子，輪派在古墓外林子中伺伏，只等這小畜生出墓到林中來，便捉他回觀……」甄志丙道：「楊過的武功早高過你弟子鹿淸篤了，還捉得到他嗎？」趙志敬冷冷的道：「楊過是捉不到，他們卻發現了幾個大秘密。他們見到，咱們全眞教有一位甄師叔，不斷在古墓外的林中踱來踱去，仰起了頭喃喃自語，只怕口中叫的是『小龍女，小龍女！』」甄志丙怒道：「一派胡言，那有此事！」

趙志敬道：「就算聽不到你說話，但你三日兩頭到那林子中踱來踱去，總不假吧？

咱們掌門師伯吩咐了的，誰都不准走到古墓旁的林子裏去。我派四個弟子去守候捉拿楊過，除師叔伯、師父之外，教裏人人都知。你去林子裏等小龍女，這不是犯了淫戒算甚麼？你不認，我們到掌門師伯、丘師伯那裏去評評這理。」甄志丙道：「趙師哥，你爲來爲去，不過想撬掉我這第三代首座弟子的名號，要我將來做不成本教掌門，你肆口胡說，目的只是爲此，大家知道你的用意，除了恥笑之外，又有誰信你了？再說，本教李志常李師哥、王志坦王師弟、宋德方宋師弟，那一個不是精明能幹，幹才遠勝於你，你要撬掉我已千難萬難，挨下來卻也未必輪到你呢！」

趙志敬冷笑道：「是我肆口胡說嗎？小龍女二十歲生日那天，是誰巴巴的在古墓前放了一盒蜜餞蟠桃、兩罐蜜棗，說是『恭祝龍姑娘芳辰』呢？」甄志丙道：「你倒把人家的生日記得這麼清清楚楚。」趙志敬道：「她十八歲生日那天，妖魔鬼怪大舉來攻，燒了重陽宮的宮觀，這日子誰不記得？你想不認嗎？哼哼！是誰送了這份生日禮，又寫了『恭祝龍姑娘芳辰』的禮箋，還怕人家不知是誰送的禮，下面卻寫著『重陽宮小道甄志丙謹具』十個字。這張禮箋，可教鹿清篤給收下了。咱們不妨到丘師伯面前去對一對筆跡，到底是甄師弟你親筆所書呢，還是我趙志敬假冒的？」從懷中取出一張紅紙，揚了幾揚，說道：「這是不是你的筆跡？咱們交給掌門馬師伯、你座師丘師伯認認去。」

甄志丙再也忍耐不住，唰的一聲，長劍出鞘，分心便刺。

趙志敬側身避開，將紅紙塞入懷內，獰笑道：「你想殺我滅口麼？只怕沒這等容易。」甄志丙一言不發，疾刺三劍，每一劍都給趙志敬避開了。到第四劍上，錚的一聲，趙志敬也長劍出手，雙劍相交，便在花叢旁劇鬥起來。兩人都是全眞派第三代高弟，一個是丘處機二徒，一個是王處一首徒，武功原在伯仲之間。甄志丙咬緊牙關狠命相撲，趙志敬卻在惡鬥之中不時夾著幾句譏嘲，意圖激怒對方，造成失誤。丘處機的弟子之中，武功本以尹志平居首，甄志丙其次，但近幾年來尹志平潛心內丹煉氣之道，於武功上不免生疏了，於是第三代弟子之中，便由甄志丙及趙志敬互爭雄長。

此時楊過已將全眞派的劍法盡數學會，見二人酣鬥之際，進擊退守，招數雖變化多端，但大致盡在意料之中，心想姑姑教的本事果然不錯。見二人翻翻滾滾的拆了數十招，甄志丙使的盡是進手招數，趙志敬不斷移動腳步，冷笑道：「我會的你全懂，你會的我也都練過。要想殺我，休想啊，休想。」他守得穩凝無比，甄志丙奮力進撲，每一招都讓他擋開了。再鬥一陣，眼見二人腳步不住移向小龍女身邊，楊過大驚，心想：「這兩名賊道倘若打到我姑姑身畔，那可糟啦！」

驀地裏趙志敬突然反擊，將甄志丙逼了回去。他急進三招，甄志丙連退三步。楊過見二人離師父遠了，心中暗喜，那知甄志丙忽然劍交左手，右臂倏出，呼的一掌，當胸拍去。趙志敬笑道：「你就是有三隻手，也只有妙手偷香的本事，終難殺我。」當下左掌相迎。兩人劍刺掌擊，比適才鬥得更加兇了。

小龍女潛心內用，對外界一切始終不聞不見。楊過見二人走近幾步，心中就焦急萬分，移遠幾步，又略略放心。

鬥到酣處，甄志丙大聲怒喝，連走險招，竟不再擋架對方來劍，一味猛攻。趙志敬暗呼不妙，知他處境尷尬，寧可給自己刺死，也不能洩漏了暗戀人家姑娘之事。他與甄志丙雖素來不睦，卻無殺他之心，這麼一來，登時落在下風。再拆數招，甄志丙左劍平刺，右掌正擊，同時左腿橫掃而出，正是全眞派中的「三連環」絕招。

趙志敬高縱丈餘，揮劍下削。甄志丙長劍脫手，猛往對方擲去，跟著「嘿」的一聲，雙掌齊出。

楊過見這幾招淩厲變幻，已非己之所知，不禁手心中全是冷汗，眼見趙志敬身在半空，無可閃避，看來這兩掌要打得他筋折骨斷。豈知趙志敬竟在這危急異常之際忽然空中翻身，急退尋丈，輕輕巧巧的落下地。

瞧他身形落下之勢，正對準了小龍女坐處花叢，楊過大驚之下再無細思餘暇，縱身而起，左掌從右掌下穿出，托在趙志敬背心，一招「綵樓拋球」，使勁揮出，將他龐大的身軀拋在兩丈以外。但他此時內力未足，這一下勁力使得猛了，勁集左臂，下盤便虛，登時站立不穩，身子一側，左足踏上了一根花枝。那花枝迅即彈回，碰在小龍女臉上。只這麼輕輕一彈，小龍女已大吃一驚，全身大汗湧出，正在急速運轉的內息湧入丹田，回不上來，立即昏暈。

甄志丙斗然間見楊過出現，又斗然間見到自己晝思夜想的意中人竟隱身在花叢之中，登時呆了，實不知是眞是幻。此時趙志敬已站直身子，月光下已瞧淸楚小龍女的面容，又見她暈在地下，衣衫不整，叫道：「妙啊，原來她在這裏偷漢子。」

楊過大怒，厲聲喝道：「兩個臭道士都不許走，回頭找你們算帳。」見小龍女摔倒後便即不動，想起她曾一再叮囑，練功之際必須互相全力防護，縱然是獐兔之類無意奔到，也能闖出大禍，這時她大受驚嚇，定然爲禍非小，惶急無比，伸手去摸她額頭，只覺一片冰涼，忙將她衣襟拉過，遮好她身子，將她抱起，叫道：「姑姑，你沒事麼？」

小龍女「嗯」了一聲，卻不答話。楊過稍稍放心，道：「姑姑，咱們先回去，回頭再來殺這兩個賊道。」小龍女全身無力，偎倚在他懷裏。楊過邁開大步，走過二人身邊。甄志丙痴痴呆呆的站在當地。趙志敬哈哈大笑，道：「甄師弟，你的意中人在這裏跟旁人幹那無恥勾當，你與其殺我，還不如殺他！」甄志丙聽而不聞，不作一聲。

楊過聽了「幹那無恥勾當」六字，雖不明他意之所指，但知總是極惡毒的咒罵，盛怒之下，將小龍女輕輕放在地下，讓她背脊靠在一株樹上，折了一根樹枝拿在手中，向趙志敬戟指喝道：「你胡說甚麼？」

事隔兩年，楊過已自孩童長成一個長身玉立的少年，趙志敬初時並不知道是他，待得聽他二次喝罵，臉龐又轉到月光之下，這才瞧清楚原來是自己徒兒，自己忙亂中竟給他摔了一交，不由得慚怒交迸，見他上身赤裸，喝道：「楊過，原來是你這小畜生！」楊過道：「你罵我也還罷了，你罵我姑姑甚麼？」趙志敬哈哈一笑，道：「人言道古墓派是姑娘派，向來傳女不傳男，個個是冰清玉潔的處女，卻原來污穢不堪，姘頭相好幾十個，不管和尚道士，徒弟師父，碰上了就不分日夜，幕天席地的幹這調調兒！」

小龍女適於此時醒來，聽了他這幾句話，驚怒交集，剛調順了的氣息又復逆轉，雙氣相激，胸口鬱悶無比，知道已受內傷，只罵得一聲：「你胡說八道……」突然口中鮮血狂噴，如一根血柱般射了出來。

甄志丙與楊過一齊大驚，雙雙搶近。甄志丙問道：「你怎麼啦？」俯身察看她傷勢。楊過只道他意欲加害，左手推向他胸口。甄志丙順手一格。楊過對全眞派的武功招招熟習，手掌一翻，已抓住他手腕，先拉後送，將他摔了出去。

此時楊過練功時日未久，武功其實尚遠不及甄志丙，如與別派武學之士相鬥，對手武功與甄志丙相若，楊過非輸不可。但林朝英當年鑽研剋制全眞武功之法，每一招每一式都配合得絲絲入扣，而她創成之後從未用過，是以全眞弟子始終不知世上竟有這一項本門剋星的武功。此時楊過突然使出，甄志丙猝不及防，又當心神激盪之際，竟全無招架之功。楊過出手雖快，勁力不足，甄志丙這一交雖未跌倒，但身子已在兩丈之外，站在趙志敬身旁。

楊過道：「姑姑，你莫理他們，我先扶你回去。」小龍女氣喘吁吁的道：「不，你殺了他們，別……別讓他們在外邊說……說我……」楊過道：「好。」縱身而前，手中樹枝向趙志敬當胸點去。趙志敬那將他放在眼裏，長劍微擺，削他樹枝。那知楊過所使劍招正是全眞劍法的對頭，樹枝尖頭一顫，倏地彎過，已點中趙志敬手腕上穴道。趙志敬手腕一痲，暗叫不好。楊過左掌橫劈，直擊他左頰，這一劈來勢怪極，乃是從最不可能處出招。趙志敬要保住長劍，就得挺頭受了他這一劈，若要避招，長劍非撒手不可。

趙志敬武功了得，放手撒劍，低頭避過，楊過已將他長劍奪過，趙志敬跟著左掌前探，就在這一瞬之間要奪回長劍。豈知林朝英在數十年前早已料敵機先，對全眞高手可能使用的諸般巧妙厲害變著，盡數預擬了對付之策。趙志敬這一招自覺別出心裁，定能敗中求勝，那想到楊過與小龍女早就將此招拆解得爛熟於胸。楊過見他左掌一閃，已知他要用此著，長劍刺去，搶先削他手掌。趙志敬急忙縮手。楊過劍尖已指在他胸口，喝道：「躺下！」左腳勾出。趙志敬要害受制，動彈不得，給他一勾，當即仰天摔倒。楊過提起長劍，疾往他小腹刺下。

忽然身後風聲颯然，一劍刺到，甄志丙厲聲喝道：「你膽敢弒師麼？」這一劍攻敵之必救，楊過於大驚大怒交攻之際，仍能審察緩急，立時回劍擋格，噹的一聲，雙劍相交。甄志丙見他迴劍既快且準，不禁暗暗稱讚，突覺自己手中長劍不挺自伸，竟遭對方黏了過去，一驚之下，急運內力回奪。他內力自遠爲深厚，雙力互奪，楊過長劍反給牽引過去。不料楊過正是要誘他使這一著，只微一凝持，突然放劍，雙掌直欺，猛擊他前胸，同時劍柄反彈上來，雙掌一劍，三路齊至，甄志丙武功再高，也擋不住這怪異之極的奇襲。

當此之時，甄志丙只得撤劍迴掌，並手橫胸，急擋一招，只手臂彎得太內，已難發勁，總算楊過內力不強，未能將他雙臂折斷，但也已震得他胸口劇痛，兩臂酸麻，急忙倒退三步。趙志敬已乘機跳起，與甄志丙並肩抗敵。楊過雙劍在手，向二人攻去。

趙甄二人數招之間，讓一個初出茅廬的少年殺得手忙腳亂，都既驚且怒，再也不敢大意。兩人並肩而立，使開掌法，只守不攻，要先摸清對方的武功路子再說。這麼一來，楊過雖雙手皆有利器而對方赤手空拳，但二人守得嚴密異常，再也不能如初交手時那麼殺他們個措手不及。林朝英只求蓋過王重陽，如以利劍制敵肉掌，非但勝之不武，抑且自失身分，她於此自是不屑去多費心思，因此玉女心經劍術之中，並無剋制全眞派拳腳的招數。加之趙甄二人功力固然遠勝，又聯防而求立於不敗之地，楊過雙劍閃爍，縱橫揮動，卻無可乘之機，到後來且漸落下風。趙志敬掌力沉厚，不斷催勁，壓向他劍上。

甄志丙定了定神，暗想兩個長輩合鬥一個少年，那成甚麼樣子？眼見勝算已然在握，又記掛小龍女的安危，喝道：「楊過，你快扶你姑姑回去，跟我們瞎纏甚麼？」楊過道：「姑姑恨你們胡說八道，叫我非殺了你們不可。」甄志丙呼的一掌，將他左手劍震歪了，向左躍開三步，叫道：「且住！」楊過道：「你想逃麼？」甄志丙道：「楊過，你想殺我們兩個，這叫做千難萬難，不過好教你姑姑放心，今日之事，我姓甄的倘若吐露了半句，立時自刎相謝。倘有食言……」說到此處，左掌向天，說道：「我甄志丙死得慘不堪言，死後身入十八層地獄，來世做狗做豬，永爲畜生！」

楊過一呆之下，聽他說得誠懇，已知這誓言出自眞心，喝道：「姓甄的，你做豬做狗，倒也相配！」向前踏上兩步，驀地裏挺劍向背後刺出，直指趙志敬胸口。

這一招「木蘭迴射」陰毒無比，趙志敬正自全神傾聽二人說話，那料到他忽施偷擊，待得驚覺，劍尖已刺上了小腹。趙志敬只感微微一痛，立時氣運丹田，小腹斗然間向後縮了半尺，疾起右腿，竟將楊過手中長劍踢飛。楊過不等他右腿縮回，伸指向他膝彎裏點去，正中穴道。趙志敬雖逃脫性命，卻再也站立不住，右腿跪倒在楊過面前。

楊過伸手接住從空中落下的長劍，指在趙志敬咽喉，道：「我曾拜你爲師，磕過你八個頭，現下你已非我師，這八個頭快磕回來。」趙志敬氣得幾欲暈去，臉皮紫脹，幾成黑色。楊過手上稍稍用力，劍尖陷入他喉頭肉裏。趙志敬罵道：「你要殺便殺，多說甚麼？」楊過挺劍正要刺去，忽聽小龍女在背後說道：「過兒，師父殺不得，你叫他立誓不說今日之事，就……就饒了他罷！」

楊過對小龍女之言奉若神明，聽她這般說，便道：「你發個誓來。」趙志敬雖然氣極，畢竟性命要緊，說道：「我不說就是，發甚麼誓？」楊過道：「不成，非發個毒誓不可。」趙志敬道：「好，今日之事，咱們這裏只四人知道。如我對第五個人說起，教我身敗名裂，逐出師門，爲武林同道所不齒，終於不得好死！」

小龍女與楊過都不諳世事，只道他當眞發了毒誓。甄志丙卻聽出他誓言之中另藏別意，待要提醒楊過，又覺不便明助外人，只見楊過抱著小龍女，腳步迅捷，轉過山腰去了。

楊過抱著小龍女回到古墓，將她放上寒玉床。小龍女嘆道：「我身受重傷，怎麼還能與寒氣相抗？」楊過「啊」了一聲，心中愈驚，暗想：「原來姑姑受傷如此之重。」當下抱她到鄰室她自己的臥房。小龍女剛一臥倒，又是「哇」的一聲，噴出了大口鮮血，楊過赤裸的上身給噴得滿胸是血。她喘息幾下，便噴一口血。楊過嚇得手足無措，只是流淚。

小龍女淡淡一笑，說道：「我把血噴完了，就不噴了，又有甚麼好傷心的？」楊過道：「姑姑，你別死。」小龍女道：「你自己怕死，是不是？」楊過愕然道：「我？」小龍女道：「我死之前，自然先將你殺了。」這話她在兩年多前曾說過一次，楊過早就忘了，想不到此時重又提起。小龍女見他滿臉訝異之色，道：「我若不殺你，死了怎有臉去見孫婆婆？你獨個兒在這世上，又有誰來照料你？」楊過心中一片惶亂，不知說甚麼好。

小龍女吐血不止，神情卻甚鎮定，渾若無事。楊過靈機一動，奔去舀了一大碗玉蜂蜜漿來，餵她喝下。這蜜漿療傷果有神效，過不多時，她終於不再吐血，躺在床上沉沉睡去。楊過心中略定，驚疲交集，再也支持不住，坐在地下，也倚牆睡著了。

不知過了多少時候，忽覺咽喉上一涼，當即驚醒。他在古墓中住了多年，雖不能如小龍女般黑暗中視物有如白晝，但在墓中來去，也已不須秉燭點燈。睜開眼來，見小龍女坐在床沿，手執長劍，劍尖指在他喉頭，一驚之下，叫道：「姑姑！你……」

小龍女淡然道：「過兒，我這傷勢好不了啦，現下殺了你，咱們一塊兒見孫婆婆去罷！」楊過只急叫：「姑姑！」小龍女道：「你心裏害怕，是不是？挺快的，只一劍就完事。」楊過見她眼中忽發異光，知她立時就要下殺手，胸中求生之念熱切無比，再也顧不得別的，一個打滾，飛腿去踢她手中長劍。

小龍女雖內傷沉重，身手迅捷，竟不減平時，側身避開他這一腳，劍尖又點在他喉頭。楊過連變幾下招術，但他每一招每一式全是小龍女所指點，那能不在她意料之中？長劍如影隨形，始終不離他咽喉三寸之處。楊過嚇得全身出汗，暗想：「今日逃不了性命，定要給姑姑殺了。」危急中雙掌一併，憑虛擊去，欺她傷後無力，招數雖精，該無勁力與自己對掌。

小龍女識得他用意，上身微側讓開，楊過只須雙掌下擊，便可打落她手中長劍，但他無論如何不肯以一指相加於師父，掌力略偏，在小龍女肩頭掠過。小龍女叫道：「過兒，不用鬥了！」長劍略挺，劍尖顫了幾顫，一招巧妙無比的「分花拂柳」，似左實右，已點在楊過喉頭。她運勁前送，正要在他喉頭刺落，見到他乞憐的眼色，突然心中憐意大生，登時手腕無力，全身酸軟，噹的一聲，長劍落地。

這一劍刺來，楊過只有待死，不料她竟會拋劍不刺。他一呆之下，隨即轉身逃出，臨出門時回頭向小龍女望了一眼，只見她半身倒在地下，長劍落在身邊，嘴裏兩道鮮血從嘴角邊緩緩流下，雙目緊閉，昏暗之中，但見她本來白玉一般晶瑩的臉色，似乎變得有些灰撲撲地。楊過心中大慟：「姑姑就要死了，我說甚麼也不離開她！她要殺我，讓她殺好了。」搶身過去，靠牆坐倒，將小龍女的身子輕輕扶起，靠在自己胸前，伸手到石桌上將那碗尚未喝完的玉蜂蜜拿過，左手撥開小龍女的嘴唇，將蜂蜜緩緩灌入她口裏。

小龍女喝得幾口蜂蜜，微微睜眼，發覺楊過摟著她上身，心下大喜，臉色如春花之綻，問道：「我要殺你，你……你怎不逃走？」楊過道：「我捨不得離開你！你殺我也不打緊。你如眞的死了，我就自殺，否則你到了陰間，沒人陪你，你會害怕的。」小龍女聽他這幾句話情深無限，沒半點假意，心中平靜，便呼吸順暢，迷迷糊糊的似欲睡去。楊過將她抱起，輕輕放到床上，拉過薄被蓋在她身上。打亮火摺，點燃石桌上的一支蠟燭，見小龍女臉上微透紅暈，嘴角邊露出笑意，先前重傷垂死的頹態已大爲改善。

小龍女微微睜眼，說道：「我受激吐血，師父以前曾說，該找人參、田七、紅花、當歸之類藥物服了，慢慢調養，否則吐血不止，傷勢難愈。」楊過道：「我這就出去找藥，你乖乖的躺著休息。」小龍女閉了眼，輕輕的道：「你要小心！」楊過道：「是。姑姑，我不放心離開你。」小龍女道：「你去好了，我就要死，也等你回來再死。」

楊過心想古墓中沒銀子去買藥，到山下見到藥店，或偷或搶，見機行事便了，便即走出古墓。但見陽光耀目，清風拂體，花香撲面，好鳥在樹，那裏還是墓中陰沉慘怛的光景？

他回到紅花叢旁先前練功之處，趙志敬和甄志丙已人影不見，便展開輕功向山下急奔。中午時分，已到了山腳，他放慢腳步而行，走到溪邊，將自己身上的血跡稍事清洗。走了一陣，腹中餓得咕咕直響。他自幼闖蕩江湖，找東西吃的本事著實了得，四下張望，見西邊山坡上長著一大片玉米，於是過去摘了五根棒子。玉米尚未成熟，但已可食得。他拾了一些枯柴，便想設法生火燒烤來吃，自己吃三根棒子，餘下兩根拿去給師父。忽聽樹後腳步聲細碎，有人走近。

他側身先擋住了玉米，以免給鄉農捉賊捉贓，再斜眼看時，卻見是個妙齡道姑，身穿杏黃道袍，腳步輕盈，緩緩走近。她背揷雙劍，劍柄上血紅絲絛在風中獵獵作響，顯是會武。楊過心想此人定是山上重陽宮裏的，多半是清淨散人孫不二的弟子。他想女道姑就不必跟她爲難了，低了頭自管在地下掇拾枯枝。

那道姑走到他身前，問道：「喂，上山的路怎生走法？」楊過暗道：「這女子是全眞教弟子，怎能不識上山路徑？定然不懷好意。」當下也不轉頭，隨手向山一指，道：「順大路上去便是。」那道姑見他上身赤裸，下身一條褲子甚爲敝舊，髒兮兮的也不知道是沾了油漆，還是染了菜汁，蹲在道旁執拾柴草，料想是個尋常莊稼漢。她自負美貌，任何男子見了都要目不轉瞬的呆看半晌，這少年居然瞥了自己一眼便不再瞧第二眼，竟似瞎了眼一般，不禁有氣，但隨即轉念：「這些蠢牛笨馬一般的鄉下人又懂得甚麼？」說道：「你站起來，我有話問你。」

楊過對全眞教上上下下早就盡數恨上了，當下裝聾作啞，只作沒聽見。那道姑道：「傻小子，我的話你聽見沒有？」楊過道：「聽見啦，可是我不愛站起來。」那道姑聽他這麼說，不禁嗤的一笑，說道：「你瞧瞧我，是我叫你站起來啊！」這兩句話聲音嬌媚，又甜又膩。楊過心中一凜：「怎麼她說話這等怪法？」抬起頭來，只見她膚色白潤，雙頰暈紅，兩眼水汪汪的斜睨自己，似乎並無惡意；一眼看過之後，又低下頭來拾柴。

那道姑又問：「那你知不知道山上的那座大墓在哪裏？」楊過一怔，仍不抬頭，乾脆答道：「不知道！」那道姑覺察到他神色有異，心想這孩子大約是害怕大墳，見他滿臉稚氣，對自己毫不動心，也不生氣，又想：「原來是個不懂事的傻孩子。鄉下人不懂甚麼容貌美麗，銀錢總是貪的。」她急於問路，不能色誘，便以財誘，從懷裏取出兩錠銀子，叮叮的相互撞了兩下，說道：「小兄弟，你聽我話，這兩錠銀子就給你。」

楊過原不想招惹她，但聽她說話奇怪，倒要試試她有何用意，於是索性裝痴喬獃，怔怔的望著銀子，道：「這亮晶晶的是甚麼啊？」那道姑一笑，說道：「這是銀子。你要新衣服啦、大母鷄啦、白米飯啦，都能用銀子去買來。」楊過裝出一股茫然不解的神情，心想：「我搶了她銀子，就好到山下去給姑姑買藥。」說道：「你又騙我啦，我不信。」那道姑笑道：「我幾時騙過你了？喂，小子，你叫甚麼名字？」楊過道：「人人都叫我傻蛋，你不知道麼？你叫甚麼名字？」

那道姑笑道：「傻蛋，你只叫我仙姑就得啦，你媽呢？」楊過道：「我媽剛才罵了我一頓，到山上砍柴去啦。」那道姑道：「嗯，我要用把斧頭，你去家裏拿來，借給我使使。」楊過大奇，雙眼發直，口角流涎，傻相裝得越加像了，不住搖頭，道：「那不行，斧頭不能借人的。」那道姑笑道：「你爹媽見了銀子，就肯借斧頭啦。」說著揚手將一錠銀子向他擲去。

楊過伸手去接，假裝接得不準，讓那銀子撞在肩頭，落下來時，又碰上了右腳，他捧住右腳，左足單腳而跳，大叫：「噯喲，噯喲，你打我！我跟媽媽說去！」說著大叫大嚷，拾起銀子，轉身向山下急奔，要去買藥。

那道姑見他傻得有趣，微微而笑，解下身上腰帶，向楊過的右足揮出。楊過聽到風聲，回頭一望，見到腰帶來勢，吃了一驚：「這是我古墓派的功夫！難道她不是全眞派道姑？」當下也不閃避，讓她腰帶纏住右足，撲地摔倒，全身放鬆，任她橫拖倒曳的拉回來，心下戒懼：「她上山去，難道是衝著姑姑？」

他一想到小龍女，不知她此時生死如何，不由得憂急無比。那道姑將他拉到面前，見他雖滿臉灰土，卻眉淸目秀，心道：「這鄉下小子生得倒俊，只可惜繡花枕頭，肚子裏一包亂草。」聽他兀自大叫大嚷，胡言亂語，微微笑道：「傻蛋，你要死還是要活？」

說著拔出長劍，抵在他胸口。

楊過見她出手這招「錦筆生花」正是古墓派嫡傳劍法，心下更無疑惑：「此人多半是師伯李莫愁的弟子，上山找我姑姑，定然不懷好意。從她揮腰帶、出長劍的手法看來，武功倒也不弱，我便裝傻到底，好教她全不提防。」滿臉惶恐，求道：「仙姑，你……你別殺我，我聽你的話。」那道姑笑道：「好，你如不聽我吩咐，一劍就將你殺了。」楊過叫道：「我聽，我聽。」那道姑揮起腰帶，啪的一聲輕響，已纏回腰間，姿態飄逸，甚是瀟洒。楊過暗讚一聲：「好！」臉上卻仍一股茫然之色。道姑心道：「這傻子又怎懂得這一手功夫之難？我這可是俏媚眼做給瞎子看了。」說道：「你快回家去拿斧頭。」

楊過本想先到山下買藥，料想那道姑追自己不上，但見她是李莫愁的弟子，要去古墓，定是要爲難小龍女，倒不可不防。當下奔向前面農舍，故意足步蹣跚，落腳極重，搖搖擺擺，顯得笨拙異常。那道姑瞧得極不順眼，叫道：「你可別跟人說起，快去快回。」楊過應道：「是啦！」悄悄在一所農舍的門邊一張，見屋內無人，想是都在田地裏耕作，在壁上取了一柄伐樹砍柴用的短斧，順手又在板櫈上取過一件破衣披在身上，傻裏傻氣的回來。

他雖在作弄那道姑，心中掛念著小龍女的安危，臉上不禁深有憂色。那道姑嗔道：

「你哭喪著臉幹麼？快給我笑啊。」楊過咧開了嘴，傻笑幾聲。那道姑秀眉微蹙，道：「跟我上山去。」楊過忙道：「不，不，我媽吩咐我不可亂走。」那道姑喝道：「你不聽話，我立時殺了你。」說著伸左手扭住他耳朵，右手長劍高舉，作勢欲斬。楊過殺豬也似的大嚷起來：「我去啊，我去啊！」

那道姑心想：「這人蠢如豬羊，正合我用。」於是拉住他袖子，走上山去。她輕功不弱，行路自然極快。楊過卻跌跌撞撞，左腳高，右腳低，遠遠跟在後面，走了一陣，便坐在路邊石上不住拭汗，呼呼喘氣。那道姑連聲催促快走。楊過道：「你走起路來像兔子一般，我怎跟得上？」那道姑見日已偏西，心中老大不耐煩，回過來挽住他手臂，向山上急奔。楊過只跟不上，雙腳亂跨，忽爾在她腳背上重重踹了一腳。

那道姑「噯喲」一聲，怒道：「你作死麼？」但見他氣息粗重，當真累得厲害，伸左臂托在他腰裏，喝一聲：「走罷！」攬著他身子向山上疾馳，輕功施展開來，片刻間就奔出數里。楊過讓她攬在臂彎，背心感到的是她身上溫軟，鼻中聞到的是她女兒香氣，索性不使半點力氣，任由她帶著上山。那道姑奔了一陣，俯下頭來，見他臉露微笑，顯得甚爲舒服，不禁有氣，鬆開手臂，將他擲落，嗔道：「你好開心麼？」楊過摸著屁股大叫：「哎唷，唉唷，仙姑摔痛傻蛋屁股啦。」

那道姑又好氣又好笑，罵道：「你怎麼這生傻？」楊過道：「是啊，我本來就叫傻蛋嘛。仙姑，我媽說我不姓儍，姓張。你可是姓仙麼？」那道姑道：「你叫我仙姑就得啦，管我姓甚麼呢。」原來她便是赤練仙子李莫愁的弟子、當日去殺陸立鼎滿門而給武娘子逐走的小道姑洪凌波。楊過想探聽她姓名，她竟不吐露。

她在石上坐下，整理給風吹散了的秀髮。楊過側著頭看她，心道：「這道姑也算得挺美了，但還不及桃花島郭伯母，更加不及我姑姑。」洪凌波向他橫了一眼，笑道：「儍蛋，你儘瞧著我幹甚？」楊過道：「我瞧著就是瞧著，又有甚麼幹不幹的？你不許我瞧，我不瞧就是了，有甚麼希罕？」洪凌波噗哧一笑，道：「你瞧罷！喂，你說我好不好看？」從懷裏摸出一隻象牙小梳，慢慢梳理頭髮。

楊過道：「好看啊，就是，就是……」洪凌波道：「就是甚麼？」楊過道：「就是不大白。」洪凌波向來自負膚色白膩，肌理晶瑩，聽他這麼說，不禁勃然而怒，站起身來喝道：「儍蛋，你要死了，說我不夠白？」楊過搖頭道：「不大白。」洪凌波怒道：「誰比我更白了？」楊過道：「昨晚跟我一起睡的，就比你白得多。」洪凌波道：「誰？是你媳婦兒，還是你娘？」心中轉過一個念頭，就想將這膚色比自己更白的女人殺了。楊過道：「都不是，是我家的白羊兒。」洪凌波轉怒爲笑，道：「眞是儍子，人怎能跟畜牲比？快走罷。」挽著他臂膀，快步上山。

將至直赴重陽宮的大路時，洪凌波折而向西，朝活死人墓的方向走去。楊過心想：

「她果然去找我姑姑。」洪凌波走了一會，從懷中取出一張地圖，找尋路徑。楊過道：「仙姑，前面走不通啦，樹林子裏有鬼。」洪凌波道：「你怎知道？」楊過道：「林子裏有個大墳，墳裏有惡鬼，誰也不敢走近。」洪凌波大喜，心道：「活死人墓果在此處。」

原來洪凌波近年得師父傳授，武功頗有進益，在山西助師打敗武林羣豪，更得李莫愁歡心。她聽師父談論與全眞諸子較量之事，說道若能練成「玉女心經」，便不用畏懼全眞教這些牛鼻子老道，只可惜記載這門武學的書册留在終南山古墓之中。洪凌波問她爲甚麼不到墓中研習這功夫。李莫愁含糊而答，只說已把這地方讓給了小師妹，師姊妹倆不大和睦，向來就沒來往。她極其好勝，自己曾數度闖入活死人墓、鎩羽受創、狼狽逃走之事，自不肯對徒兒說起，反說小師妹年紀幼小，武功平平，做師姊不便以大欺小。洪凌波極力攛掇師父去佔墓奪經。其實李莫愁此念無日或忘，但對墓中機關參詳不透，遲遲不敢動手，聽徒兒說得熱切，只微笑不答。

洪凌波提了幾次，見師父始終無可無不可，暗自留了心，向師父詳問去終南山古墓的道路，私下繪了一圖，卻不知李莫愁其實並未盡舉所知以告。這次師父派她上長安殺個並無多大武功的仇家，事成之後，便逕上終南山來，不意與楊過相遇；便命楊過使短斧砍開阻路荆棘，覓路入墓。

楊過心想這般披荆斬棘而行，攪上一年半載也走不近古墓，痴痴呆呆的只依命而行。鬧了大半時辰，天色全黑，還行不到里許路，離古墓仍極遙遠。他記掛小龍女之心越來越熱切，急於想去瞧她，暗想自己能制住這小道姑，也不怕她能有甚麼古怪，舉斧亂劈幾下，對準一塊石頭砍了下去，火星四濺，斧口登時捲了。他大聲叫道：「噯喲，噯喲，這兒有一塊大石頭。斧頭壞啦，回頭爹爹準要打我。仙姑，我……我要回家去啦。」

洪凌波早十分焦急，瞧這等走法，今晚無論如何不能入墓，只罵：「傻蛋，不許回去！」楊過道：「仙姑，你怕不怕鬼？」洪凌波道：「鬼才怕我呢，我一劍就將惡鬼劈成兩半。」楊過喜道：「你不騙我麼？」洪凌波道：「我騙你幹麼？」楊過道：「惡鬼既然怕你，我就帶你到大墳去。那惡鬼出來，你可要趕跑他啊！」洪凌波大喜道：「你識得到大墳去的路？快帶我去。」楊過怕她疑心，嘮嘮叨叨的再三要她答允，定要殺了惡鬼。洪凌波連聲安慰，叫他放心，說道便有十個惡鬼也都殺了。

楊過牽著她手，走出花木叢來，轉到通往古墓的秘道。此時已近中夜，星月無光。楊過拉著她手，只覺溫膩軟滑，暗暗奇怪：「姑姑與她都是女子，怎地姑姑的手冰冰冷的，她卻這麼溫暖。」不自禁手上用勁，揑了幾揑。如果武林中有人對洪凌波這般無禮，她早已拔劍砍殺，但她只道楊過是個傻瓜，此時又有求於他，再者見他俊秀，心中也有幾分喜歡，竟未動怒，暗道：「這傻蛋倒也不是傻得到底，卻也知道我生得好看。」

不到一頓飯功夫，楊過已將洪凌波領到墓前。他出來時急於去爲小龍女找藥，沒關上墓門，他心中怦怦亂跳，暗暗禱告：「但願姑姑不死！」便即舉步入內。洪凌波心想：「這傻蛋忽然大膽，倒也奇怪。」不暇多想，在黑暗中緊緊跟隨，她聽師父說墓中道路迂迴曲折，只要走錯一步，立時迷路，卻見楊過毫不遲疑的快步而前，東一轉，西一繞，這邊推開一扇門，那邊拉開一塊大石，竟熟悉異常。洪凌波暗暗生疑：「墓中道路有甚難走？莫非師父騙我，她怕我私自進入麼？」片刻之間，楊過已帶她走到古墓中心的小龍女臥室。他輕輕推開門，側耳傾聽，不聞半點聲響，待要叫喚：「姑姑！」想起洪凌波在側，急忙忍住，低聲道：「到啦！」

這時室中燭火已熄，一片黑暗。洪凌波雖藝高人膽大，畢竟也惴惴不安，忙取出火摺，打火點燃桌上的蠟燭，只見一個白衣女子躺在床上。她早料到會在墓中遇到師叔小龍女，卻想不到她竟這般泰然高臥，不知是睡夢正酣，還是沒將自己放在眼裏，平劍當胸，說道：「弟子洪凌波，拜見師叔。」

楊過張大了口，一顆心幾乎從胸腔中跳了出來，全神注視小龍女的動靜，只見她一動不動，隔了良久，才輕輕「嗯」了一聲。從洪凌波說話到小龍女答應，楊過等得焦急異常，恨不得撲上前去，抱住師父放聲大哭，待聽她出聲，心頭有如一塊大石落地，喜悅之下，再也忍耐不住，「哇」的一聲，哭了出來。洪凌波問道：「傻蛋，你幹甚麼？」

楊過嗚咽道：「我……我好怕。」

小龍女緩緩轉過身來，低聲道：「你不用怕，剛才我死過一次，一點也不難受。」洪凌波斗然間見到她秀麗絕俗的容顏，大吃一驚：「世上居然有這等絕色美女！」不由得自慚形穢，又道：「弟子洪凌波，拜見師叔。」小龍女輕輕的道：「我師姊呢？她也來了麼？」洪凌波道：「我師父命弟子先來，請問師叔安好。」小龍女道：「你出去罷，這個地方莫說你，連你師父也不許來。」

洪凌波見她滿臉病容，胸前一片片的斑斑血漬，說話中氣短促，顯然身受重傷，將提防之心去了大半，暗想：「當眞天緣巧合，不想我洪凌波竟成了這活死人墓的傳人。」眼見小龍女命在頃刻，只怕她忽然死去，無人能知收藏《玉女心經》的所在，忙道：「師叔，師父命弟子來取玉女心經。你交了給我，弟子立時給你治傷。」

小龍女長期修練，七情六欲本來皆已壓制得若有若無，可說萬事不縈於懷，但此時重傷之餘，失了自制，聽她這麼說，不由得又急又怒，暈了過去。洪凌波搶上去在她人中上揑了幾下，小龍女悠悠醒來，說道：「師姊呢？你請她來，我有話……有話跟她說。」洪凌波眼見本門的無上秘笈竟然唾手可得，迫不及待，一聲冷笑，從懷裏取出兩枚長長的銀針，厲聲道：「師叔，你認得這針兒，不快交出玉女心經，可莫怪弟子無禮。」

楊過曾吃過這冰魄銀針的大苦頭，只不過無意揑在手裏，便即染上劇毒，倘若刺在身上，那還了得？見事勢危急，叫道：「仙姑，那邊有鬼，我怕！」說著撲將過去，抱住她背心，順手便在她「肩貞」「京門」兩穴上各點一指。洪凌波做夢也想不到這「傻蛋」竟有一身上乘武功，要待罵他胡說八道，已全身酸麻，軟癱在地。楊過怕她有自通經脈之能，隨即在她「巨骨穴」上又再重重點上幾指，說道：「姑姑，這女人真壞，我用銀針來刺她幾下好不好？」說著用衣襟裹住手指，拾起銀針。

洪凌波身不能動，這幾句話卻清清楚楚的聽在耳裏，見他拾起銀針，笑嘻嘻的望住自己，只嚇得魂飛魄散，要待出言求情，苦在張口不得，只目光中露出哀憐之色。小龍女道：「過兒，關上了門，防我師姊進來。」楊過應道：「是！」剛要轉身，忽聽身後一個嬌媚的女子聲音說道：「師妹，你好啊？我早來啦。」

楊過大驚轉身，燭光下見門口俏生生的站著個美貌道姑，杏眼桃腮，嘴角邊似笑非笑，正是赤練仙子李莫愁。

當洪凌波打聽活死人墓中道路之時，李莫愁早料到她要自行來盜《玉女心經》，派她到長安殺人等等，都是有意安排。她一直悄悄跟隨其後，見到她如何與楊過相遇，如何入墓，如何逼小龍女獻經，又如何中計失手，只因她身法迅捷，腳步輕盈，洪凌波、小龍女與楊過竟全沒察覺，直至斯時，方始現身。

小龍女矍然而起，叫了聲：「師姊！」跟著便不住咳嗽。李莫愁問道：「孫婆婆呢？」小龍女道：「孫婆婆死了！」李莫愁更加放心。小龍女見她聽得孫婆婆去世，臉上反有喜色，心下暗責她爲人涼薄。

李莫愁冷冷的指著楊過道：「這人是誰？祖師婆婆遺訓，古墓中不准男子踏進一步，你幹麼容他在此？」小龍女猛烈咳嗽，無法答話。楊過擋在小龍女身前相護，朗聲道：「她是我姑姑，這裏的事，不用你多管！」李莫愁冷笑道：「好傻蛋，眞會裝蒜！」拂塵揮動，呼呼呼進了三招。這三招雖先後而發，卻似同時而到，正是古墓派武功的厲害招數，別派武學之士若不明此中奧妙，一上手就給她擊得筋斷骨折。楊過對這門功夫習練已熟，雖遠不及李莫愁功力深厚，仍輕描淡寫的閃開了她三招混一的「三雀投林」。

李莫愁拂塵回收，暗暗吃驚，瞧他閃避的身法乃本門武學，厲聲問道：「師妹，這小賊是誰？」小龍女怕再嘔血，不敢高聲說話，低低的道：「過兒，拜見了大師伯。」楊過哼了一聲，道：「這算甚麼師伯？」小龍女道：「你俯耳過來，我有話說。」

楊過只道她要勸自己向李莫愁磕頭，心下不願，但仍俯耳過去。小龍女聲細若蚊，輕輕道：「腳邊床角落裏，有塊突起的石板，你用力向左邊扳，然後立即跳上床來。」

李莫愁也當她是囑咐徒兒向自己低頭求情，眼前一個身受重傷，一個後輩小子，那裏放在心上，自管琢磨怎生想個妙法，勒逼師妹獻出《玉女心經》。

楊過點點頭，朗聲道：「好，弟子拜見大師伯！」慢慢伸手到小龍女腳邊床裏摸去，觸手處果有塊突起的石板，出力扳動，跟著躍上床去。只聽得軋軋幾響，石床突然下沉。李莫愁一驚，知道古墓中到處都是機關，當年師父偏心，瞞過自己，卻將運轉機關的法門盡數傳給師妹，立即搶上來向小龍女便抓。

此時小龍女全無抵禦之力，石床雖然下沉，但李莫愁見機奇快，出手迅捷之極，這一下竟要硬生生將她抓下床來。楊過大驚，奮力拍出一掌，將她手爪擊開，眼前一黑，砰嘭兩響，石床已落入下層石室。室頂石塊自行推上，登時將小龍女師徒與李莫愁師徒四人一上一下的隔成兩截。

楊過矇矓中見室中似有桌椅之物，走向桌旁，取火摺點燃桌上半截殘燭。小龍女嘆道：「我血行不足，難以運功治傷。但縱然身未受傷，咱師徒倆也鬥不過我師姊……」楊過聽到她「血行不足」四字，也不待她說完，提起左手，看準了腕上筋脈，狠命咬落，登時鮮血迸出。他將傷口放在小龍女嘴邊，鮮血便汩汩從她口中流入。

小龍女本來全身冰冷，熱血入肚，身上便微有暖意，但知此舉不妥，待要掙扎，楊過右臂牢牢抱住她腰間，令她動彈不得。過不多時，傷口血凝，楊過又再咬破，然後再咬右腕，灌了幾次鮮血之後，楊過只感頭暈眼花，全身無力，這才坐直身子。小龍女對他凝視良久，不再說話，幽幽嘆了口氣，自行練功。楊過見蠟燭行將燃盡，換上了一根新燭。

這一晚兩人各自用功。楊過是補養失血後的疲倦。小龍女服食楊過的鮮血後精神大振，兩個時辰後，自知性命算是保住了，睜開眼來，向他微微一笑。楊過見她雙頰本來慘白，此時忽然有兩片紅暈，有如白玉上抹了一層淡淡的胭脂，大喜道：「姑姑，你好啦。」小龍女點點頭。楊過欣喜異常，卻不知說甚麼好。他自不知補充失血如真欲生效，須將鮮血輸入血管，服食鮮血未必能真補血，但小龍女極度衰弱，垂死之際，身中氣血突然大增，多少亦有振奮精神、增強體力之效。

小龍女道：「咱們到孫婆婆屋裏去，我有話跟你說。」楊過道：「你不累麼？」小龍女道：「不礙事。」伸手在石壁的機括上扳了幾下，石塊轉動，露出一道門來。此處的道路楊過亦已全不識得。小龍女領著他在黑暗中轉來轉去，到了孫婆婆屋中。

她點亮燭火，將楊過的衣服打成一個包裹，將自己的一對金絲手套也包在裏面。楊過呆呆的望著她，奇道：「姑姑，你幹甚麼？」小龍女不答，又將兩大瓶玉蜂漿放在包中。楊過喜道：「姑姑，咱們要出去了，是麼？那好得很。」

小龍女道：「你好好去罷，我知道你是好孩子，你待我很好。」楊過大驚，問道：

「姑姑你呢？」小龍女道：「我向師父立過誓，終身不出此墓。除非……除非……嗯，我不出去。」說著黯然搖頭。

楊過見她臉色嚴正，語氣堅定，決計不容自己反駁，不敢再說，但此事實在重大，終於鼓起勇氣道：「姑姑，你不去，我也不去。我陪著你。」小龍女道：「此時我師姊定然守住了出墓的要道，要逼我交出玉女心經。我功夫遠不如她，又受了傷，定然鬥她不過，是不是？」楊過道：「是。」小龍女道：「咱們留著的糧食，我看勉強也只吃得二十來天，再吃些蜂蜜甚麼，最多支持一個月。一個月之後，那怎麼辦？」楊過一呆，道：「咱們強衝出去，雖打不過師伯，卻也未必不能逃命。」小龍女搖頭道：「你如知道你師伯的武功脾氣，就知咱們決不能逃命。那時不但要慘受折辱，而且死時苦不堪言。」楊過道：「倘若這樣，我一個人更加難以逃出。」

小龍女搖頭道：「不！我去邀她相鬥，一路引她走入古墓深處，你就可乘機逃出。你出去之後，搬開墓左的大石，拔出裏面的機括，就有兩塊萬斤巨石落下，永遠封住了墓門。」楊過愈聽愈驚，問道：「姑姑，你會開動機括出來，是不是？」

小龍女搖頭道：「不是。當年王重陽起事抗金，這座石墓是他積貯錢糧兵器的大倉庫。石墓機關重重，布置周密，又在墓門口安下這兩塊萬斤巨石，稱爲『斷龍石』。他預計萬一義師未興，而金兵得知風聲先行來攻，如寡不敵衆，他就放下巨石，閉墓而終，攻入墓來的敵人也決難生還。斷龍石既落之後，不能再啓。你知入墓甬道甚窄，只容一人通行，就算進墓的敵人有千人之衆，也只能排成長長的一列，僅有當先的一人能摸到堵塞了墓門的巨石，一個人不論力氣多大，終究抬它不起。那老道如此安排，那是寧死不屈、又要與敵人同歸於盡。他抗金失敗後，獨居石墓，金主偵知他的所在，曾前後派了數十名高手來殺他，都給他或擒或殺，竟沒一人脫生。後來金主暴斃，繼位的皇帝不知原委，沒再追殺，因此這兩塊斷龍石始終不曾用過。王重陽讓出活死人墓時，將墓中一切機關盡數告知了祖師婆婆。」她緩緩說來，氣喘不已。

楊過越聽越驚，垂淚道：「姑姑，我死活都要跟著你。」小龍女道：「你跟著我有甚麼好？你說外面的世界好玩得很，你就出去玩罷。以你現下的功夫，全眞教的臭道士們已不能跟你爲難。你騙過洪凌波，比我聰明得多，以後也不用我來照料你了。」

楊過奔上去抱住她，哭道：「姑姑，我如不能跟你在一起，一生一世也不會快活。」

小龍女本來冷傲絕情，說話斬釘截鐵，再無轉圜餘地，此時不知怎的，聽了楊過這幾句話，不禁胸中熱血沸騰，眼中一酸，忍不住要流下淚來。她大吃一驚，想起師父臨終時對她千叮萬囑的言語：「你所練功夫，乃是斷七情、絕六欲的上乘功夫，日後你如果爲人流了眼淚，動了眞情，尤其倘若眼淚是爲男人而流，不但武功大損，且有性命之憂，切記，切記。」用力將楊過推開，冷冷的道：「我說甚麼，你就得依我吩咐。」

楊過見她突然嚴峻，不敢再說。小龍女將包裹縛在他背上，從壁上摘下長劍，遞在他手中，厲聲道：「待會我叫你走，你立刻就走，一出墓門，立即放下大石閉門。你師伯厲害無比，時機稍縱即失，你聽不聽我話？」楊過哽咽著聲音道：「我聽話。」小龍女道：「你如不依言而行，我死在陰間，也永遠恨你。走罷！」拉了楊過的手，開門而出。

楊過從前碰到她手，總是其寒如冰，但此刻給她握住，卻覺她手掌一陣熱一陣冷，與平昔大異，這時心煎如沸，無暇去想此種小事，跟隨著她一路走出。行了一陣，小龍女摸著一塊石壁，低聲道：「她們就在裏面，我一將師姊引開，你便從西北角邊門衝出。洪凌波若來追你，你便用玉蜂針傷她。」楊過心亂如麻，點頭答應。

玉蜂針是古墓派的獨門暗器，林朝英當年有兩門最厲害的暗器，一是冰魄銀針，另一就是玉蜂針。這玉蜂針是細如毛髮的金針，內以精鋼製成，外鍍黃金數層，再以玉蜂尾刺上毒液鍊過，雖然細小，但因黃金沉重，擲出時仍可及遠。不過這暗器太過陰毒，人所難防，林朝英自來極少使用，中年後武功出神入化，更不須用此暗器。小龍女的師父因李莫愁不肯立誓永居古墓以承衣缽，傳了她冰魄銀針後，玉蜂針的功夫就沒傳授。楊過卻已得小龍女傳授。

小龍女凝神片刻，按動石壁機括，軋軋聲響，石壁緩緩向左移開。她雙綢帶立即揮出，左攻李莫愁，右攻洪凌波，身隨帶進，去勢迅捷已極。這時李莫愁已解開了洪凌波身上穴道，斥責了她幾句，正在推算墓中方位，想覓路出室，突見小龍女攻進，師徒倆一驚。李莫愁拂塵揮出，擋開了她綢帶。拂塵與綢帶都是至柔之物，以柔敵柔，但李莫愁功力遠勝，兩件兵器一交，小龍女的綢帶登時倒捲回來。

小龍女左帶迴轉，右帶繼出，霎時間連進數招，兩條綢帶夭矯靈動。李莫愁又驚又怒：「師父果然好偏心，她幾時傳過我這門功夫？」但自忖盡可抵敵得住，也不必便下殺手，一來《玉女心經》未得，若殺了她，在這偌大石墓中實難尋找，二來也要瞧瞧師父究竟還傳了她甚麼厲害本事。

洪凌波向來自負精明強幹，不意今日折在一個少年手裏，給他裝傻喬獃的作弄了半天，沒瞧出半點破綻，一直便在氣惱，叱道：「傻蛋，你這臭小子心眼兒可壞得到了家。」雙劍左刺右擊，嗤嗤嗤連進數招。楊過只得舉劍相擋。若在平時，他定要出言譏嘲，跟她再開開玩笑，但此時想起跟小龍女分手在即，眼眶中滿蘊熱淚，望出來模糊一片，只順手招架，殊無還擊之意。洪凌波遞了數劍，雖傷他不得，但見他出手無力，只道他本領平常，更自恨先前大意，竟沒提防的給他點中了穴道。

李莫愁與師妹拆了十餘招，拂塵一翻，捲住了她左手綢帶，笑道：「師妹，瞧你師姊的本事。」一手勁到處，綢帶登時斷為兩截。尋常使兵刃鬥毆，以刀劍震斷對方的刀劍已屬難能，拂塵和綢帶均是極柔軟之物，她居然能以剛勁震斷綢帶，比之震斷刀劍可就更難上十倍。李莫愁顯了這一手，臉上大有得色。

小龍女不動聲色，道：「你本事好便怎樣？」半截斷帶揚出，已裹住了她拂塵的絲線，右手綢帶倏地飛去，捲住了拂塵木柄，一力向左，一力向右，啪的一聲，拂塵斷爲兩截。這一手論功力遠比李莫愁適才震斷綢帶爲淺，但出手奇快，運勁巧妙，卻也使李莫愁措手不及。她微微一驚，拋下拂塵柄，空手來奪綢帶，直逼得小龍女連連倒退。

又拆了十餘招，小龍女已退到了東邊石壁之前，眼見身後已無退路，忽地反手在石壁上一抹，叫道：「過兒，快走！」喀喇一響，西北角露出個洞穴。李莫愁大吃一驚，急忙轉身，要攔住楊過。小龍女拋下綢帶，撲上去雙掌連下殺手。李莫愁只得迴身抵擋。小龍女喝道：「過兒，還不快走？」

楊過望著小龍女，知已無可挽回，叫道：「姑姑，我去啦！」唰唰唰突進三劍，劍尖直指洪凌波面前。洪凌波一直見他劍招軟弱，那知驀地裏劍勢陡強，危急中只得向後躍開。楊過彎腰衝出石門，回過頭來，要向小龍女再瞧最後一眼。

小龍女與師姊赤手對掌，雖在重傷之餘，但習了《玉女心經》後招數變幻，數十招內原可不落下風，但她見楊過的背影在洞口一晃，想到此後與他永遠不能再見，忽地胸口一熱，眼中發酸，似要流下淚來。她從來不動眞情，今日卻兩番要哭，不禁大是驚懼。高手對掌，那容得有絲毫疏神？再加她自楊過鮮血中得來少些力道，此時亦已使用垂盡，李莫愁見她一呆，立即乘隙而入，一把抓住她左手手腕的「會宗穴」，出腳勾去。小龍女站立不定，倒在地下。

楊過回過頭來，正見到小龍女給師姊勾倒，但見李莫愁撲上去要傷害師父，胸中熱血上湧，大叫：「別傷我姑姑！」又從石門中竄入，自後撲上，攔腰抱住了李莫愁。這一抱是各家招數之所無，卻是他情急之下胡打蠻來。李莫愁一心要拿師妹，竟沒提防他去而復回，給他雙手牢牢抱住了腰，一時竟掙扎不脫。

她雖出手殘暴，任性橫行，不爲習俗所羈，但守身如玉，在江湖上闖蕩多年，仍是處女，陡然間給楊過牢牢抱住，不禁心蕩。當年楊過尚在童年，李莫愁曾給他抱住，也已感心神蕩漾，此時楊過年紀大了，李莫愁但覺一股男子熱氣從背脊傳到心裏，蕩心動魄，不由得全身酸軟，滿臉通紅，手臂上登時沒了力氣。小龍女乘機出手反扣李莫愁手腕脈門，可是洪凌波的劍尖卻也指到了楊過背心。

小龍女仰臥在地，眼見劍到，當即向左滾動，將楊過與李莫愁同時帶在一旁，洪凌波這一劍便刺了個空。小龍女躍起身來，喝道：「過兒，快出去！」

楊過牢牢抱住李莫愁的細腰，叫道：「姑姑，你快出去！我抱著她，她走不了。」這瞬息之間，李莫愁已連轉了十幾次念頭，知事勢危急，生死只間一髮，然而讓他抱在懷中，卻心魂俱醉，快美難言，竟不想掙扎。小龍女好生奇怪：「師姊如此武功，怎麼竟會被過兒制得動彈不得？難道是穴道給扣住了？」見洪凌波左手劍又向楊過刺去，當即伸出雙指在她右手劍的平面劍刃上推去，那劍斗地跳起，碰向她左手長劍。噹的一聲，洪凌波雙手虎口發麻，兩柄長劍同時落地，嚇了一跳，向後躍開。

這雙劍相交，迸出幾星火花，就在這火花的一下閃爍之中，李莫愁覺到師妹瞧向自己的眼光中露出奇異之色，不禁大羞，罵道：「臭小子，你作死麼？」雙臂運勁掙卸，脫出了楊過的懷抱，跳起身來，隨即發掌向小龍女拍去。

小龍女正注視著楊過的動靜，突覺李莫愁掌到，不及以招數化解，只得還掌擋架，但覺師姊掌力沉厚，給她震得胸口隱隱作痛，見楊過爬起後仍來相助自己，喝道：「過兒，你當眞不聽我的話，是不是？」楊過道：「你甚麼話都聽，就這一句不聽。好姑姑，我跟你死活都在一起。你死我也一起死！我倆個一生一世要互相照看著！」小龍女聽他說得誠摯，心中又動眞情，見李莫愁又揮掌拍來，自知此刻功力大損，這一掌萬萬接她不得，低頭旁竄，抓起楊過，從石門中奔了出去。

李莫愁如影隨形，伸手向她背心抓去，叫道：「別走！」小龍女回手一揚，十餘枚玉蜂針擲出。李莫愁驀地聞到一股蜜糖的甜香，知道厲害，大駭之下，忙挺腰向後摔出，正撞在洪凌波身上，兩人一齊跌倒。

但聽得叮叮叮極輕微的幾響，幾枚玉蜂針都打上了石壁，接著又是軋軋兩聲，卻是小龍女帶著楊過逃出石室，開動機關，又將室門堵住了。

注：在本書原版，全眞教中對小龍女傾倒之年輕道人本寫作尹志平。但尹志平眞有其人，道號「清和眞人」，乃丘處機之徒，後曾任全眞教掌教，將其寫得品行不堪，有損先賢形象，今在第三版改名「甄志丙」，聲音相似而實無其人，純屬虛構。

楊過依言推開棺蓋，抱起小龍女輕輕放入石棺，隨即躍入棺中，和她並頭臥倒。兩人擠在一起，已無轉側餘地。小龍女又是歡喜，又覺奇怪。

第七回　重陽遺刻

楊過隨著小龍女穿越甬道，奔出古墓，大喜無已，在星光下吸了幾口氣，道：「姑姑，我去放下斷龍石，將兩個壞女人悶死在墓裏。」說著便要去找尋機關。小龍女搖搖頭，道：「且慢，等我先回進去。」楊過一驚，忙問：「為甚麼？」小龍女道：「師父囑咐我好好看守此墓，決不能讓旁人佔了去。」

楊過道：「咱們封住墓門，她們就活不成。」小龍女道：「可是我也回不進去啦。師父的話我永遠不敢違抗。可不像你！」說著瞪了他一眼。楊過胸口熱血上湧，伸手挽住她手臂，道：「姑姑，我聽你的話就是。」小龍女克制心神，生怕激動，一句話也不敢多說，摔脫了他手，走進墓門，道：「你放石罷！」說著背脊向外，只怕自己終於變卦，更不回頭瞧他一眼。

楊過心意已決，深深吸了口氣，胸臆間盡是花香與草木的清新之氣，抬頭上望，但見滿天繁星，閃爍不已，暗道：「這是我最後一次瞧見天星了。」奔到墓碑左側，依著小龍女先前指點，運勁搬開巨石，果然下面有一塊圓圓的石子，當下抓住圓石，用力一拉。圓石離開原位後露出一孔，一股細沙迅速異常的從孔中向外流出，墓門上邊兩塊巨石便慢慢落下。這兩塊斷龍石重逾萬斤，當年王重陽構築此墓之時，合數百人之力以巨索拉扯，方始安裝完成，此時將墓門堵死，李莫愁、小龍女、洪凌波三人武功再高，也決不能生出此墓了。

小龍女聽到巨石慢慢下落之聲，忍不住淚流滿面，回過頭來。楊過待巨石落到離地約有二尺之時，突然一招「玉女投梭」，身子如箭一般從這二尺空隙中竄了進去。小龍女一聲驚叫，楊過已站直身子，笑道：「姑姑，你再也趕我不出去啦。我跟你死在一起！」一言甫畢，騰騰兩聲猛響，兩塊巨石已然著地。

小龍女驚喜交集，激動過度，險些又要暈去，撲在楊過身上，只是喘氣。楊過輕輕摟住了她，輕拍她背脊。過了良久，小龍女才道：「好罷，咱倆便死在一起。」牽著楊過的手，走向內室。

李莫愁師徒正在四周找尋機關，東敲西打，茫無頭緒，焦急萬狀，突見二人重又現身，不由得喜出望外。李莫愁身形一晃，搶到小龍女與楊過身後，先擋住了二人退路。小龍女冷冷的道：「師姊，我帶你去個地方。」李莫愁遲疑不答，心道：「這墓中到處都是機關，莫要著了她道兒。她若使甚手腳，我可防不勝防。」小龍女道：「我帶你去拜見師父靈柩，你不願去也就罷了。」李莫愁道：「你可不能憑師父之名來騙我。」小龍女微微冷笑，也不答話，逕向門口走去。李莫愁見她言語舉止之中自有一股威儀，似乎令人違抗不得，當下師徒兩人跟隨在後，步步提防，不敢有絲毫怠忽。小龍女攜著楊過之手前行，也不怕師姊在後暗算，帶著她們進了放石棺的靈室。

李莫愁從未來過此處，念及先師教養之恩，心中微覺傷感，但隨即想起師父偏心，哀戚之念立轉憤怒，竟不向師父靈柩磕拜，怒道：「我們師徒之間早已情斷義絕，你帶我來作甚？」小龍女淡淡的道：「這裏還空著兩具石棺，一具是你用的，一具是我用的。我就這麼跟你說一聲，你愛那一具可以任揀。」說著伸手向兩具石棺一指。

李莫愁大怒，喝道：「你敢恁地消遣我？」語歇招出，發掌擊向小龍女胸前。那知小龍女眼見掌到，竟不閃避擋格。李莫愁一怔，心道：「這一掌可莫劈死了她。」掌緣離她胸口數寸，硬生生的收轉。小龍女心平氣和的道：「師姊，墓門的斷龍石已經放下啦！」

李莫愁臉色立時慘白，墓中諸般機關她雖不盡曉，卻知「斷龍石」是閉塞墓門的最厲害殺著，當年師父曾遇大敵，險些不能抵禦，幾乎要放「斷龍石」擋敵，後來終於連使冰魄銀針和玉鋒針傷了強敵。不料師妹竟將自己閉在墓內，驚惶之下，顫聲道：「你另有出去的法子，是不是？」

小龍女淡然道：「斷龍石一閉，墓門再不能開，你難道不知？」李莫愁伸臂揪住她胸口衣襟，厲聲道：「你騙人！」小龍女仍不動聲色，說道：「師父留下的玉女心經就在這裏。」伸手從懷裏取出一本舊經書，拋入一具未上蓋的空棺之中。這本舊經書是道家的要典《參同契》，凡學道之人，都是要研讀的。小龍女剛好讀了幾頁收在懷裏，便隨手取了擲出，說道：「你要看，只管去看好啦。功夫練得再精，也沒了對手。我和過兒在這兒，你要殺，儘管下手。但你想生離古墓，我瞧是不成的啦！」

李莫愁那知就裏，心頭大震，只道日思夜想的《玉女心經》就在眼前，便想俯身到空棺去取，但想自己一轉身，後心便爲師妹師徒所襲，心想先殺了她師徒再去取經，事出萬全，便揮掌擊向她面門。楊過閃身而上，擋在小龍女身前，叫道：「你先殺我罷！」李莫愁手掌下沉，轉到了小龍女胸口，留勁不發，惡狠狠的瞧著楊過，說道：「你這般護著她，就爲她死了也心甘，是不是？」楊過朗聲道：「正是！」李莫愁左手斜出，將楊過腰中長劍搶在手裏，指住他咽喉，厲聲道：「我只殺一個人。你再說一遍，你死還是她死？」楊過朝著小龍女一笑，大聲道：「自然是我死！」此時二人早把生死置之度外，不論李莫愁施何殺手，也都不放在心上。

李莫愁長嘆一聲，說道：「師妹，你的誓言破了，你可下山去啦！」

古墓派祖師林朝英當年苦戀王重陽，終於好事難諧。她傷心之餘，立下門規，凡是得她衣缽眞傳之人，必須發誓一世居於古墓，終身不下終南山，但若有個男子心甘情願的爲她而死，這誓言就算破了。不過此事決不能事先讓那男子得知。只因林朝英認定天下男子無不寡恩薄情，決無一個能心甘情願爲心愛的女子而死，王重陽英雄俠義，尙且如此，何況旁人？日後倘若眞有這樣的人，那麼她後代弟子跟他下山，也不枉了。李莫愁比小龍女早入師門，原該承受衣缽，但她不肯守那終身不下山之誓，是以後來反由小龍女得了眞傳。

此時李莫愁見楊過這般誠心對待小龍女，不由得又羨慕，又惱恨，想起陸展元對自己的負心薄倖，雙眉揚起，叫道：「師妹，你眞有福氣。」惱恨心起，要師妹也享不到眞心情郎之愛，長劍疾向楊過喉頭刺去。小龍女見她眞下毒手，事到臨頭，不由得不救，左手揮動，十餘枚玉鋒針急擲而出。

李莫愁身子躍起，避開金針。小龍女已拉了楊過奔向門口，回頭說道：「師姊，我誓言破也好，不破也好，咱四個命中注定要在這墓中同歸於盡。我不願再見你面，咱們各死各的罷。」伸手在壁角按落，石門落下，又將四人隔開。

小龍女心情激動，一時難以舉步。楊過扶著她到孫婆婆房中休息，倒了兩杯玉蜂蜜，服侍她喝了一杯，自己也喝了一杯。小龍女幽幽的嘆了口氣，道：「過兒，你爲甚麼甘願爲我死？」楊過道：「我在世上就只你一個親人，你待我好，我捨不得離開你。我怎能不爲你死？」小龍女不語，隔了半晌，才道：「早知這樣，咱們也不用回進墓來陪她們一起死啦。不過，若不回來，不知你甘願爲我而死，我這誓言也不能算破。」楊過道：「咱們想法子出去，好不好？」小龍女道：「你不知這古墓的構築多妙，咱們不能再出去啦。」楊過嘆了口氣。

小龍女道：「你後悔了，是不是？」楊過道：「不，在這裏我跟你在一起，外邊世界上又沒疼我的人。」小龍女以前不許他說「你疼我甚麼」，楊過自後就一直不提，這時她心情已變，聽了不禁大有溫暖之感，問道：「那你幹麼又嘆氣了？」楊過道：「我想倘若咱倆一塊兒下山，天下好玩的事眞多，有你跟我在一起，當眞快活不過。」

小龍女自嬰兒之時即在古墓之中長大，向來心如止水，師父與孫婆婆從來不跟她說外界之事，她自然無從想像，此時給楊過一提，不由得心事如潮，但覺胸口熱血一陣陣的上湧，待欲運氣克制，總不能平靜，不禁暗暗驚異，自覺生平從未經歷此境，想必是重傷之後，功力難復。她卻不知以靜功壓抑七情六欲，實係逆天行事，並非情欲就此消除，不過嚴加克制而已。她此時已年過二十，突遭危難，卻有個少年男子甘心為她而死，自不免激動眞情，有如堤防潰決，情意如潮，諸般念頭紛至沓來。

她坐在床上運了一會功，浮躁無已，在室中走來走去，卻越走越鬱悶，腳步加快，奔跑起來。楊過見她雙頰潮紅，神情激動，自與她相識以來從未見她如此，不禁駭異。小龍女奔了一陣，重又坐到床上，向楊過望去，見他臉上充滿關切和愛憐之情，忽然心動：「反正我就要死了，他也要死了。咱們還分甚麼師徒姑姪？如他來抱我，我決不推開，便讓他緊緊的抱著我。」

楊過見她眼波流動，胸口不住起伏喘氣，只道她傷勢又發，急道：「姑姑，你怎麼啦？」小龍女柔聲道：「過兒，你過來。」楊過依言走到床邊，小龍女握住他手，輕輕在自己臉上撫摸，低聲道：「過兒，你喜不喜歡我？」楊過只感她臉上燙熱如火，心中大急，顫聲道：「你胸口好痛麼？」小龍女微笑道：「不，我心裏舒服得很。過兒，我快死啦，你跟我說，你是不是眞的很喜歡我？」楊過道：「當然啦，這世上就只你是我的親人。」小龍女道：「要是另外有個女子，也像我這樣待你，你會不會也待她好？」楊過道：「誰待我好，我也待她好。」他此言一出，突覺小龍女握著他的手顫了幾顫，登時變得冰冷，抬起頭來，見她本來暈紅嬌艷的俏臉忽又回復了一向的蒼白。

楊過心中一驚：「世上女子千千萬萬，要是千千萬萬個女子都待我好，難道我就喜歡那千千萬萬個女子？好比那小道姑洪凌波，她攬住了我，跟我親親熱熱的說話，倒也舒服，可是她又怎能跟姑姑相比？」說道：「姑姑，我待她們好，那跟對你不同的。先前你放下『斷龍石』，我想到從此不能跟你在一起，比死還要難過，我寧可在古墓之中跟你一起餓死，跟你一起給李莫愁打死。姑姑，我如不能在你身邊，我還是死了的好。世上如果另外有個女子，像你這樣待我好，我也當她是好人，只是好朋友就是了，但我決不能為她而死。」

小龍女問道：「為甚麼？是因為我待你好嗎？」楊過道：「姑姑，我喜歡見到你，陪在你身邊，你待我好不好，那不相干。就算你天天打我罵我，用劍每天斬我一個傷疤，我還是真的喜歡你。老天爺就算要我做狗做貓，你天天鞭我踢我，我也定要跟在你身邊。姑姑，我這一生一世，就只喜歡你一個人。」小龍女道：「那很好，我對你也一樣。」

她師徒二人在石墓中朝夕相處，早已情愫暗生，情根深種，但二人自己並沒清楚體會到。除武功之外，日常不談其餘，直到此刻面臨生死大關，才真正明白自己心中的深情，原來和對方竟如此的難離難捨。小龍女嘆道：「這麼我就放心啦。」緊緊握著他手不放。楊過但覺一陣陣溫熱從她手上傳來。

小龍女道：「過兒，我真不好。」楊過忙道：「不，你一直都好。」小龍女搖頭道：「我以前對你很兇，起初要趕你出去，幸虧孫婆婆留住了你。如果我不趕你，孫婆婆也不會死啊！」說到這裏，眼淚不禁奪眶而出。她自五歲開始練功，就不再流淚，這時重又哭泣，心神大震，全身骨節格格作響，似覺功勁內力正在離身而去。楊過大駭，只叫：「你……姑姑，你怎麼了？覺得怎樣？」

就在這當口，忽然軋軋聲響，石門推開，李莫愁與洪凌波走了進來。原來李莫愁心想斷龍石已下，左右是個死，也不再顧忌墓中到處伏有厲害機關，鼓勇前闖，竟給她連過幾間石室，到了孫婆婆房裏。她暗自慶幸，只道此番運氣奇佳，竟沒觸發機關受困，卻沒想到墓中機關原爲抵擋大隊金兵而設，皆是巨石所構，粗大笨重，須有人操縱方能拒敵，小龍女既不施暗算，諸般機關自也全無動靜。李莫愁年少時曾在古墓居住，粗知主要機關的結構運使。但她師父既決意不傳她衣缽，墓中諸般奇巧機關便不告知啓用之法。

楊過立即搶過，擋在小龍女身前。李莫愁道：「你讓開，我有話跟師妹說。」楊過防她使詐傷害師父，不肯讓開，道：「你說便是。」李莫愁瞪眼向他望了一陣，嘆道：「似你這般男子，當眞天下少有。」小龍女忽地站起，問道：「師姊，你說他怎麼啦，好還是不好？」李莫愁道：「師妹，你從沒下過山，不知世上人心險惡，似他這等情深義重之人，普天下再也找不出第二個來。」她在情場中傷透了心，悲憤之餘，不免過甚其辭，把普天下所有眞情的男子都抹殺了。

小龍女極爲喜慰，低聲道：「那麼，有他陪著我一起死，便已不枉了這一生。」李莫愁道：「師妹，他到底是你甚麼人？你已嫁了他麼？」小龍女道：「不，他是我徒兒。他說他這一生一世，就只喜歡我一個。他寧可死了，也不肯離開我。」

李莫愁大是奇怪，搖頭道：「師妹，我瞧瞧你的手臂。」伸出左手輕輕握住小龍女的手，右手捋起她衣袖，但見雪白的肌膚上殷紅一點，正是師父所點的守宮砂。李莫愁暗暗欽佩：「這二人在古墓中耳鬢廝磨，居然能守之以禮，她仍是個冰清玉潔的處女。」當下捲起自己衣袖，一點守宮砂也嬌艷欲滴，兩條白臂傍在一起，煞是動人。不過自己是無可奈何才守身完貞，師妹卻是有男子心甘情願的爲她而死，她仍守身如玉，難易之別，大相逕庭，想到此處，不禁長長嘆了口氣，放開了小龍女手臂。

小龍女道：「你有甚麼話要跟我說？」李莫愁本意要羞辱她一番，說她勾引男子，敗壞師門，想激得她於慚怒交迸之際無意中透露出墓的機關，但此時已無言可說，沉吟片刻，又有了主意，說道：「師妹，我是來向你賠不是啦。」小龍女大出意外，她素知這位師姊心高氣傲，決不肯向人低頭，這句話不知是何用意，淡淡的道：「你做你的事，我做我的，各行其是，那也不用賠甚麼不是。」李莫愁道：「師妹，你聽我說，我們做女子的，一生最有福氣之事，是有個眞心的郎君。古人有言道：易求無價寶，難得有情郎。做姊姊的命苦，不用說了。這少年待你這麼好，你其實甚麼都不欠缺了。」小龍女微微一笑，道：「我是很開心啊！他永遠會對我好的，我知道。」

李莫愁立起艷羨之念，想起自己的不幸，緩緩的道：「小師妹，你一生便住在這石墓之中，跟你熟識的男子也就只他一人，卻不知世上男人負心的多，眞正忠誠對你的只怕半個也沒有。你師姊本來有個相好的男人，他對我說盡了甜言蜜語，說道就是爲我死一千次一萬遭也沒半點後悔。不料跟我只分開了兩個月，他遇到了一個年輕貌美的姑娘，立即就跟她好得不得了，再見到我時竟睬也不睬，好像素不相識一般。我問他怎麼樣？他說道：『李姑娘，我跟你是江湖上的道義之交，多承你過去待我不錯，將來如有補報之處，自不敢忘。』他居然老了臉皮說道：『李姑娘，下個月廿四日，我在大理跟何姑娘成親。那時你如有空，請你大駕光臨來吃喜酒。』我氣得當場嘔血，暈倒在地。他將我救醒，扶我到一家客店休息，就此揚長而去。」她複述陸展元當年對她所說的決絕言語，神情聲口，十足便似出於一個薄情寡義的男子之口，只是加上了極深的怨艾憤恨。這些年來，她的確時時刻刻在回想當日陸展元對她所說的言語。

小龍女問道：「後來怎樣？你就罷了不成？」

李莫愁冷冷的道：「怎麼樣啊？男人家變了心，你便用一千匹馬也拉他不回來！就算你把鋼刀架在他頭頸裏，逼得他回到你身邊，他虛情假意，跟你花言巧語的再騙你一陣，你又有甚麼味道？世上的男人，個個會喜新棄舊，見異思遷，就算你是天仙化人，千嬌百媚，也終究不能讓他永永遠遠對你眞心誠意。小師妹，這個男人，他眞正肯爲你死，這樣的男子，我朝思暮想，只盼有幸遇到一個。他是白痴也好，是醜八怪也罷，我總眞心眞意的待他。師妹，你卻遇到了，你眞好福氣！我不羨慕師父傳你玉女心經，只羨慕你遇到這樣一個好徒兒！」

楊過大聲道：「李師伯，我遇到這樣的好師父，我才是運氣好呢！」李莫愁嘆了口氣，說道：「你們兩個運氣都好，就可惜你們年紀輕輕，終身就得住在這暗無天日的古墓之中，再也見不到外面的花花世界了。你將來會後悔的。」

楊過大聲抗辯：「決計不會，決計不會！我若有半點後悔之心，讓她一劍斬死我好了，我決計不逃！」小龍女向他溫柔親切的瞧去，慰撫他道：「過兒，你別急，我相信你和我在一起，永遠不會後悔！」楊過伸出手去，握住她手掌。兩人手掌相接，登時心靈相通，深知此生此世，互相決不相負。兩人相望，石室中雖亮光不足，也感到有如說了千百句言語，互證情意，決無他日變心之虞。

李莫愁嘆了口氣，說道：「師妹，你是年輕姑娘，不知人心險惡，那也怪你不得。師姊今天教你一招防身之術。這一招師父不會教你，因爲她沒出過石墓，她自己也不懂的。」小龍女聽她說得鄭重，凝神傾聽，說道：「多謝師姊教導。」

李莫愁道：「那一天你男人對你的神情如果突然之間變了，本來十分親熱，愛得你要死要活，忽然間他對你生疏了、客氣了，那便是他變了心。你一時瞧不出來，卻要加意提防，且看有甚麼蛛絲馬跡，可萬萬放他不過。」

小龍女道：「咱們只在這石墓之中，又能有甚麼蛛絲馬跡了？師姊，多謝你把自身經歷說給我聽。不過我是用不著的，因爲千年萬年，他也不會對我變心。」

李莫愁心中一酸，接著道：「那好極啦。那你就該當下山去好好快活一番。花花世界，你二人雙宿雙飛，賞心樂事，當眞無窮無盡。」小龍女抬起頭來，出了一會神，輕輕道：「是啊，可惜現下已經遲了。」李莫愁道：「爲甚麼？」小龍女道：「斷龍石已經放下，縱然師父復生，咱們也不能再出去了。」

李莫愁低聲下氣，費了一番唇舌，原盼引起她求生之念，憑著她對古墓地形的熟悉，找尋一條生路，那知到頭來仍然無望。她想到自己受人背叛、情郎變心，到頭來更困於古墓活活埋葬，心情加倍難受，急怒之下，不由得殺意驟生，手腕微翻，舉掌往小龍女頭頂擊落。

楊過驀見李莫愁忽施殺手，慌亂中自然而然的蹲下身子，閣的一聲大叫，雙掌推出，使出了歐陽鋒所授的蛤蟆功。這是他幼時所學功夫，自進古墓後從來沒練過，但深印腦海之中，於最危急時不思自出。李莫愁這一掌將落未落，突覺一股凌厲之極的掌風從旁壓到，忙迴掌向下擋架。楊過在古墓中修習兩年，內力大增，雖跟蛤蟆功全不相干，這一推之力卻也已大非昔比，砰的一聲，竟將李莫愁推得向後飛出，在石壁上重重一撞，只感背脊劇痛。

李莫愁大怒，雙掌互擦，斗室中登時腥臭瀰漫，中人欲嘔。小龍女知楊過適才這一擊不過僥倖得手，師姊真正厲害的「赤練神掌」功夫施展出來，合自己與楊過二人之力也決抵擋不住，當即拉著楊過手臂，閃身穿出室門。

李莫愁揮掌拍出，那知手掌尚在半空，左頰上忽地吃了一記耳光，雖然不痛，聲音卻甚清脆，但聽小龍女叫道：「你想學玉女心經的功夫，這就是了！」李莫愁只一怔間，右頰上又中了一掌。她素知師父《玉女心經》的武功厲害之極，此時但見小龍女出手快捷無比，而手掌之來又變幻無方，明明是本門武功路子，偏生自己全然不解其中奧妙，自是玉女心經功夫無疑，心中立時怯了，眼睜睜望著師妹攜同楊過走入另室，關上了室門。她兀自撫著臉頰，暗道：「總算她手下留情，倘若這兩掌中使上了勁力，我這條命還在麼？」卻不知《玉女心經》功夫求快求奇不求狠，小龍女掌法雖妙，掌力卻通常並不傷人。

楊過見師父乾淨利落的打了李莫愁兩下耳光，大是高興，道：「姑姑，這心經的功夫，李莫愁便敵不過……」一言未畢，忽見小龍女顫抖不止，似乎難以自制，驚叫：「姑姑，你怎麼……你……」小龍女顫聲道：「我……我好冷……」適才她擊出這兩掌，雖發勁極輕，使的卻是內家真力，重傷後玄功未復，這一牽動受損不小。她一生在寒玉床上練功，原是至寒的底子，此時制力一去，猶如身墮萬仞玄冰之中，奇冷徹骨，牙齒不住打戰。楊過急得只叫：「怎麼辦？」情急之下，將她緊緊摟在懷中，欲以自身的熱氣助她抗寒，只抱了一會，但覺小龍女身子越來越冷，漸漸自己也抵擋不住。

小龍女自覺內力在一點一滴的不斷消失，說道：「過兒，我是不成的啦，你……你抱我到……到那放石棺的地方去。」楊過傷心欲絕，說不出話來，但隨即想起，反正大家已沒幾天好活，這時陪她一起死了也是一樣，快快活活的道：「好。」抱著她走到放石棺的室中，將她放在一具石棺旁邊地下，點燃了蠟燭。燭光映照之下，石棺厚重，更顯得小龍女柔纖脆弱。

小龍女道：「你推開這……這具石棺的蓋兒，把我放進去。」楊過道：「好！」小龍女察覺他語音中並無傷感之意，微覺奇怪。楊過推開棺蓋，抱起她輕輕放入，隨即躍進棺中，和她並頭臥倒。兩人擠在一起，已無轉側餘地。

小龍女又歡喜，又奇怪，問道：「你幹甚麼？」楊過道：「我自然跟你在一起。讓那兩個壞女人睡那口石棺。」小龍女長長嘆了口氣，心中平安，身上寒意便已不如先前厲害，轉眼向楊過瞧去，只見他目光也正凝視著自己。她偎倚在楊過身上，心頭一陣火熱。楊過伸過手臂，將她緊緊抱住了。

小龍女微感羞澀，身在楊過懷抱之中，寒意盡消，轉過了頭不敢瞧他，心頭迷亂了半晌，忽見棺蓋內側似乎寫得有字，凝目瞧去，果見是十六個大字：「玉女心經，欲勝全眞。重陽一生，不弱於人。」

這十六個字以濃墨所書，筆力蒼勁，字體甚大。其時棺蓋只推開了一半，但斜眼看去，仍然清清楚楚。小龍女「咦」的一聲，道：「那是甚麼意思？」楊過順著她目光瞧去，見到那十六個大字，微一沉吟，說道：「是王重陽寫的？」小龍女道：「好像是他寫的。他似說咱們的玉女心經盼望勝過全眞派武功，其實他自己卻並不弱於咱們祖師婆婆，是不是？」楊過笑道：「這牛鼻子老道吹牛。」小龍女再看那十六個字時，只見其後還寫得有許多小字，只是字體既小，又是在棺蓋的彼端，她睡在這一頭卻已難以辨認，說道：「過兒，你出去。」楊過搖頭道：「我不出去。」小龍女微笑道：「你先出去一會兒，待會再進來陪我。」楊過這才爬出石棺。

小龍女坐起身來，要楊過遞過燭台，轉身到彼端臥倒，觀看小字。她逐一慢慢讀去，連讀了兩遍，忽感手上無力，燭台一晃，跌在胸前。楊過忙伸手搶起，扶她出了石棺，問道：「怎麼？那些字寫的是甚麼？」

小龍女臉色異樣，定神片刻，才嘆了口氣道：「原來祖師婆婆死後，王重陽又來過古墓。」楊過道：「他來幹麼？」小龍女道：「他來弔祭祖師婆婆。他見到石室頂上祖師婆婆留下的玉女心經，竟把全眞派所有的武功盡數破去。他便在這石棺的蓋底留字說道，咱們祖師婆婆所破去的，不過是全眞派的粗淺武功而已，但較之最上乘的全眞功夫，玉女心經又何足道哉？」

楊過「呸」了一聲道：「反正祖師婆婆已經過世，他愛怎麼說都行。」小龍女道：「他在留言中又道：他在另一間石室中留下破解玉女心經之法，後人有緣，一觀便知。」楊過好奇心起，道：「姑姑，咱們瞧瞧去。」小龍女道：「王重陽的遺言中說道，那間石室是在此室之下。我在這裏一輩子，卻不知尚有這間石室。」楊過央求道：「姑姑，咱們想法子下去瞧瞧。」

此時小龍女對他已不若往時嚴厲，雖身子疲倦，仍覺還是順著他的好，微微一笑，說道：「好罷！」在室中巡視沉思，最後向適才睡臥過的石棺內注視片刻，道：「原來這具石棺也是王重陽留下的。棺底可以掀開。」

楊過大喜，道：「啊，我知道啦，那是通向石室的門兒。」當即躍入棺中，四下摸索，果然摸到個可容一手的凹處，緊緊握住了向上一提，卻紋絲不動。小龍女道：「先朝左轉動，再向上提。」楊過依言轉而後提，只聽喀喇一響，棺底石板應手而起，大喜叫道：「行啦！」小龍女道：「且莫忙，待洞中穢氣出盡後再進去。」

楊過坐立不安，過了一會，道：「姑姑，行了嗎？」小龍女嘆道：「似你這般急性兒，也眞難爲你陪了我這幾年。」緩緩站起，拿了燭台，與他從石棺底走入，下面是一排石級，石級盡處是條短短甬道，再轉了個彎，果然又是一間石室。

室中也無特異之處，兩人不約而同的抬頭仰望，但見室頂密密麻麻的寫滿了字跡符號，最右處寫著四個大字：「九陰眞經」。

兩人都不知九陰眞經中所載實乃武學最高的境界，看了一會，但覺奧妙難解。小龍女道：「就算這功夫當眞厲害無比，對咱們也全沒用處了。」

楊過嘆了口氣，正欲低頭不看，一瞥之間，突見室頂西南角繪著一幅圖，似與武功無關，凝神細看，倒像是幅地圖，問道：「那是甚麼？」小龍女順著他手指瞧去，只看了片刻，全身登時便如僵住了，再也不動。

過了良久，她兀自猶如石像一般，凝望著那幅圖出神。楊過害怕起來，拉拉她衣袖，問道：「姑姑，怎麼啦？」小龍女「嗯」的一聲，忽然伏在他胸口抽抽噎噎的哭了起來。楊過柔聲道：「你身上又痛了，是不是？」小龍女道：「不，不是。」隔了半晌，才道：「咱們可以出去啦。」楊過大喜，一躍而起，大叫：「當眞？」小龍女點了點頭，輕聲道：「那幅圖畫，繪的是出墓的秘道。」她熟知墓中地形，一見便明白此圖含義。

楊過歡喜無已，道：「妙極了！那你幹麼哭啊？」小龍女含著眼淚，嫣然笑道：「我以前從來不怕死，反正一生一世是在這墓中，早些死、晚些死又有甚麼分別？可是，可是這幾天啊，我老是想到，你對我這麼好，我要跟你在一起好好過些快活日子，我還要到外面去瞧瞧。過兒，我又害怕，又歡喜。」

楊過拉著她手，說道：「姑姑，你和我一起出去，我採花兒給你戴，捉蟋蟀給你玩，好不好？」這些年來他只在古墓，人雖長大了，所想到的有趣之事，還是兒時的那些玩意。小龍女從來沒與人玩過，聽他興高采烈的說著，也就靜靜的傾聽，過了好一會，終於支持不住，慢慢靠向楊過肩頭。楊過說了一會，不聽她回答，轉過頭來，見她雙眼微閉，呼吸細微，竟已沉沉睡去。他心中一暢，倦困暗生，迷糊之間竟也入了睡鄉。

過了不知多少時候，突然腰間一酸，腰後「中樞穴」上給人點了一指。他一驚而醒，待要躍起抵禦，後頸已給人施擒拿手牢牢抓住，登時動彈不得，側過頭來，但見李莫愁師徒笑吟吟的站在身旁，師父也已給點中了穴道。原來楊、龍兩人殊無江湖上應敵防身的經歷，喜悅之餘，竟沒想到要回上去安上棺底石板，竟讓李莫愁發現了這地下石室，偷襲成功。

李莫愁冷笑道：「好啊，這裏竟還有個如此舒服的所在，兩個娃兒躲了起來享福。

師妹，你倒用心推詳推詳，說不定會有一條出墓的道路。」小龍女道：「我就算知道，也不會跟你說。」李莫愁本來深信她先前所說並無虛假，又曾去墓門察看，見斷龍石確已放下，更無出墓之望，但小龍女全無城府機心，說這兩句話的語氣神情，似乎顯知出墓之法。李莫愁大喜，說道：「好師妹，你帶我們出去，從此我不再跟你為難。」小龍女道：「你們自己進來，自己想法子出去，為甚麼要我帶領？」

李莫愁素知這個師妹倔強執拗，即令師父在日，也常容讓她三分，用強脅迫九成無效，但當此生死關頭，不管怎麼也都要逼一逼了，於是伸指在兩人頸下「天突穴」上重重一點，又在兩人股腹之間的「五樞穴」上點了一指。那「天突穴」是人身陰維、任脈之會，「五樞穴」是足少陽帶脈之會，李莫愁使的是古墓派秘傳點穴手法，料知兩人不久便周身痲癢難當，非吐露秘密不可。

小龍女閉上了眼，渾不理會。楊過道：「如果我姑姑知道出路，咱們幹麼不逃出去，卻還留在這兒？」李莫愁笑道：「她剛才已露了口風，再賴不了啦。她自然知道這古墓另有秘密出口，等你們養足了精神，當然便出去了。師妹，你到底說不說？」小龍女輕輕的道：「你到了外面，也不過再去殺人害人，出去又有甚麼好？」

李莫愁抱膝坐在一旁，笑吟吟的不語。過了一會，楊過已先抵受不住，叫道：「喂，李莫愁，祖師婆婆傳下這手點穴法來，是叫你欺侮自己人嗎？你用來害自己師妹，可對得住祖師婆婆麼？」李莫愁微笑道：「你叫我李莫愁，咱們早就不是自己人了。」

楊過在小龍女耳邊低聲道：「你千萬別說出墓的秘密，李莫愁若不知道，始終不會殺我們，她一知出路，立刻就下毒手了。」小龍女道：「你說得對，我倒沒想到。我本來就只偏偏不跟她說。」此時她臥倒在地，睜眼便見到室頂的地圖，心想：「這地圖若給師姊發現，那可糟了。我眼光決不能瞧向地圖。」

當年王重陽得知林朝英在活死人墓中逝世，想起她一生對自己情癡，這番恩情非同小可，此時人鬼殊途，心中傷痛殊甚，於是悄悄從祕道進墓，避開她丫鬟弟子，對這位江湖舊侶的遺容熟視良久，抑住聲息痛哭了一場，這才巡視自己昔時所建的這座石墓，見到了林朝英所繪自己背立的畫像，又見到石室頂上她的遺刻。見玉女心經中所述武功精微奧妙，每一招的確盡是全眞武功的剋星，不由得臉如死灰，當即退出。

他獨入深山，結了一間茅蘆，一連三年足不出山，精研玉女心經的破法，雖小處也有成就，但始終組不成一套包蘊內外、融會貫串的武學。心灰之下，對林朝英的聰明才智更加佩服，甘拜下風，不再鑽研。十餘年後華山論劍，奪得武學奇書《九陰眞經》。他決意不練經中功夫，但爲好奇心所驅使，禁不住翻閱一遍。

他武功當時已是天下第一，《九陰眞經》中所載的諸般秘奧精義，一經過目，思索上十餘日，即已全盤豁然領悟，知道精通《九陰眞經》要旨後，破解《玉女心經》武功，全不為難。當下仰天長笑，回到活死人墓，在全墓最隱秘的地下石室頂上刻下眞經的要旨，並一一指出破除《玉女心經》之法。他看了古墓的情景，料想那幾具空棺將來是林朝英的弟子所用。她們多半是臨終時自行入棺等死，其時自能得知全眞派祖師一生不輸於人。於是在一具空棺蓋底寫下了十六字，好教林朝英後人於臨終之際，得知全眞教創教祖師的武學，實非《玉女心經》所能剋制。

這只是他一念好勝，卻非有意要將《九陰眞經》洩漏於世，料想待得林朝英的弟子見到《九陰眞經》之時，也已奄奄一息，只能將這秘密帶入地下了。

王重陽與林朝英均是武學奇才，原是一對天造地設的佳偶。二人之間，既無或男或女的第三者引起情海波瀾，亦無親友師弟間的仇怨糾葛。王重陽先前尙因專心起義抗金大事，無暇顧及兒女私情，但義師毀敗、枯居石墓，林朝英前來相慰，柔情高義，感人實深，其時已無好事不諧之理，卻仍落得情天長恨，一個出家做了黃冠，一個在石墓中鬱鬱以終。此中原由，丘處機等弟子固然不明，甚而王林兩人自己亦難解說，惟有歸之於「無緣」二字而已。卻不知無緣係「果」而非「因」，二人武功既高，自負益甚，每當情苗漸茁，談論武學時的爭競便隨伴而生，始終互不相下。兩人相較，終究還是林朝英稍勝，王重陽因始終不甘屈居女子之下，每當對林朝英稍有情意，便即強自抑制。後來林朝英創出了剋制全眞武功的玉女心經，而王重陽不甘服輸，又將《九陰眞經》的要旨刻在墓中。只是他自思玉女心經為林朝英自創，自己卻依傍前人遺書，相較之下，實遜一籌，此後深自謙抑，常常告誡弟子以容讓自克、虛懷養晦之道。

至於室頂秘密地圖，卻是當石墓建造之初即已刻上，原是為防石墓為金兵在外長期圍困，得以從秘道脫身。這條秘道卻連林朝英也不知悉。林朝英只道一放下「斷龍石」，即與敵人同歸於盡，卻沒想到王重陽建造石墓之時，正謀大舉以圖規復中原，滿腔雄心壯志，豈肯一敗之下便即自處絕地？後來王重陽讓出石墓之時，深恐林朝英譏其預留逃命退步，失了慷慨男兒的氣概，是以並不告知，卻也是出於一念好勝。

小龍女不敢去看地圖，眼光只望著另一個角落，突然之間，「解穴秘訣」四個小字有如電光般閃入眼中。她心中一凜，將秘訣仔細看了幾遍，一時大喜過望，若不是素有自制，幾乎便叫了出來。秘訣中講明自通穴道之法，如修習內功時走火，穴道閉塞，即可以此法自行打通。只因《九陰眞經》中所載內功極為深奧，若修習者走岔內息，自閉穴道，旁邊縱有高手，亦難以代為通穴解救，只可由修習者自行憑此秘法解穴，否則若有人練到《九陰眞經》，武功必已到一流境界，絕少再會給人點中穴道。

其中「解穴秘訣」、「閉氣秘訣」、「移魂大法」三項神功互有關連。人之穴道經脈因受封而閉塞，非經外力，難以通解。若自身能以「閉氣」之法暫停呼吸，內息停運，即可順勢解開閉塞之穴道經脈；然「閉氣」極難，須得運使「移魂大法」中放心離魂之術，神遊物外，心不附體，短暫閉氣方不致窒息斷氣，氣絕身亡。由放心離魂而閉氣，由閉氣而解穴，三功連貫，渾爲一體。玉女心經中的最高明部分神光離合、似有似無、若隱若現、難以捉摸，必須用到放心離魂之術，方能神遊物外，不縈於心，若無其事，虛虛實實，眞幻莫測，方能免爲所制。那時也不能說是全眞派武功高，還是玉女心經高，只不過誰也不能制服對方，也不致爲對方所制，各自悠遊自在而已。這三門神功在小龍女此時處境，實是救命的妙訣。

她轉念又想：「我縱然通了穴道，但鬥不過師姊，仍歸無用。」當即細看室頂經文，要找一門即知即用的武功，一出手就將李莫愁制住，但約略瞥去，每一項皆艱深繁複，料想即令最易的功夫，也須數十日方能練成，卻又不敢多看，生恐李莫愁順著自己目光抬頭仰望，即便發見室頂的地圖與《九陰眞經》。「移魂大法」以上乘內功爲根柢，小龍女自忖內功修爲未及師姊，貿然使用，難免反爲所制，耳聽得楊過大呼小叫，不住與李莫愁鬥口，幸得如此，這個向來細心的師姊才沒留心自己眼光。突然間心念一動，想到了計策，抬頭將「解穴秘訣」、「閉氣秘訣」與「移魂大法」三項默唸一遍，俯嘴在楊過耳邊，輕輕教給了他。

楊過登時便即領會。小龍女輕聲道：「先解穴道。」楊過生怕李莫愁師徒發覺，口中大聲呻吟，不斷胡言亂語，叫道：「啊喲，李師伯，你下手實在太也狠毒，對不住祖師婆婆，更對不住祖師婆婆的婆婆。啊喲，李師伯，你年紀挺輕，相貌雖比不上我師父，卻也算得上是個少見少有的美女，你這樣壞心，我怕你黑心一直黑到臉上，損了你的花容月貌，太也可惜了。你怎不怕對不住婆婆的太婆……」前言不搭後語，乘機神遊物外，魂不守舍，口中稍停，便即閉氣。李莫愁聽他本來直呼自己姓名，頗爲無禮，後來卻改稱「師伯」，稱讚自己美貌，胡言亂語，甚是好笑，笑吟吟的聽著。

小龍女與楊過依著王重陽遺刻中所示的「解穴秘訣」默運玄功，兩人內功本有根柢，片刻間已將身上受封的兩處穴道解開。兩人外表一無動靜，但李莫愁還是立即察覺有異，喝道：「幹甚麼？」縱身過來。小龍女躍起身來，反手出掌，在她肩頭輕輕一拍，正是玉女心經中的上乘武功。李莫愁萬料不到她竟能自解穴道，大驚之下，急忙後躍。小龍女道：「師姊，你想不想出去？」

李莫愁一聽大喜，她自負武功高強，才智更罕逢匹敵，這次竟遭一個從未見過世面的小師妹玩弄於掌股之上，不由得憤恚異常，但想且當忍一時之氣，先求出墓，再治她不遲，她雖有幾下怪招，但著身無力，這時已覺到似乎並非她手下容情，而實是內勁不足，沒甚麼了不起，當即笑道：「這才是好師妹呢，我跟你賠不是啦，你帶我出去罷。」

楊過心想，眼前機會大好，正可乘機離間她師徒，說道：「我姑姑說，只能帶你們之中一個人出去，你說是帶你呢，還是帶你徒兒？」李莫愁道：「你這壞小廝，乘早給我閉嘴。」小龍女還沒明白楊過的用意，但處處護著他，隨即道：「正是，我只能帶一個人，多了不行。」楊過笑道：「師伯，還是讓洪師姊跟我們出去的好，洪師姊雖不及你美貌，但你年紀大了，活得夠啦。」李莫愁甚為惱怒，卻仍不作聲。楊過道：「好罷！我們走！姑姑在前帶路，我走第二，走在最後的就不能出去。」

小龍女此時已然會意，輕輕一笑，攜著楊過的手，走出石室。李莫愁與洪凌波不約而同的搶在其後，兩人同時擠在門口，只怕小龍女當眞放下機關，將最後一人隔在墓中。李莫愁怒道：「你跟我搶麼？」左手伸出，已扳住了洪凌波肩頭。洪凌波知師父出手狠辣，若不停步，立時會斃於她掌下，只得讓師父走在前頭，心中又恨又怕。

李莫愁緊緊跟在楊過背後，一步也不敢遠離，只覺小龍女東轉西彎，越走越低。同時腳下漸漸潮濕，心知早已出了古墓，在暗中隱約望去，到處都是岔道。再走一會，道路奇陡，竟筆直向下，若非四人武功均高，早已滑倒摔落。李莫愁暗想：「終南山本不甚高，這般走法，不久就到山下，難道我們是在山腹中麼？」

下降了約莫半個時辰，道路漸平，濕氣卻也漸重，到後來更聽到了淙淙水聲，路上水沒至踝。越走水越高，自腿而腹，漸與胸齊。小龍女低聲問楊過道：「那閉氣秘訣你記得明白罷？」楊過低聲道：「記得。」小龍女道：「待會你閉住氣，莫喝下水去。」

楊過道：「嗯，姑姑，你自己要小心了。」小龍女點點頭。

原來當年王重陽將石墓地下倉庫建於山上一條小溪之旁，將小半條溪水引入墓中，墓中居者以溪水供飲水烹飪之用，此外洗滌潔淨，皆賴此溪水。小溪源自高山，流瀉而下，墓中用後，稍停片刻，溪水流瀉，又歸澄清。這時小龍女引導楊過、李莫愁等，經由此小溪通道從墓後脫出，須得鑽進地下潛流，方至平地。溪水流至地下潛流後，與別的溪流會同，水流增大加深。

說話之間，水已浸及咽喉。李莫愁暗暗吃驚，叫道：「師妹，你會泅水嗎？」小龍女道：「我一生長於墓裏，從未外出，怎會泅水？」李莫愁略覺放心，踏出一步，不料腳底忽空，一股水流直衝口邊。她大驚之下，急忙後退，但小龍女與楊過卻已鑽入水中，到此地步，前面縱是刀山劍海，也只得闖了過去，突覺後心一緊，衣衫已給洪凌波拉住，忙反手迴擊，這一下雖出手不輕，但在水中，力道給水阻了，洪凌波拉得又緊，甩她不脫。水聲轟轟，雖為地下潛流，聲勢仍足驚人。李莫愁與洪凌波都不識水性，受潛流一衝，立足不定，都浮身而起。

李莫愁雖武功精湛，此刻也不免驚慌無已，伸手亂抓亂爬，突然間觸到一物，當即用力握住，卻是楊過的左臂。楊過正閉住呼吸，與小龍女攜著手在水底一步步向前而行。陡然給李莫愁抓到，忙運擒拿法卸脫，但李莫愁既已抓住，那裏還肯放手？一股股水往她口中鼻中急灌，直至昏暈，仍牢牢抓住。楊過幾次甩解不脫，生怕用力過度，喝水入肚，也就由得她抓著。

四人在水底拖拖拉拉，行了約莫一頓飯時分，小龍女與楊過雖依法閉氣，仍氣悶異常，時時須得到水面呼吸幾口，漸漸支持不住，兩人都喝了一肚子水，幸差水勢漸緩，地勢漸高，不久就露口出水。又行了一炷香時分，越走眼前越亮，終於在一個山洞裏鑽了出來。二人筋疲力盡，先運氣吐出腹中之水，躺在溪旁地下喘息不已。

此時李莫愁仍牢牢抓著楊過手臂，直至楊過逐一扳開她手指，方始放手。小龍女點了李莫愁師徒二人肩上穴道，將她們放在一塊圓石之上，讓腹中之水慢慢從口中流出。

楊過遊目四顧，但見濃蔭匝地，花光浮動，喜悅無限，只道：「姑姑，你說好看麼？」小龍女點頭微笑。兩人想起過去這數天的情景，恍同隔世。

過了良久，李莫愁「啊、啊」幾聲，先自醒來，但見陽光耀眼，當眞重見天日，回想適才坐困石墓、潛流遭厄的險狀，兀自不寒而慄，雖上身痲軟，心中卻遠較先前寬慰。又過一會，洪凌波才慢慢醒轉。小龍女對李莫愁道：「師姊，你們請便罷！」李莫愁師徒雙手癱瘓，下半身卻行動自如，站起身來，默默無言的對望一眼，一前一後的去了。

四下裏寂無人聲，原來這山洞是在終南山山腳一處極爲荒僻的所在。當晚小龍女與楊過二人就在樹蔭下草地上睡了。次晨醒來，依楊過說就要出去遊玩，但小龍女從未見過繁華世界，不知怎的，竟大爲害怕，說道：「不，我得先養好傷，然後咱們須得練好玉女心經。」楊過在自己頭頂重擊一掌，說道：「該死！打你這胡塗小子！我竟忘了你的傷。」又想下山之後，再要和師父解開衣衫一同練功，諸多不便，便伸掌傳氣，助她運功療傷。不到半月，小龍女內傷已然痊愈。

兩人在一株大松樹下搭了兩間小茅屋以蔽風雨。茅屋上扯滿了紫藤。楊過喜歡花香濃郁，更在自己居屋前種了些玫瑰茉莉之類香花。小龍女卻愛淡雅，說道松葉清香，遠勝異花奇卉，她所住的茅屋前便一任自然，惟有野草。

師徒倆日間睡眠，晚上用功。數月過去，先是小龍女練成了玉女心經，再過月餘，楊過也功行圓滿。兩人反覆試演，已全無窒礙，楊過又提入世之議。

小龍女但覺如此安穩過活，世上更無別事能及得上，但想他嚮往紅塵，終難長羈他在荒山之中，說道：「過兒，咱倆的武功雖已大非昔比，但跟你郭伯父、郭伯母相較，卻又怎地？」楊過道：「我自然還遠遠及不上，但你跟他們大概各有所長。」小龍女道：「你郭伯父將功夫傳了他女兒，又傳了武氏兄弟，他日相遇，咱們仍會受他們欺侮。」

一聽此言，楊過跳了起來，怒道：「他們若再欺侮我，豈能跟他們干休？」小龍女冷冷的道：「你打他們不過，那也枉然。」楊過道：「那你幫我。」小龍女道：「我打不贏你郭伯母，仍然無用。」楊過低頭不語，籌思對策。沉吟了一會，說道：「瞧在郭伯伯的份上，我不跟他們爭鬧就是。」小龍女心想：「他在墓中住了兩年多，練了古墓派內功，居然火性大減，倒也難得。」其實楊過不過年紀大了，多明事理，想起郭靖相待自己確是一片眞情，心下感激，甘願爲他而退讓一步，何況與郭芙、武氏兄弟也無深仇大恨，只不過兒時爲了蟋蟀而爭鬧揪打而已，此時回想，早已淡然。

小龍女道：「你肯不跟人爭競，那再好也沒有了。不過聽你說道，到了外邊，就算你肯讓了別人，別人仍會來欺侮你，咱們若不練成王重陽遺下來的功夫，遇上了武功高強之人，終究還是敵不過。」楊過知她頗不想離開這淸靜所在，不忍拂逆其意，便道：「姑姑，我聽你話，打從明兒起，咱們起手練《九陰眞經》。」

就因這一席話，兩人在山谷中又多住了一年有餘。小龍女和楊過重經秘道潛入墓中，將重陽遺刻誦讀數日，記憶無誤，這才出來修習。年餘之間，師徒倆內功外功俱皆精進。但墓中的重陽遺刻僅爲對付玉女心經的法門，只爲《九陰眞經》的一小部份，最重要的梵語音譯總旨秘訣更加不知，是以二人所學，比之郭靖、黃蓉畢竟尙遠爲不如，但此卻非二人所知了。

這一日練武已畢，兩人均覺大有進境。楊過跳上跳下的十分開心，小龍女卻愀然不樂。楊過不住說笑話給她解悶。小龍女只不聲不響。楊過知道此時重陽遺刻上的功夫已然學會，若說要融會貫通，自不知要到何年何月，但其中訣竅奧妙卻已大都知曉，只要日後繼續修習，功夫越深，威力就必越強。料想小龍女不願下山，卻無藉口相留，是以煩惱，便道：「姑姑，你不願下山，咱們就永遠在這裏便是。」小龍女喜道：「好極啦……」只說了三個字，便即住口，明知楊過縱然勉強為己而留，心中也難眞正快活，幽幽的道：「明兒再說罷。」晚飯也不吃，回到小茅屋中睡了。

楊過坐在草地上發了一陣獃，直到月亮從山後升起，這才回屋就寢。睡到半夜，睡夢中隱隱聽得呼呼風響，聲音勁急，非同尋常。他一驚而醒，側耳聽去，正是有人相鬥的拳聲掌風。他忙竄出茅屋，奔到師父茅屋外，低聲道：「姑姑，你聽到了麼？」

此時掌風呼呼，更加響了，按理小龍女必已聽見，但茅屋中卻不聞回答。楊過又叫了兩聲，推開柴扉，只見榻上空空，原來師父早已不在。他更加心驚，忙尋聲向掌聲處奔去。奔出十餘丈，未見相鬥之人，單聽掌風，已知其中之一正是師父，對手掌風沉雄凌厲，武功似猶在師父之上。

楊過急步搶去，月光下只見小龍女與一個身材魁梧的人盤旋來去，鬥得正急。小龍女雖身法輕盈，但那人武功高強之極，在他掌力籠罩之下，小龍女不過勉力支撐。楊過大駭，叫道：「師父，我來啦！」兩個起落，已縱到二人身邊，與那人一朝相，不禁驚喜交集，原來那人滿腮虬髯，根根如戟，一張臉猶如刺蝟相似，正是分別已久的義父歐陽鋒。

但見他凝立如山，一掌掌緩緩的劈去，小龍女不住閃避，不敢正面接他掌力。楊過叫道：「都是自己人，且莫鬥了。」小龍女一怔，心想這大鬍子瘋漢怎會是自己人，一凝思間，身法略滯。歐陽鋒斜掌從肘下穿出，一股勁風直撲她面門，勢道雄強無比。楊過大駭，急縱而前，見小龍女左掌已與歐陽鋒右掌抵上，知師父功力遠不及義父，時刻稍久，必受內傷，當即伸五指在歐陽鋒右肘輕輕一拂，正是他新學九陰眞經中的「手揮五絃」上乘功夫。他雖習練未熟，但落點恰到好處，歐陽鋒手臂微酸，全身消勁。

小龍女見機何等快捷，只感敵人勢弱，立即催擊，此一瞬間歐陽鋒全身無所防禦，雖輕加一指，亦受重傷。楊過翻手抓住了師父手掌，夾在二人之間，笑道：「兩位且住，是自己人。」歐陽鋒尙未認出是他，只覺這少年武功奇高，未可小覷，怒道：「你是誰，甚麼自己人不自己人？」

楊過知他素來瘋瘋顚顚，只怕他已然忘了自己，大叫道：「爸爸，是我啊，是你的兒子啊。」這幾句話中充滿了激情。歐陽鋒一呆，拉著他手，將他臉龐轉到月光下看去，正是數年來自己到處找尋的義兒，但一來他身材長高，二來武藝了得，是以初時難以認出。他當即抱住楊過，大叫大嚷：「孩兒，我找得你好苦！」兩人緊緊摟在一起，都流下淚來。

小龍女自來冷漠，只道世上就只楊過一人情熱如火，此時見歐陽鋒也是如此，心中對下山一事更凜然有畏，靜靜坐在一旁，愁思暗生。

歐陽鋒那日在嘉興王鐵槍廟中與楊過分手，躲在大鐘之下，教柯鎮惡奈何不得。他潛運神功，治療內傷，七日七夜後內力已復，但給柯鎮惡鐵杖所擊出的外傷實也不輕，一時難痊。他掀開巨鐘，到客店中又去養了二十來天傷，這才內外痊愈，便去找尋楊過，但一隔匝月，大地茫茫，那裏還能尋到他蹤跡？尋思：「這孩子九成是到了桃花島上。」當即弄了一隻小船，駛到桃花島來，白天不敢近島，直到黑夜，方始在後山登岸。他自知非郭靖、黃蓉二人之敵，又不知黃藥師不在島上，尋思就算自己本領再大一倍，也打這三人不過，是以白日躲在極荒僻的山洞之中，每晚悄悄巡遊。島上布置奇妙，他也不敢隨意亂走。

如此一年有餘，總算他謹慎萬分，白天不敢出洞一步，蹤跡始終未讓發覺，直到一日晚上聽到武敦儒兄弟談話，才知郭靖已送楊過到全眞教學藝。歐陽鋒大喜，當即偷船離島，趕到重陽宮來。那知其時楊過已與全眞教鬧翻，進了活死人墓。此事在全眞教實爲奇恥大辱，全教上下，人人絕口不談，歐陽鋒探不到半點消息。這些時日中，他踏遍了終南山周圍數百里之地，卻那知楊過竟深藏地底，自然尋找不著。

這一晚事有湊巧，他行經山谷之旁，突見一個白衣少女對著月亮抱膝長嘆。歐陽鋒瘋瘋顛顛的問道：「喂，我孩兒在那裏？你有沒見他啊？」小龍女橫了他一眼，不加理睬。歐陽鋒縱身上前，伸手便抓她臂膀，喝道：「我孩兒呢？」小龍女見他出手強勁，武功之高，生平從所未見，即是全眞教高手，亦遠遠不及，大吃一驚，忙使小擒拿手卸脫。歐陽鋒這一抓原期必中，不料竟讓對方輕輕巧巧的拆解開了，也不問她是誰，左手跟著又上。兩人就這麼毫沒來由的鬥了起來。

義父義子各敘別來之情。歐陽鋒神智半清半迷，過去之事早已說不大清楚，而對楊過所述也不甚了了，只知他這些年來一直在跟小龍女練武，大聲道：「這小女孩兒武功又不及我，何必跟她練？讓我來教你。」小龍女又怎跟他計較，聽到後淡淡一笑，自行走在一旁。

楊過卻感到不好意思，說道：「爸爸，師父待我很好。」歐陽鋒妒忌起來，叫道：「她好，我就不好麼？」楊過笑道：「你也好。這世上就只你兩個待我好。」歐陽鋒一番話雖說得不明不白，楊過卻也知他在幾年中到處找尋自己，實已費盡了千辛萬苦。

歐陽鋒抓住他手掌，嘻嘻傻笑，過了一陣，道：「你的武功倒練得不錯，就可惜不會世上最上乘的兩大奇功。」楊過道：「那是甚麼啊？」歐陽鋒濃眉倒豎，喝道：「虧你是練武之人，世上兩大奇功都不知曉。你拜她爲師有甚麼用？」楊過見他忽喜忽怒，不由得暗自擔憂，心道：「爸爸患病已深，不知何時方得痊愈？」歐陽鋒哈哈大笑，道：「嘿，讓爸爸教你。那兩大奇功第一是蛤蟆功，第二是九陰眞經。我先教你蛤蟆功的入門功夫。」說著便背誦口訣。楊過微笑道：「你從前教過我的，你忘了嗎？」歐陽鋒搔搔頭皮，道：「原來你已經學過，再好也沒有了。你練給我瞧瞧。」

楊過自入古墓之後，從未練過歐陽鋒昔日所授的怪異功夫，此時聽他一說，欣然照辦。他在桃花島時便已練過，現下以上乘內功一加運用，登時使得花團錦簇。歐陽鋒笑道：「好看！好看！就是不對勁，中看不中用。我把其中訣竅盡數傳了你罷！」當下指手劃腳、滔滔不絕的說了起來，也不理會楊過是否記得，只說個不停，說一段蛤蟆功，又說一段顚倒逆練的九陰眞經。楊過聽了半晌，但覺他每句話中都似妙義無窮，但既繁複，又古怪，一時之間又那能領會得了這許多？

歐陽鋒說了一陣，瞥眼忽見小龍女坐在一旁，叫道：「啊喲，不好，莫要給你的女娃娃師父偷聽了去。」走到小龍女跟前，說道：「喂，小丫頭，我在傳我孩兒功夫，你別偷聽。」小龍女道：「你的功夫有甚希罕？誰要偷聽了？」歐陽鋒側頭一想，道：「好，那你走得遠遠地。」小龍女靠在一株花樹上，冷冷的道：「我幹麼要聽你差遣？

我愛走就走，不愛走就不走。」歐陽鋒大怒，鬚眉戟張，伸手要往她臉上抓去，但小龍女只作不見，理也不理。楊過大叫：「爸爸，你別得罪我師父。」歐陽鋒縮回了手，說道：「好好，那就我們走得遠遠地，可是你跟不跟來偷聽？」

小龍女心想過兒這義父爲人無賴，懶得再去理他，轉過了頭不答，不料背心上突然一麻，原來歐陽鋒忽爾長臂，在她背心穴道上點了一指，這一下出手奇快，小龍女又全然不防，待得驚覺想要抵禦，上身已轉動不靈。歐陽鋒跟著又伸指在她腰裏點了一下，笑道：「小丫頭，你莫心焦，待我傳完了我孩兒功夫，就來放你。」說著大笑而去。

楊過正在默記義父所傳的蛤蟆功與九陰眞經，但覺他所說的功訣有些纏夾不清，亂七八糟，然而其中妙用甚多，卻絕無可疑，潛心思索，毫不知小龍女遭襲之事。歐陽鋒走過來牽了他手，道：「咱們到那邊去，莫給你的小師父聽去了。」楊過心想小龍女怎會偷聽，你就硬要傳她，她也決不肯學，但義父心性失常，也不必和他多所爭辯，於是隨著他走遠。

小龍女痲軟在地，又好氣又好笑，心想自己武功雖練得精深，究是少了臨敵的經驗，以致中了李莫愁暗算之後，又遭這鬍子怪人的偷襲，於是潛運九陰神功，自解穴道，先行閉氣之法，盼穴道和經脈暢通。豈知兩處穴道不但毫無鬆動之象，反更加酸麻，不禁大駭。原來歐陽鋒的手法剛與九陰眞經逆轉而行，她以王重陽的遺法衝解，竟求脫反固。試了幾次，但覺遭點處隱隱作痛，就不敢再試，心想那瘋漢傳完功夫之後，自會前來解救，她萬事不縈於懷，也不焦急，仰頭望著天上星辰出了會神，便合眼睡去。

過了良久，眼上微覺有物觸碰，她黑夜視物如同白晝，此時竟不見一物，原來雙眼給人用布蒙住了，隨覺有人張臂抱住了自己。這人相抱之時，初時極為膽怯，後來漸漸大膽放肆。小龍女驚駭無已，欲待張口而呼，苦於口舌難動，但覺那人以口相就，親吻自己臉頰。她初時只道是歐陽鋒忽施強暴，但與那人面龐相觸之際，卻覺他臉上光滑，決非歐陽鋒的滿臉虬髯。她心中一蕩，驚懼漸去，情欲暗生，心想原來楊過這孩子卻來戲我。只覺他雙手越來越不規矩，緩緩為自己寬衣解帶，小龍女無法動彈，只得任其所為，不由得又驚喜，又害羞，但覺楊過對己親憐密愛，只盼二人化身為一，不禁神魂飄盪，身心俱醉。

歐陽鋒見楊過極為聰明，自己傳授口訣，他雖不能盡數領會，卻很快便記住了，心中欣喜，越說興致越高，直說到天色大明，才將兩大奇功的要旨說完。楊過默記良久，說道：「我也學過《九陰眞經》，但跟你說的卻大不相同。卻不知是何故？」歐陽鋒道：「胡說，除此之外，還有甚麼《九陰眞經》？」楊過道：「比如練那易筋鍛骨之術，你說第三步是氣血逆行，衝天柱穴。我師父卻說要意守丹田，通章門穴。」歐陽鋒搖頭道：「不對，不對……嗯，慢來……」他照楊過所說一行，忽覺內力舒發，意境大不相同。他自想不到郭靖寫給他的經文其實已經顛倒竄改，不由得心中混亂一團，喃喃自語：「怎麼？到底是我錯了，還是你的女娃娃師父錯了？怎會有這等事？我……我是誰？」

楊過見他兩眼發直，一副神不守舍的模樣，連叫他幾聲，不聞答應，怕他瘋病又要發作，甚是擔憂，想起義父記不起自己名字，當日郭伯母故意叫他「趙錢孫李、周吳陳王、馮鄭褚衛、蔣沈韓楊」，顯是有意擾亂他的思路。義父曾為此煩惱，再聽郭靖夫婦背後談論，稱他為「歐陽鋒」，一直想要提醒他，但當時諸事紛至疊來，不得其便，於是說道：「爸爸，你名叫歐陽鋒，記得了嗎？」

歐陽鋒突然一驚，腦中靈光閃動，過去許多事情驀地湧至，哈哈大笑，跳起身來，叫道：「是啊，是啊，歐陽鋒是誰？……哈哈，歐陽鋒！」隨手折了根樹枝，展開蛇杖杖法，使得呼呼風響，大叫：「歐陽鋒了不起……歐陽鋒是天下武功第一之人……」「歐陽鋒武功高強，誰都不怕！哈哈！哈哈！」也不理楊過，一陣風般去了。

楊過正要去追，忽聽得數丈外樹後忽喇一聲，立即想起了姑姑，但見人影一閃，花叢中隱約見到靛青道袍的一角。此處人跡罕至，怎會有外人到此？而且那人行動鬼鬼祟祟，顯似不懷好意，不禁疑心大起，急步趕去。那人腳步迅速，向前飛奔，瞧他後心是個道人。

楊過叫道：「喂，是誰？給我站住！」施展輕功，提步急追。

那道人聽到呼喝，奔得更加急了，楊過微一加勁，身形如箭般直縱過去，一把抓住了他肩頭，扳將過來，原來是甄志丙。楊過見他衣冠不整，臉上一陣紅一陣白，喝問：「你幹甚麼？」甄志丙此時已受任爲全眞教第三代弟子首座，武功既高，平素舉止又極有氣派，但不知怎的，此時竟滿臉慌張，說不出話來。楊過見他怕得厲害，想起那日他斬釘截鐵的立誓，爲人倒也不壞，便放鬆了手，溫言道：「既然沒事，你就走罷！」甄志丙回頭瞧了幾眼，慌慌張張的急步去了。

楊過暗笑：「這道士失魂落魄似的，當眞可笑。」回到茅屋之前，只見花樹叢中露出小龍女的兩隻赤足，一動不動，似乎已睡著了。楊過叫了兩聲：「姑姑！」不聞答應，鑽進樹叢，見小龍女臥在地下，眼上卻蒙著塊青布。

楊過微感驚訝，揭去了她眼上青布，但見她眼中神色極是異樣，暈生雙頰，嬌羞無限。楊過問道：「姑姑，誰給你包上了這塊布兒？」小龍女不答，眼中微露責備之意。楊過見她身子軟癱，似給人點中了穴道，伸手拉她一下，果然她動彈不得。楊過念頭一轉，已明原委：「定是我義父用逆勁點穴法點中了她，否則任他再厲害的點穴功夫，姑姑也能自行通解。」依照歐陽鋒適才所授之法，給她解開穴道。

不料小龍女穴道遭點之時，固然全身軟癱，但楊過替她解開了，她仍軟綿綿的倚在楊過身上，似乎周身骨骼盡皆融化了一般。楊過伸臂扶住她肩膀，柔聲道：「姑姑，我義父做事顛三倒四，你莫跟他一般見識。」小龍女將臉蛋藏在他懷裏，膩膩糊糊的道：「你自己才顛三倒四呢，不怕醜，還說人家！」楊過見她舉止與平昔大異，稍覺慌亂，道：「姑姑，我……我……」小龍女抬起頭來，嗔道：「你還叫我姑姑？」楊過更加慌了，順口道：「我不叫你姑姑叫甚麼？要我叫師父麼？」小龍女淺淺一笑，道：「你這般對我，我還能做你師父麼？」楊過奇道：「我……我怎麼啦？」

小龍女捲起衣袖，露出一條雪藕也似的臂膀，但見潔白似玉，竟無半分瑕疵，本來一點殷紅的守宮砂已不知去向（注），羞道：「你瞧。」楊過摸不著頭腦，搔搔耳朵，道：「姑姑，我不懂啊。」小龍女嗔道：「我跟你說過，不許再叫我姑姑。」她見楊過滿臉惶恐，心中頓生說不盡的柔情，低聲道：「咱們古墓派的門人，世世代代都是處女傳處女。我師父給我點了這點守宮砂，昨晚……昨晚你這麼對我，我手臂上怎麼還有守宮砂呢？」楊過道：「我昨晚怎麼對你啊？」小龍女臉一紅，道：「別說啦。」隔了一會，輕輕的道：「以前，我怕下山去，現下可不同啦，不論你到那裏，我總心甘情願的跟著你。」

楊過大喜，叫道：「姑姑，那好極了。」小龍女正色道：「你怎麼仍是叫我姑姑？難道你沒眞心待我麼？」她見楊過不答，心中焦急起來，顫聲道：「你到底當我是甚麼人？」楊過誠誠懇懇的道：「你是我師父，你憐我教我，我發過誓，要一生一世敬你重你，聽你的話。」小龍女大聲道：「難道你不當我是你媳婦？」

楊過從未想到過這件事，突然給她問到，不由得張皇失措，不知如何回答才好，喃喃的道：「不，不！你不能是我媳婦，我怎麼配？你是我師父，是我姑姑。」

小龍女昨晚給歐陽鋒點中穴道，於動彈不得之際遭人侵犯，她是處女之身，全無經歷，當時更無他人在旁，只道必是楊過。她對楊過本已情愫暗生，當時也不抗拒，心想楊過對己如此，必已決心當自己是終生愛侶，改變了以自己爲「姑姑、師父」的念頭。她心中正充滿了柔情密意，料想楊過必如昨晚一般，對自己更有一番愛憐備至的溫柔，兩人須當山盟海誓，從此結爲夫婦，改了「姑姑」與「師父」的稱呼和關係，不知他要叫自己爲「龍姊」呢，還是比較粗俗的「媳婦兒」？自己又不知叫他甚麼，是不是要改稱「郎君」？

正盤算得滿心甜美，忽聽他仍叫自己爲「姑姑」，而自己含羞帶愧的說到「守宮砂」，他卻冷冷淡淡，漫不在乎，似乎對昨晚的親熱渾不當一回事。這在自己是比生死更要緊的大事，他卻漠不關心，顯然將兩人的情愛並不如何放在心上。驀地裏想起師姊先前的話：「那一天你男人對你的神情如果突然之間變了，本來十分親熱，愛得你要死要活，忽然間他對你生疏了，客氣了，那便是他變了心，你可要加意提防，留意種種蛛絲馬跡。」聽他清清楚楚的說：「不，不！你不能是我媳婦，我怎麼配？你是我師父，是我姑姑。」心道：「那還不是變了心，等如是斬釘截鐵的說道：不要我做他的媳婦。這不是蛛絲馬跡，加意提防又有甚麼用？」只氣得全身發抖，突然「哇」的一聲，噴出一口鮮血。

楊過慌了手腳，只是叫道：「姑姑，姑姑！」小龍女聽他仍這麼叫，狠狠凝視著他，舉起左掌，便要向他天靈蓋劈落，但這一掌始終落不下去，她目光漸漸的自惱恨轉爲怨責，又自怨責轉爲憐惜，嘆了一口長氣，輕輕的道：「既然這樣，原來你當眞不想要我，你寧可一個人自由自在，不受人拖累，那麼以後你別再見我，免得我傷心！」長袖一拂，轉身疾奔下山。

楊過大叫：「姑姑，你到那裏去？我跟你同去。」小龍女回過身來，眼中淚珠轉來轉去，緩緩說道：「你如再見我，就只怕……只怕我……我管不住自己，難饒你性命。」楊過道：「你怪我不該跟義父學武功，是不是？」小龍女淒然道：「你跟人學武功，我怎會怪你？原來，原來你終於變了心！」轉身快步而行。

楊過一怔之下，不知所措，眼見她白衣的背影漸漸遠去，終於在山道轉角處隱沒，不禁悲從中來，伏地大哭。左思右想，實不知如何得罪了師父，何以她神情如此特異，一時溫柔纏綿，一時卻又怨憤決絕？為甚麼說要做自己「媳婦」，又不許叫她姑姑，又說自己「終於變了心」？想了半天，心道：「此事定與我義父有關，定是他得罪我師父了。」

楊過四顧茫然，但見空山寂寂，微聞鳥語。他滿心惶急，大叫：「姑姑，姑姑！爸爸，爸爸！」隔了片刻，四下裏山谷回音也叫著：「姑姑，姑姑！爸爸，爸爸！」叫聲惶急，充滿哭音。

他數年來與小龍女寸步不離，既如母子，又若姊弟，突然間她不明不白的絕裾而去，豈不叫他肝腸欲斷？傷心之下，幾欲在山石上一頭撞死。但心中總還存著指望，師父突然而去，或許也能突然而來。義父雖得罪了她，她稍後必會想到我並無過失，自然會回頭尋我。

這一晚他又怎睡得安穩？只要聽到山間風聲響動，或是蟲鳴雀飛，都疑心是小龍女回來了，一骨碌爬起，大叫：「姑姑！」出去迎接，每次總悽然失望。到後來索性不睡了，奔上山巔，睜大了眼四下眺望，直望到天色大亮，惟見雲生谷底，霧迷峯巔，天地茫茫，就只他楊過一人而已。

楊過搥胸大號，驀地想起：「姑姑既然不回，我這就找她去。只要見得著她，不管她如何打我罵我，我總不離開她。她要打死我，就讓她打死便了。」心意既決，登時精神大振，將小龍女與自己的衣服用物胡亂包了一包，負在背上，大踏步出山。

一到有人家處，就打聽有沒見到一個白衣美貌女子。大半天中，他接連問了十幾個鄉民，都搖頭說並沒瞧見。楊過焦急起來，再次詢問，出言就不免欠缺了禮貌。那些山民見他一個年輕小夥子，冒冒失失的打聽甚麼美貌閨女，先就有氣，有一人就反問那閨女是他甚麼人。楊過道：「你不用管。我只問你有沒見到她從此間經過？」那人便要反唇相稽。旁邊一個老頭拉了拉他衣袖，指著東邊一條小路，笑道：「昨晚老漢見到有個仙女般的美人向東而去，還道是觀世音菩薩下凡，卻原來是老弟的相好……」楊過不聽他說完，忙一揖相謝，順著他所指的小路急步趕了下去，雖聽得背後一陣轟笑，卻也沒在意，怎知是那老者見他年輕無禮，故意胡扯騙他。

奔了一盞茶時分，眼前出現兩條岔路，不知向那一條走才是。尋思：「姑姑不喜熱鬧，多半是揀荒僻的路走。」踏上左首那條崎嶇小路。豈料這條路越走越寬，幾個轉彎，竟轉到了一條大路上來。他一日一晚沒半點水米下肚，見天色漸晚，腹中餓得咕咕直響，見前面房屋鱗次櫛比，是個市鎮，快步走進一家客店，叫道：「拿飯菜來。」

店伴送上一份家常飯菜，楊過扒了幾口，胸中難過，喉頭噎住，食不下咽，心道：

「雖然天黑，我還是得去找尋姑姑，錯過了今晚，只怕今後永難相見。」將飯菜一推，叫道：「店伴，我問你一句話。」店伴笑著過來，問道：「小爺有甚吩咐？可是這飯菜不合口味？小的吩咐去另做，小爺愛吃甚麼？」

楊過連連搖手，道：「不是說飯菜。我問你，可有見到一個穿白衫子的美貌姑娘，從此間過去麼？」店伴沉吟道：「穿白衣，嗯，這位姑娘可是戴孝？家中死了人不是？」楊過好不耐煩，問道：「到底見是沒見？」店伴道：「姑娘倒有，確也是穿白衫子的……」楊過喜道：「向那條路走？」店伴道：「可過去大半天啦！小爺，這娘兒可不是好惹的……」突然放低聲音，說道：「我勸你啊，還是別去找她的好。」楊過又驚又喜，知是尋到了姑姑的蹤跡，忙問：「她……怎麼啦？」問到此句，聲音也發顫了。

那店伴道：「我先問你，你知不知道那姑娘是會武的？」楊過心道：「我怎會不知？」忙道：「知道啊，她是會武的。」那店伴道：「那你還找她幹麼？可險得緊哪。」楊過道：「到底是甚麼事？」那店伴道：「你先跟我說，那白衣美女是你甚麼人？」楊過無奈，看來不先說些消息與他，他決不肯說小龍女的行蹤，於是說道：「她是我……是我的姊姊，我要找她。」那店伴一聽，肅然起敬，但隨即搖頭道：「不像，不像。」楊過焦躁起來，一把抓住他衣襟，喝道：「你到底說是不說？」那店伴一伸舌頭，道：「對，對，這可像啦！」

楊過喝道：「甚麼又是不像、又是像的？」那店伴道：「小爺，你先放手，我喉管給你抓得閉住了氣，嘿嘿，說不出話。要勉強說當然也可以，不過……」楊過心想此人生性如此，對他用強也是枉然，便鬆開了手。那店伴咳嗽幾聲，道：「小爺，我說你不像，只爲那娘……那女……嘿嘿，你姊姊，透著比你年輕貌美，倒像是妹子，不是姊姊。說你像呢，爲的是你兩位都火性兒，有一門子愛掄拳使棍的急脾氣。」楊過只聽得心花怒放，笑逐顏開，道：「我……我姊姊跟人動武了嗎？」

那店伴道：「可不是麼？不但動武，還傷了人呢，你瞧，你瞧。」指著桌上幾條刀劍砍起的痕跡，得意洋洋的道：「這事才教險呢，你姊姊本事了得，一刀將兩個道爺的耳朵也削了下來。」楊過笑問：「甚麼道爺？」心想定是全眞教的牛鼻子道人給我姑姑教訓了一番。那店伴道：「就是那個……」說到這裏，突然臉色大變，頭一縮，轉身便走。

楊過料知有異，不自追出，端起飯碗，舉筷只往口中扒飯，放眼瞧去，只見兩個道人從客店門外並肩進來。兩人都是二十六七歲年紀，臉頰上都包了綳帶，走到楊過之旁的桌邊坐下。一個眉毛粗濃的道人一疊連聲的只催快拿酒菜。那店伴含笑過來，偷空向楊過眨下眼睛，歪了歪嘴。楊過只作不見，埋頭大嚼。他聽到了小龍女的消息，極是歡暢，吃了一碗又添一碗。他身上穿的是小龍女縫製的粗布衣衫，本就簡樸，一日一夜之間急趕，塵土滿身，便和尋常鄉下少年無異。那兩個道士一眼也沒瞧他，自行低聲說話。

楊過故意唏哩呼嚕的大聲嚼食，卻全神傾聽兩個道人說話。

只聽那濃眉道人道：「皮師弟，你說韓陳兩位今晚準能到麼？」另一個道人嘴巴甚大，喉音嘶啞，粗聲道：「這兩位都是丐幫中鐵錚錚的漢子，跟申師叔有過命的交情，申師叔出面相邀，他們決不能不到。」楊過斜眼微睨，向兩人臉上瞥去，並不相識，心想：「重陽宮中牛鼻子成千，我認不得他們，他們卻都認得我這反出全眞教的小子，可不能跟他們朝相。哼，他們打不過我姑姑，又去約甚麼丐幫中的叫化子作幫手。」聽那濃眉道人道：「說不定路遠了，今晚趕不到……」那姓皮的道人道：「哼，姬師兄，事已如此，多擔心也沒用，諒她一個娘們，能有多大能耐……」那姓姬的道人忙道：「喝酒，別說這個。」隨即招呼店伴，吩咐安排一間上房，當晚就在店中歇息。

楊過聽了二人寥寥幾句對話，料想只消跟住這兩個道人，便能見著姑姑。想到此處，心中歡欣無限。待二人進房，命店伴在他們隔壁也安排間小房。

那店伴掌上燈，悄聲在楊過耳畔道：「小爺，你可得留神啊，你姊姊割了那兩個道爺耳朵，他們準要報仇。」楊過悄聲道：「我姊姊脾氣再好不過，怎會割人家耳朵？」那店伴陰陽怪氣的一笑，低聲道：「她對你自然好啦，對旁人可好不了。你姊姊正在店裏吃飯……嘿嘿，當眞是姊姊？小的可不大相信，就算是姊姊罷，那道爺坐在她旁邊，就只向她的腿多瞧了幾眼，你姊姊就發火啦，拔劍跟人家動手……」他滔滔不絕，還要說不去，楊過聽得隔壁已滅了燈，忙搖手示意，叫他免開尊口，心中暗暗生氣：「那兩個臭道士定是見到姑姑美貌，不住瞧她，惹得她生氣。哼，全眞教中又怎有好人？」又想：「姑姑曾到重陽宮中動手，那兩個臭道士自然認得她，那時他們臉上的怪模怪樣還能好看得了？」

他等店伴出去，熄燈上炕，這一晚決意不睡，默默記誦了一遍歐陽鋒所授的兩大神功秘訣。但這兩項秘訣本就十分深奧，歐陽鋒說得又顚三倒四，太也雜亂無章，他記住的最多也不過兩三成而已，這時也不敢細想，生怕想得出了神，對隔房動靜竟然不知。

這般靜悄悄的守到中夜，突然院子中登登兩聲輕響，有人從牆外躍進。接著隔房窗子啊的一聲推開。姓姬的道人問道：「是韓陳兩位麼？」院子中一人答道：「正是。」姬道人道：「請進罷！」輕輕打開房門，點亮油燈。楊過全神貫注，傾聽四人說話。

只聽那姓姬的道人說道：「貧道姬清虛，皮清玄，拜見韓陳兩位英雄。」楊過心道：「全眞教以『處志清靜』四字排行，這兩個牛鼻子是全眞教中的第四代弟子，不知是郝大通還是劉處玄那一條老牛的門下。」聽得一個嗓音尖銳的人說道：「我們接到你申師叔的帖子，馬不停蹄的趕來。那小賤人當眞十分了得麼？」姬清虛道：「說來慚愧，我們師兄弟跟她鬥過一場，不是她對手。」

那人道：「這女子的武功是甚麼路數？」姬清虛道：「申師叔疑心她是古墓派傳人，是以年紀雖小，身手著實了得。」楊過聽到「古墓派」三個字，不自禁輕輕「哼」了一聲。

只聽姬清虛又道：「可是申師叔提起古墓派，這小丫頭卻對赤練仙子李莫愁口出輕侮言語，那麼又不是了。」那人道：「既是如此，料來也沒甚麼大來頭。明兒在那裏相會？對方有多少人？」姬清虛道：「申師叔和那女子約定，明兒正午，在此去西南四十里的豺狼谷相會，雙方比武決勝。對方有多少人，現下還不知道。我們既有丐幫英雄韓陳兩位高手壓陣助拳，也不怕他們人多。」另一個聲音蒼老的人道：「好，我哥兒倆明午準到，韓老弟，咱們走罷。」

姬清虛送到門口，壓低了語聲說道：「此處離重陽宮不遠，咱們比武的事，可不能讓宮中馬、劉、丘、王幾位師祖知曉，否則我們會受重責。」那姓韓的哈哈一笑，說道：「你們申師叔的信中早就說了，否則的話，重陽宮高手如雲，何必又來約我們兩個外人作幫手？」那姓陳的道：「你放心，咱們決不洩漏風聲就是。別說不能讓馬劉丘王郝孫六位眞人得知，你們別的師伯、師叔們知道了，恐怕也不大妥當。」兩名道人齊聲稱是。楊過心想：「他們聯手來欺我姑姑，卻又怕教裏旁人知道，哼，鬼鬼祟祟，作賊心虛！」

只聽那四人低聲商量了幾句，韓陳二人越牆而出，姬清虛和皮清玄送出牆去。

注：所謂「守宮砂」是我國古代民間的傳統信念，據稱以「守宮」（形同壁虎之小動物，有長尾及四足）和以硃砂及其他特種藥材，椿爛成泥，點於處女手臂，則殷紅一點，長時不褪。該女子如嫁人成婚，或失卻貞操，此「守宮砂」即隱沒不現。古人以此法鑒別處女或非處女。古代官府或民間，常以此法判定刑案，或濫施私刑，少女冤枉受刑或竟喪命者爲數不少。近代醫學已認定此法無醫藥學根據，不復採用。亦有人認爲眞正守宮難得（「守宮」之名即意爲守住處女貞操，並非壁虎或蜥蜴），必要藥材之藥方失傳，無法製出眞正守宮砂，故不能否定古法之可靠性。小說中仍提此法，不過表示當小說中事件發生之時代，此法曾普遍流傳。讀者視之爲我國南宋時代之民間迷信可也，不必信以爲眞。即在我國古代，官府亦常傳召穩婆（有經驗之接生婦），鑒定女子是否處女，亦不以守宮砂爲眞正鑒別根據。

楊過見陸無雙危在頃刻，再也延緩不得，伸指在牛臀上一戳。那牯牛放開四蹄，向六人直衝過去。六人惡鬥正酣，突見瘋牛衝來，都吃了一驚，四下縱開避讓。

第八回　白衣少女

楊過輕輕推開窗門，閃身走進姬皮二道房中，見炕上放著兩個包裹，拿起一個包裹一掂，包裹有二十來兩銀子，心想：「正好用作盤纏。」揣在懷裏。另一個包裹四尺來長，包著兩口長劍。他分別拔出，使重手法將兩口劍都折斷了，重行還歸入鞘，再將包裹包好，正要出房，轉念一想，拉開褲子，在二道被窩中拉了一大泡尿。

耳聽得有人上牆之聲，知道兩名道士的輕身功夫也只尋常，不能一躍過牆，須得先跳上牆頭，再縱身下地，當即閃身回房，悄悄掩上房門，兩名道人竟全無知覺。楊過俯耳於牆，傾聽隔房動靜。

只聽兩名道人低聲談論，對明日比武之約似乎勝算在握，一面解衣上炕，突然皮清玄叫了起來：「啊，被窩中濕漉漉的是甚麼？啊，好臭，姬師兄，你這麼懶，在被窩中拉尿？」姬清虛啐道：「甚麼拉尿？」接著也即大叫：「那裏來的臭貓子到這兒拉尿。」皮清玄道：「貓兒拉尿那有這樣多？」姬清虛道：「咦，奇怪……哎，銀子呢？」房中霎時一陣大亂，兩人到處找尋放銀兩的包裹。楊過暗暗好笑。只聽得皮清玄大聲叫道：「店伴兒，店伴兒，你們這裏是黑店不是？半夜三更偷客人銀子？」

兩人叫嚷了幾聲，那店伴睡眼惺忪的起來詢問。皮清玄一把抓住他胸口，說他開黑店。那店伴叫起撞天屈來，驚動了客店中掌櫃的、燒火的、站堂的都紛紛起來，接著住店的客人也擠過來看熱鬧。楊過混在人叢之中，見那店伴大逞雄辯，口舌便給，滔滔不絕，只駁得姬皮二道啞口無言。這店伴生性最愛與人鬥口，平素沒事尚要撩撥旁人，何況此時有人惹上頭來，更何況他是全然的理直氣壯。只說得口沫橫飛，精神越來越旺。姬皮二道老羞成怒，欲待動手，但想到教中清規，此處是終南山腳下，怎敢胡來？只得忍氣吞聲，關門而睡。那店伴兀自在房外嘮叨不休。

次日清晨，楊過起來吃麵，那多嘴店伴過來招呼，口中喃喃不絕的還在罵人。楊過笑問：「那兩個賊道怎麼啦？」店伴得意洋洋，說道：「直娘賊，這兩個臭道士想吃白食、住白店，本來瞧在重陽宮的份上，那也不相干，可是他們竟敢說我們開黑店。今兒天沒亮，兩個賊道就溜走了。哼，老子定要告上重陽宮去，全眞教的道爺成千成萬，那一個不是嚴守清規戒律？這兩個賊道的賊相我可記得清清楚楚，定要認了他們出來：

……」楊過暗暗好笑，又挑撥了幾句，給了房飯錢，問明白去豺狼谷的路徑，邁步便行。

轉瞬間行了三十餘里，豺狼谷已不在遠，見天色尚只辰初。楊過心道：「我且躲在一旁，瞧姑姑怎生發付歹人。最好別讓姑姑先認出我來。」想起當日假扮鄉農少年耍弄洪凌波之事，甚是得意，不妨依樣葫蘆，再來一次，走到一家農舍後院，探頭張望，見牛欄中一條大牯牛正在發威，低頭挺角，向牛欄的木柵猛撞，登登大響。楊過心念一動：「我就扮成個牧童，姑姑乍見之下，必定認我不出。」

他悄悄躍進農舍，屋裏只兩個娃娃坐在地下玩土，見到了嚇得不敢作聲。他找了套農家衣服換上，穿上草鞋，抓一把土搓勻了抹在臉上，走近牛欄，見壁上掛著一個斗笠、一枝短笛，正是牧童所用之物，心中甚喜，這樣一來，扮得更加像了，摘了斗笠戴起，拿一條草繩縛在腰間，將短笛插在繩裏，然後開了欄門。那牯牛見他走近，已自荷荷發怒，一見欄門大開，急衝出來，猛往他身上撞去。

楊過左掌在牛頭上一按，飛身上了牛背。這牯牛身高肉壯，足足有七百來斤，毛長角利，甚是雄偉，一轉眼已衝上了大路。牠正當發情，暴躁異常，出力跳躍顛盪，要將楊過震下背來。楊過穩穩坐著，極是得意，笑叱：「你再不聽話，可有苦頭吃了。」提起手掌，用掌緣在牛肩上一斬。這一下他只使了二成內力，那牯牛便已痛得抵受不住，大聲吽叫，正要躍起發威，楊過又一掌斬下。這般連斬得十餘下，那牯牛終於不敢再倔強了。楊過又試出只要用手指戳牠左頸，牠就轉右，戳牠右頸，立即轉左，戳臀則進，戳額即退，居然指揮如意。

楊過大喜，手指猛力在牛臀上一戳，牯牛向前狂奔，居然迅速異常，幾若奔馬，不多時穿過一座密林，來到一個四周羣山壁立的山谷，正與那店伴所說的無異。他躍落牛背，任由牯牛在山坡上吃草，手牽牛繩，躺在地下裝睡。

紅日漸漸移到中天，他心中越來越慌亂，生怕小龍女不理對方約會，竟然不來。四下裏一片寂靜，只那牯牛不時發出幾下吽聲。突然山谷口有人擊掌，接著南邊山後也傳來幾下掌聲。楊過躺在坡上，蹺起一隻泥腿，擱在膝上，將斗笠遮住了大半邊臉，只露出右眼在外。

過了一會，谷口進來三名道人。其中兩個就是昨日在客店中見過的姬清虛與皮清玄，另一個約莫四十來歲年紀，身材甚矮，想來就是那個甚麼「申師叔」了，凝目看他相貌，依稀在重陽宮曾經見過。跟著山後也奔來兩人。一個身材粗壯，另一個面目蒼老，滿頭白髮，兩人都作乞丐裝束，自是丐幫中的韓陳二人。五人相互行近，默默無言的只一拱手，各人排成一列，臉朝西方。

就在此時，谷口外隱隱傳來一陣得得蹄聲，那五人相互望了一眼，一齊注視谷口，只聽得蹄聲細碎，越行越近，谷口黑白之色交映，一匹黑驢馱著個白衣女子疾馳而來。楊過遙見之下，心中一凜：「不是姑姑！難道又是他們的幫手？」只見那女子馳到距五人數丈處勒定黑驢，冷冷的向各人掃了一眼，臉上全是鄙夷之色，似不屑與他們說話。

姬清虛叫道：「小丫頭，瞧你不出，居然有膽前來，把幫手都叫出來罷。」那女子冷笑一聲，唰的一聲，從腰間拔出一柄又細又薄的彎刀，宛似一彎眉月，銀光耀眼。姬清虛道：「我們這裏就只五個，你的幫手幾時到來，我們可不耐煩久等。」那女子一揚刀，說道：「這就是我的幫手。」刀鋒在空中劃過，發出一陣嗡嗡之聲。

此言一出，六個人盡皆吃驚。那五人驚的是她孤身一個女子，居然如此大膽，也不約一個幫手，竟來與武林中的五個好手比武。楊過卻失望傷痛之極，滿心以爲在此必能候到小龍女，豈知所謂「白衣美貌女子」，卻另有其人，斗然間胸口逆氣上湧，再也難以自制，「哇」的一聲，放聲大哭。

他這麼一哭，那六人也吃了一驚，見是山坡上一個牽牛放草的牧童，均未在意，料來鄉下一個孩童受了委屈，在此啼哭。姬清虛指著那姓韓的道：「這位是丐幫的韓英雄。」指著那姓陳的道：「這位是丐幫的陳英雄。」又指著「申師叔」道：「我們師叔申志凡申道長，你曾經見過的。」那女子全不理睬，眼光冷冷，在五人臉上掃來掃去，竟將對方視若無物。

申志凡道：「你既只一人來此，我們也不能跟你動手。給你十日限期，十天之後，你再約四個幫手，到這裏相會。」那女子道：「我說過已有幫手，對付你們這批酒囊飯袋，還約甚麼人？」申志凡怒道：「你這女娃娃，當眞狂得可以……」他本待破口喝罵，終於強忍怒氣，問道：「你到底是不是古墓派的？」那女子道：「是又怎樣？不是又怎樣？牛鼻子老道，你敢跟姑娘動手呢？還是不敢？」申志凡見她孤身一人，卻有恃無恐，料得她必定預伏好手在旁，古墓派的李莫愁卻是個惹不得的人物，說道：「姑娘，我倒要請問，你平白無端的傷了我派門人，到底是甚麼原因？倘若曲在我方，小道登門向你師父謝罪，要是姑娘說不出一個緣由，那可休怪無禮。」

那女子冷然一笑，道：「自然是因你那兩個牛鼻子無禮，我才教訓他們。不然天下雜毛甚多，何必定要削他們兩個的耳朵？」申志凡越見她托大，越加驚疑不定。那姓陳乞丐年紀雖老，火氣卻不小，搶上一步，喝道：「小娃娃，跟前輩說話，還不下驢？」說著身形晃處，已欺到黑驢跟前，伸手去抓她右臂。這一下出手迅速之極，那女子不及閃躲，立時爲他抓住，她右手握刀，右臂遭抓，已不能揮刀擋架。

不料冷光閃動，那女子手臂一扭，一柄彎刀竟劈了下來。那陳姓乞丐大駭，急忙撒手，總算他見機極快，變招迅捷，但兩根手指已給刀鋒劃破。他急躍退後，拔出單刀，哇哇大叫：「賊賤人，你當眞活得不耐煩啦。」那姓韓乞丐從腰間取出一對鏈子錘，申志凡亮出長劍。姬淸虛與皮淸玄也抓住劍柄，拔劍出鞘，斗覺手上重量有異，兩人不約而同「咦」的一聲，大吃一驚，原來手中抓住的各是半截斷劍。

那女子見到二道狼狽尷尬的神態，不禁噗哧一笑。楊過正自悲傷，聽到那女子笑聲，見到二道的古怪模樣，也不自禁的破涕爲笑。只見那女子一彎腰，唰的一刀，往皮淸玄頭上削去。皮淸玄急忙縮頭，那知她這一刀意勢不盡，手腕微抖，在半空中轉了個彎，終於劃中皮淸玄的右額，登時鮮血迸流。這一招極盡奇幻，落點匪夷所思，人所難測，正是古墓派武功的典型招術。其餘四人又驚又怒，團團圍在她黑驢四周。姬皮二人退在後面，手裏各執半截斷劍，拋去是捨不得，拿著可又沒用，不知如何是好。

那女子一聲淸嘯，左手一提韁繩，胯下黑驢猛地縱出數丈。韓陳二丐當即追近，刀錘紛舉，攻了上去。申志凡跟著搶上，使開全眞派劍法，劍劍刺向敵人要害。楊過見他劍法雖狠，但比之甄志丙、趙志敬等大有不如，料來是「志」字輩中的三四流腳色。

他此時心神略定，方細看那女子容貌，只見她一張瓜子臉，頗爲俏麗，年紀似尙比自己小著一兩歲，無怪那店伴不信這個「白衣美貌女子」是他姊姊。她雖也穿著一身白衣，但膚色微見淡黃，與小龍女的皎白勝雪截然不同。她刀法輕盈流動，大半卻是使劍的路子，刺削多而砍斫少。楊過只看了數招，心道：「她使的果然是我派武功，難道又是李莫愁的弟子？」心想兩邊都不是好人，不論誰勝誰敗，都不必理會，又想：「憑你也配稱甚麼『白衣美貌女子』了？白衣眞是白衣，女子倒也是女子，『美貌』卻是狗屁。你給我姑姑做丫鬟也不配。」曲臂枕頭，仰天而臥，斜眼觀鬥。

起初十餘招那少女居然未落下風，她身在驢背，居高臨下，彎刀揮處，五人不得不跳躍閃避。又鬥十餘招，姬清虛見手中這柄斷劍實在管不了用，心念一動，叫道：「皮師弟，跟我來。」一奔向旁邊樹叢，揀了一株細長小樹，用斷劍齊根斬斷，削去枝葉，儼然是一根桿棒。皮清玄依樣削棒。二道左右夾攻，挺棒向黑驢刺去。

那少女輕叱：「不要臉！」揮刀擋開雙棒，就這麼一分心，那姓韓乞丐的鏈子錘與申志凡的長劍前後齊到。那少女急使險招，低頭橫身，鐵錘夾著一股勁風從她臉上掠過。噹的一聲，彎刀與長劍相交，就在此時，黑驢負痛長嘶，前足提起，原來已讓姬清虛刺中了一棒。那姓陳乞丐就地打滾，展開地堂刀法，刀背在驢腿上重重一擊，黑驢登時跪倒。這麼一來，那少女再也不能乘驢而戰，眼見劍錘齊至，當即飛身而起，左手抓住皮清玄的桿棒，用力一拗，桿棒斷成兩截。她雙足著地，回刀橫削，格開那姓陳乞丐砍來的一刀。楊過一驚：「怎麼？她已受了傷？」

原來那少女左足微跛，縱躍之際顯得不甚方便，一直不肯下驢，自是爲了這緣故。楊過俠義之心頓起，待要插手相助，轉念卻想：「我和姑姑好端端在古墓中長相廝守，都是李莫愁那惡女人到來，才鬧到這步田地。這女子又冒充我姑姑，要人叫她『白衣美貌女子』，騙得我苦，好不要臉！」轉過了頭，不去瞧她。

耳聽得兵刃相交叮噹不絕，好奇心終於按捺不住，又回過頭來，見相鬥情勢已變，那少女東閃西避，已遮攔多還手少。突然那姓韓乞丐鐵鏈飛去，那少女側頭讓過，正好申志凡長劍削到，玎的一聲輕響，將她束髮的銀環削斷了一根，半邊鬢髮便披垂下來。那少女秀眉微揚，嘴唇一動，臉上登如罩了一層嚴霜，反手還了一刀。

楊過見她揚眉動唇的怒色，心中劇烈一震：「姑姑惱我之時，也是這般神色。」只因那少女這一發怒，楊過立時決心相助，拾起七八塊小石子放入懷中，但見她左支右絀，神情已頗狼狽。申志凡叫道：「你跟赤練仙子李莫愁到底怎生稱呼？再不實說，可莫怪我們不客氣了！」那少女彎刀橫迴，突從他後腦鉤了過來。申志凡沒料到她會忽施突襲，擋架不及。姓陳乞丐急叫：「留神！」姬清虛猛力舉桿棒向彎刀刃上擊去，才救了申志凡性命。

五人見她招數毒辣，下手加狠。霎時之間，那少女連遇險招。申志凡料想這少女與李莫愁必有淵源，殺傷了她，禍患無窮，反正全眞派與李莫愁在山西早動過手，也不怕師伯們怪罪，眼見她並無後援，正好殺了滅口，於是招招指向她要害。

楊過見她危在頃刻，再也延緩不得，牽過牛頭對住六人，翻身上了牛背，隨即溜到牛腹之下，雙足勾住牛背，伸指在牛臀上一戳。那牯牛放開四蹄，向六人直衝過去。

六人惡鬥正酣，突見瘋牛衝來，都吃了一驚，四下縱開避讓。

楊過伏在牛腹之下，看準了五個男子的背心穴道，小石子一枚枚擲出，或中「魂門」，或中「神堂」，但聽得噹啷、啪喇、「哎唷」連響，五人雙臂酸麻，手中兵刃紛紛落地。楊過卻已驅趕牯牛回上山坡。他從牛腹下翻身落地，大叫大嚷：「啊喲，大牯牛發瘋啦，這可不得了啦！」

申志凡穴道遭點，兵刃脫手，又不見敵人出手，自料是那少女的幫手所爲，此人武功如此高明，那裏還敢戀戰？幸好雙腿仍能邁步，發足便奔，總算他尚有義氣，叫道：「陳大哥，韓兄弟，咱們走罷！」餘人不暇細想，也都跟著逃走。皮清玄慌慌張張，不辨東西，反而向那少女奔去。姬清虛大叫：「皮師弟，到這裏來！」

皮清玄待要轉身，那少女搶上一步，彎刀斫落。皮清玄大驚，手中又沒兵刃，忙偏身閃避，那少女彎刀斫出時似東實西，如上卻下，冷光閃處，已砍到了他面門。皮清玄危急中舉手擋格，嚓的一聲，彎刀已削去了他三根手指。他尚未覺得疼痛，回頭急逃。

姓韓乞丐逃出十餘步，見陸無雙不再追來，心道：「這丫頭跛了腳，怎追我得上？」想到她足跛，不自禁的向她左腿瞧了一眼，轉身又奔。這一下正犯了那少女之忌，她怒氣勃發，叫道：「賊叫化，你道我追你不上麼？」舞動彎刀，揮了幾轉，呼的一聲，猛地擲出。彎刀在半空中銀光閃閃，噗的一聲，插入那姓韓乞丐左肩。那人一個踉蹌，肩頭帶著彎刀，狂奔而去。不多時五人均已竄入了樹林。

那少女冷笑幾聲，心中狐疑：「難道有人伏在左近？他爲甚麼要幫我？」自己使慣了的銀弧刀給那姓韓乞丐帶了去，不禁有些可惜，拾起那姓陳乞丐掉在地下的單刀，拿在手裏，急步往四下樹林察看，靜悄悄的沒半個人影。回到谷中，但見楊過哭喪著臉坐在地下，呼天搶地的叫苦。

那少女問道：「喂，牧童兒，你叫甚麼苦？」楊過道：「我牛兒忽然發瘋，身上撞爛了這許多毛皮，回去主人家定要打死我。」那少女看那牯牛，但見毛色光鮮，也沒撞損甚麼，說道：「好罷，總算你這牛兒幫了我一個忙，給你一錠銀子。」說著從懷中掏出一錠三兩銀子的元寶，擲在地下。她想楊過定要大喜稱謝，那知他仍愁眉苦臉，搖著頭不拾銀子。那少女道：「你怎麼啦？傻瓜，這是銀子啊。」楊過道：「一錠不夠。」那少女又取出一錠銀子擲在地下。楊過有意相逗，又再搖頭。

那少女惱了，秀眉上揚，沉臉罵道：「沒啦，傻瓜！」轉身便走。楊過見了她發怒的神情，不自禁的胸頭熱血上湧，眼中發酸，想起小龍女平日責罵自己的模樣，心意已決：「一時之間如尋不著姑姑，我就儘瞧這姑娘惱怒的樣兒便了。」伸手抱住她右腿，叫道：「你不能走！」那少女用力掙扎，卻給他牢牢抱住了掙不脫，更加發怒，叫道：「放開！你拉著我幹麼？」楊過見她怒氣勃勃，愈加樂意，叫道：「我回不了家啦，你救我命。」跟著便大叫：「救命，救命！」

那少女又好氣又好笑，舉刀喝道：「你再不放手，我砍死了你。」楊過抱得更加緊了，假意哭了起來，哭叫：「你砍死我算啦，反正我回家去也活不成。」那少女道：「你要怎地？」楊過道：「我不知道，我跟著你去。」那少女心想：「沒來由的惹得這傻瓜跟我胡纏。」提刀便砍。楊過料想她不會眞砍，仍抱住她小腿不放，那知這少女出手狠辣，這一刀當眞砍向他頭頂，雖不想取他性命，卻要在他頭頂砍上一刀，好叫他吃點苦頭，不敢再來歪纏。楊過見單刀直砍下來，待刀鋒距頭不過數寸，一個打滾避開，大叫：「殺人哪，殺人哪！」

那少女更加惱怒，搶上又揮刀砍去。楊過橫臥地下，雙腳亂踢，大叫：「我死啦，我死啦！」他一雙泥足瞎伸亂撑，模樣要有多難看就有多難看，但那少女幾次險些讓他踢中手腕，始終砍他不中。楊過見她滿臉怒色，正是要瞧這副嗔態，不由得痴痴的凝望。那少女見他神色古怪，喝道：「你起來！」楊過道：「那你殺我不殺？」那少女道：「好，我不殺你就是。」楊過慢慢爬起，呼呼呼的大聲喘息，暗中運氣閉血，一張臉登時慘白，全無血色，就似嚇得魂不附體一般。

那少女心中得意，「呸」了一聲道：「瞧你還敢不敢胡纏？」舉刀指著山坡上皮清玄那幾根被割下來的手指，說道：「人家這般兇神惡煞，我也砍下他的爪子來。」楊過裝出惶恐畏懼模樣，不住退縮。那少女將單刀插在腰帶上，轉身找尋黑驢，那驢子早逃得不知去向，只得徒步而行。

楊過拾起銀子，揣在懷裏，牽了牛繩跟在她後面，叫道：「姑姑，你帶我去。」那少女那加理睬，加快腳步，轉眼間將他拋得影蹤不見。那知剛歇得一歇，只見他牽著牯牛遠遠奔來，叫道：「帶我去啊，帶我去啊。」那少女秀眉緊蹙，展開輕功，一口氣奔出數里，只道他再也追趕不上，不料過不多時，又隱隱聽到「帶我去啊」的叫聲。那少女怒從心起，反身奔去，拔出單刀，高高舉起。楊過叫道：「啊喲！」抱頭便逃。那少女只要他不再跟隨，也就罷了，轉身再行。

走了一陣，聽得背後一聲牛鳴，回頭望時，但見楊過牽了牯牛遙遙跟在後面，相距約有三四十步。那少女站定腳步等他過來。可是楊過見她不走，也就立定不動，她如前行，當即跟隨，如返身舉刀追來，他轉頭就逃。這般追追停停，天色已晚，那少女始終擺脫不了他的糾纏。她見這小牧童雖傻裏傻氣，腳步卻異常迅捷，想是在山地中奔跑慣了，要待追上去打暈了他，或砍傷他兩腿，總給他連滾帶爬、驚險異常的溜脫。那少女見他逃脫，每次所差不過一線，暗想這傢伙運氣倒好，也不以爲異。

又纏了幾次，那少女左足跛了，行得久後，甚感疲累，心生一計，高聲叫道：「好罷，我帶你走便是，你可得聽我的話。」楊過喜道：「你當眞帶我去？」那少女道：

「是啊，幹麼要騙你？我走得累了，你騎上牛背，也讓我騎著。」楊過牽了牯牛快步走近，暮靄蒼茫中見她眼光閃爍，知她不懷好意，當下笨手笨腳的爬上了牛背。那少女右足一點，輕輕巧巧的躍上，坐在楊過身前，心想：「我驢子逃走了，騎這牯牛倒也不壞。」足尖在牛脅上重重一踢。牯牛吃痛，發蹄狂奔。那少女微微冷笑，驀地裏手肘用力向後撞去，正中楊過胸口。楊過叫聲「啊喲！」一個觔斗翻下了牛背。

那少女甚是得意，心想：「任你無賴，此次終須著了我的道兒。」伸指在牛脅裏一戳，那牯牛奔得更加快了，忽聽楊過仍然大叫大嚷，聲音就在背後，一回頭，只見他兩手牢牢拉住牛尾，雙足離地，給牯牛拖得騰空飛行，滿臉又是泥沙，又是眼淚鼻涕，情狀之狼狽無以復加，可就是不放牛尾。那少女無法可施，提起單刀正要往他手上砍去，忽聽人聲喧嘩，原來牯牛已奔到了一個市集。人衆擁擠，牯牛無路可走，停了下來。

楊過自小便愛逗人爲樂，生性頗有幾分流氣，自入古墓後，小龍女一本正經，管教嚴謹，他不敢有絲毫放肆，彆之已久，這時尋小龍女不見，正自傷心氣苦，便以逗弄這少女爲樂，稍洩悶氣，又可見到她生氣的模樣，聊以自慰，以爲見到了姑姑。他躺在地下大叫：「我胸口好疼啊，你打死我啦！」市集上衆人紛紛圍攏，探問緣由。

那少女鑽入人叢，便想乘機溜走，不料楊過從地下爬將過去，又已抱住她右腿，大叫：「別走，別走啊！」旁人問道：「幹甚麼？你們吵些甚麼？」楊過想起小龍女問他要不要她做媳婦，便叫道：「她是我媳婦兒，我媳婦兒不要我，還打我。」那人道：「媳婦兒打老公，還成甚麼世界？」那少女柳眉倒豎，左腳踢出。楊過把身旁一個壯漢一推，這一腳正好踢在他腰裏。那大漢怒極，罵道：「小賤人，踢人麼？」提起醋缽般的拳頭搥去。那少女在他手肘上一托，借力揮出，那大漢二百來斤的身軀忽地飛起，在空中哇哇大叫，跌入人叢，只壓得衆人大呼小叫，亂成一團。

那少女竭力要掙脫楊過，給他死命抱住了腿，卻那裏掙扎得脫？眼見又有五六人搶上要來爲難，只得低頭道：「我帶你走便是，快放開。」楊過道：「你還打不打我？」那少女道：「好，不打啦！」楊過這才鬆手，爬起身來。二人鑽出人叢，奔出市集，但聽後面一片叫嚷之聲。楊過居然百忙之中仍牽著那條牯牛。

楊過笑嘻嘻的道：「人家也說，媳婦兒不可打老公。」那少女惡狠狠的道：「死傻蛋，你再胡說八道，說我是你媳婦兒甚麼，瞧我不把你的腦袋瓜子砍了下來。」說著提刀一揚。楊過抱住腦袋，向旁逃過幾步，求道：「好姑娘，我不敢說啦。」那少女啐道：「瞧你這副髒模樣，醜八怪也不肯嫁你做媳婦兒。」楊過嘻嘻傻笑，卻不回答。

此時天色昏暗，兩人站在曠野，遙望市集中炊煙裊裊升起，腹中都感飢餓。那少女道：「傻蛋，你到市上去買十個饅頭來。」楊過搖頭道：「我不去。」那少女臉一沉，道：「你幹麼不去？」楊過道：「我才不去呢！你騙我去買饅頭，自己偷偷的溜了。」

那少女道：「我說過不溜就是了。」楊過不住搖頭。那少女握拳要打，他卻又快步逃開。兩人繞著大牯牛，捉迷藏般團團亂轉。那少女一足跛了，行走不便，眼見這小子跌倒爬起，大呼小叫，自己雖有輕身功夫，卻總追他不上。

她惱怒已極，心想自己空有一身武功，枉稱機智乖巧，卻給這個又髒又臭的鄉下小傻蛋纏得束手無策，算得無能之至。也是楊過一副窩囊相裝得實在太像，否則她幾次三番殺不了這小傻蛋，心中早該起疑。她沿著大道南行，見楊過牽著牯牛遠遠跟隨，心下計算如何出其不意的將他殺了。走了一頓飯工夫，天色更黑了，見道旁有座破廟，似乎無人居住，尋思：「今晚我就睡在這裏，等那傻瓜半夜裏睡著了，一刀將他砍死。」向破廟走去，推門進去，塵氣撲鼻，屋中神像破爛，顯是廢棄已久。她割些草將神枱抹乾淨了，躺在枱上閉目養神。

她見楊過並不跟隨進來，叫道：「傻蛋，傻蛋！」不聽他答應，心想：「難道這傻蛋知道我要殺他，因而逃了？」雖不理會，卻覺有些寂寞，盼望傻蛋終於回來相伴，過了良久，迷迷糊糊的正要入睡，突然一陣肉香撲鼻。她跳起身來，走到門外，但見楊過坐在月光之下，手中拿著一大塊肉，正自張口大嚼，身前生了一堆火，火上樹枝搭架，掛著野味燒烤，香味一陣陣送來。

楊過見她出來，笑了笑道：「要吃麼？」將一大塊烤得香噴噴的肉擲了過去。那少女接在手中，似是一塊黃麞腿肉，肚中正餓，撕下一片來吃了，雖然沒鹽，滋味仍頗不錯，坐近火旁，斯斯文文的吃了起來。她先將腿肉一片片的撕下，再慢慢咀嚼，但見楊過吃得唾沫亂濺，嗒嗒有聲，不由得噁心，欲待不吃，腹中卻又飢餓，只得轉過了頭不去瞧他。

她吃完一塊，楊過又遞了一塊給她。那少女道：「傻蛋，你叫甚麼名字？」楊過楞楞的道：「你是神仙不是？怎知我叫傻蛋？」那少女心中一樂，笑道：「哈，原來你就叫傻蛋。你爸爸媽媽呢？」楊過道：「都死光啦。你叫甚麼名字？」那少女道：「我不知道。你問來幹麼？」楊過心想：「你不肯說，我且激你一激。」得意洋洋的道：「我知道啦，你也叫傻蛋。」那少女大怒，縱起身來，舉拳往他頭上猛擊一記，罵道：「誰說我叫傻蛋？你自己才是傻蛋。」楊過哭喪著臉，抱頭說道：「人家問我叫甚麼名字，我說不知道，人家就叫我傻蛋，你也說不知道，自然也是傻蛋啦。」那少女道：「誰說不知道了？我不愛跟你說就是。我姓陸，知不知道？」

這少女就是當日在嘉興南湖中採蓮的幼女陸無雙。她與表姊程英、武氏兄弟採摘凌霄花時摔斷了腿，武娘子爲她接續斷骨，正當那時洪凌波奉師命來襲，以致接骨不甚妥善，傷愈後左足短了寸許，行走時便有跛態。她皮色不甚白皙，但容貌秀麗，長大後更見嬌美，只一足跛了，不免引以爲恨。

那日李莫愁殺了她父母婢僕，將她擄往居處赤霞莊，本來也要殺卻，但見到她頸中所繫的錦帕，記起她伯父陸展元昔日之情，遲遲不忍下手。陸無雙聰明精乖，情知落在這女魔頭手中，生死繫於一線，這魔頭來去如風，要逃是萬萬逃不走的，於是一起始便曲意迎合，處處討好，竟奉承得那殺人不眨眼的赤練仙子加害之意日漸淡了。李莫愁有時記起當年恨事，就對她折辱一場。陸無雙故意裝得蓬頭垢面，一蹺一拐，逆來順受。李莫愁天性本非極惡，見她可憐巴巴的模樣，胡亂打罵一番，出了心中之氣，也就不爲已甚。李莫愁既當時沒下手，有了見面之情，此後既無重大原由，也就不再起心殺她了。陸無雙委曲求全，也虧她一個小小女孩，居然在這大魔頭手下挨了下來。

她將父母之仇暗藏心中，絲毫不露。李莫愁問起她父母，她總假裝想不起來。當李莫愁與洪凌波練武之時，她就在旁遞劍傳巾、斟茶送果的侍候，十分殷勤。她武學本有些根柢，看了二人練武，心中暗記，待李洪二人出門時便偷偷練習，平時更加意討好洪凌波。後來洪凌波乘著師父心情甚佳之時代陸無雙求情，也拜在她門下作了徒弟。

如是過了數年，陸無雙武功日進，但李莫愁對她總心存疑忌，別說最上乘的武功，便第二流的功夫也不傳授。倒是洪凌波見她可憐，暗中常加點撥，因此她的功夫說高固然不高，說低卻也不低。這日李莫愁與洪凌波師徒先後赴活死人墓盜《玉女心經》，陸無雙見她們長久不歸，決意就此逃離赤霞莊，回江南去探訪父母生死下落。她幼時雖見父母給李莫愁打得重傷，料想凶多吉少，究未親見父母逝世，總存著一線指望，要去探個水落石出。臨走之時，心想一不作，二不休，竟又盜走了李莫愁的一本《五毒秘傳》，那是記載諸般毒藥和解藥的抄本。

她左足跛了，最恨別人瞧她跛足，那日在客店之中，兩個道人向她的跛足多看了幾眼，她立即出言斥責，那兩個道人脾氣也不甚好，三言兩語，動起手來，她使彎刀削了兩個道人的耳朵，才有日後豺狼谷的約鬥。當日李莫愁擄她北去之時，她在窯洞口與楊過曾見過一面，但其時二人年幼，日後都變了模樣，數年前匆匆一會，這時自然誰都記不起了。

陸無雙吃完兩塊烤肉，也就飽了。楊過卻借著火光掩映，看她臉色，心道：「我姑姑此刻不知身在何處？眼前這女子若是姑姑，我烤麞腿給她吃，豈不是好？」心下尋思，獃獃的凝望著她，竟似痴了。陸無雙哼了一聲，心道：「你這般無禮瞧我，現下且自忍耐，半夜裏再殺你。」當即回入破廟中睡了。

睡到中夜，她悄悄起來，走到廟外，見火堆邊楊過一動不動的睡著，火堆早熄了，躡手躡足的走到他身後，手起刀落，往他背心砍去，噹的一聲，虎口震得劇痛，登時把揑不定，單刀脫手，只覺中刀處似鐵似石。她一驚非小，忙轉身逃開，心道：「難道這傻蛋竟練得周身刀槍不入？」奔出數丈，見楊過並不追來，回頭望去，見他仍伏在火邊不動。

陸無雙疑心大起，叫道：「傻蛋，傻蛋！我有話跟你說。」楊過不應。她凝神細看，見楊過身形縮成一團，模樣古怪，大著膽子走近，見他竟然不似人形，伸手摸了摸，衣服下硬硬的似是塊大石。抓住衣服向上提起，衣服下果然是塊岩石，又那裏有楊過的人在？

她呆了一呆，叫道：「傻蛋，傻蛋！」不聽答應，側耳傾聽，似乎破廟中傳出一陣陣鼾聲，循聲尋去，見楊過正睡在她適才所睡的神枱上，背心向外，鼾聲大作，濃睡正酣。陸無雙盛怒之下，也不去細想他怎會突然睡到了神枱上，縱身而前，挺刀尖向他背心揷落。這一下刀鋒入肉，手上絕無異感，卻聽楊過打了幾下鼾，說起夢話來：「誰在我背上搔癢，嘻嘻，別鬧，別鬧，我怕癢。」

陸無雙驚得臉都白了，雙手發顫，心道：「此人難道竟是鬼怪？」轉身欲逃，一時雙足竟不聽使喚，邁不出步。只聽他又說夢話：「背上好癢，定是小老鼠來偷我的黃麖肉。」一伸手背後，從衣衫底下拉出半爿黃麖，啪的一聲，抛在地下。陸無雙舒了一口長氣，這才明白：「原來這傻蛋將黃麖肉放在背上，剛才這刀刺在獸肉上啦，卻教我虛驚一場。」

她連刺兩次失誤，對楊過憎恨之心更加強了，咬牙低聲道：「臭傻蛋，瞧我這次要不要了你命。」閃身撲上，舉刀向他背心猛砍。楊過於鼾聲呼呼中翻了個身，這一刀啪的一聲，砍在枱上，深入木裏。

陸無雙手上運勁，待要拔刀，楊過正做甚麼惡夢，大叫：「媽啊，媽啊，小老鼠來咬我啊。」兩條泥腿倏地伸出，左腿擱在陸無雙臂彎裏的「曲池穴」，右腿卻擱在她肩頭的「肩井穴」。這兩處都是人身大穴，他兩條泥腿摔將下來，無巧不巧，恰好撞正這兩處穴道。陸無雙登時動彈不得，呆呆的站著，讓身子作了他擱腿的架子。

她心中怒極，身子雖不能動，口中卻能說話，喝道：「喂，傻蛋，快把臭腳拿開。」只聽他打呼聲愈加響了。她不知如何是好，惱恨之下，一口唾沫向他吐去。楊過翻了個身，正好避過唾沫，右腳尖漫不經意的掠了過來，正好在她「巨骨穴」上輕輕一碰。陸無雙立時全身酸痳，連嘴也張不開了，鼻中只聞到他腳上陣陣臭氣。

就這麼擱了一盞茶時分，陸無雙氣得幾欲暈去，心中賭咒發誓：「明日待我穴道鬆了，定要在這傻蛋身上斬他十七八刀。」再過一陣，楊過心想也作弄她得夠了，放開雙足，轉過身來，雖在黑暗之中，她臉上的氣惱神色仍瞧得清清楚楚。她越動怒，似乎越與小龍女相似，楊過痴痴的瞧著，那裏捨得閉眼？其實陸無雙相貌比小龍女差得遠了，只是天下女子生氣的模樣不免大同小異，楊過念師情切，百無聊賴之中，瞧瞧陸無雙的嗔態怒色，自覺依稀瞧到了小龍女，那也是畫餅之意、望梅之思而已。

過了一會，月光西斜，從大門中照射進來。陸無雙見楊過雙眼睜開，笑瞇瞇的瞧著自己，心中一凜：「莫非這傻蛋喬獃扮痴？他點我穴道，並非無意碰巧撞中？」想到此處，不由得出了一身冷汗。就在此時，忽見楊過斜眼望著地下，她歪過眼珠，順著他眼光看去，只見地下並排列著三條黑影，原來有三個人站在門口。凝神再看，三條黑影的手中都拿著兵刃，她暗暗叫苦：「糟啦，糟啦，對頭找上了門來，偏生給這傻蛋撞中了穴道。」她連遭怪異，心中雖然起疑，卻總難信如此骯髒猥瑣的一個牧童竟會有一身高明武功。

楊過閉上了眼大聲打鼾。只聽門口一人叫道：「小賤人，快出來，你站著不動，就想道爺饒了你麼？」楊過心道：「原來又是個牛鼻子。」又聽另一人道：「我們也不要你的性命，只要削你兩隻耳朵、三根手指。」第三人道：「老子在門外等著，爽爽快快的出來動手罷。」說著向外躍出。三人圍成半圓，站在門外。

楊過伸個懶腰，慢慢坐起，說道：「外面叫甚麼啊，傻姑娘，你在那裏？咦，你幹麼站著不動？」在她背上推了幾下。陸無雙但覺一股強勁力道傳到，全身一震，三處遭封的穴道便即解開，當下不及細想，俯身拾起單刀，躍出大門，只見三個男人背向月光而立。

她更不打話，翻腕向左邊那人挺刀刺去。那人手中拿的是條鐵鞭，他轉過身來，鐵鞭看準尖刀砸落。他鐵鞭本就沉重，兼之膂力甚強，砸得又準，噹的一聲，陸無雙單刀脫手。中間一名道人手挺長劍，向陸無雙刺來。楊過橫臥桌上，見陸無雙向旁跳開，左手斜指，心道：「好，那道人的長劍保不住。」果然她手腕斗翻，已施展古墓派武功，奪過道人手中長劍，順手斫落，噗的一聲，道人肩頭中劍。他大聲咒罵，躍開去撕道袍裹傷。

陸無雙揮劍與使鞭的漢子鬥在一起。另一個矮小漢子手持花槍，東一槍西一槍的攢刺，不敢逼近。那使鞭的猛漢武藝不弱，鬥了十餘合，陸無雙漸感不支。那人出手與步履之間均有氣度，似乎頗爲自顧身分，陸無雙數次失手，他竟並不過份相逼。

那道人裹好傷口，空手過來，指著陸無雙罵道：「古墓派的小賤人，下手這般狠毒！」挺臂舞拳，向她急衝過去。白光閃動，那道人背上又吃了一劍，可是那矮漢的花槍卻也刺到了陸無雙背心，使鞭猛漢的鐵鞭戳向她肩頭。楊過暗叫：「不好！」雙手握著的兩枚石子同時擲出，一枚盪開花槍，另一枚打中了猛漢右腕。

不料那猛漢武功了得，右腕中石，鐵鞭固然無力前伸，但左掌快似閃電，倏地穿出，噗的一聲，擊正陸無雙胸口。楊過大驚，他究竟年輕識淺，看不透這猛漢左手上拳掌功夫了得，急忙搶出，一把抓住他後領運勁甩出。那猛漢騰空而起，跌出丈許之外。那道人與矮漢子見楊過如此厲害，忙扶起猛漢，頭也不回的走了。

楊過俯頭看陸無雙時，見她臉如金紙，呼吸微弱，受傷著實不輕，伸左手扶住她背脊，讓她慢慢坐起，但聽得格啦、格啦兩聲輕響，卻是骨骼互撞之聲，原來她兩根肋骨給那猛漢一掌擊斷了。她本已暈去，兩根斷骨一動，一陣劇痛，便即醒轉，低低呻吟。楊過道：「怎麼啦？很痛麼？」陸無雙早痛得死去活來，咬牙罵道：「問甚麼？自然很痛。抱我進廟去。」楊過托起她身子，不免略有震動。陸無雙斷骨相撞，又一陣難當劇痛，罵道：「好，鬼傻蛋，你……你故意折磨我。那三個傢伙呢？」楊過出手之時，她已給擊暈，不知是他救了自己性命。

楊過笑了笑，道：「他們只道你已經死了，拍拍手就走啦。」陸無雙心中略寬，罵道：「你笑甚麼？死傻蛋，見我越痛就越開心，是不是？」楊過每聽她罵一句，就想起小龍女當日叱罵自己的情景來。他在活死人墓中與小龍女相處這幾年，實是他一生中最歡悅的日子，小龍女縱然斥責，他因知師父真心相待，內心仍感溫暖。此時找尋師父不到，恰好碰到另一個白衣少女，淒苦孤寂之情，竟得稍卻。實則小龍女秉性冷漠，縱對楊過責備，也不過不動聲色的淡淡數說幾句，那會如陸無雙這麼亂叱亂罵？但在楊過此時心境，終歸有個年輕女子斥罵自己，遠比無人斥罵為佳，對她的惡言相加只微笑不理，抱起她放在枱上。陸無雙横臥下去時斷骨又格格作聲，忍不住大聲呼痛，呼痛時肺部吸氣，牽動肋骨，痛得更加厲害了，咬緊牙關，額頭上全是冷汗。

楊過道：「我給你接上斷骨好麼？」陸無雙罵道：「臭傻蛋，你會接甚麼骨？」楊過道：「我家裏的癩皮狗跟隔壁的大黃狗打架，給咬斷了腿，我就給牠接過骨。還有，王家伯伯的母豬撞斷了肋骨，也是我給接好的。」陸無雙大怒，卻又不敢高聲呼喝，低沉著嗓子道：「你罵我癩皮狗，又罵我母豬。你才是癩皮狗，你才是母豬。」楊過笑道：「就算是豬，我也是公豬。再說，那癩皮狗也是雌的，雄狗不會癩皮。」陸無雙雖伶牙利齒，但每說一句，胸口就一下牽痛，滿心要跟他鬥口，卻力所不逮，只得閉眼忍痛不理。楊過道：「那癩皮狗的骨頭經我一接，過不了幾天就好啦，跟別的狗打起架來，就跟沒斷過骨頭一樣。」

陸無雙心想：「說不定這傻蛋真會接骨。何況如沒人醫治，我準沒命。可是他跟我接骨，便得碰到我胸膛，那……那怎麼是好？哼，他如治我不好，我跟他同歸於盡。如治好了，我也決不容這見過我身子之人活在世上。」她幼遭慘禍，忍辱掙命，心境本已大異常人，跟隨李莫愁日久，耳染目濡，更學得心狠手辣，小小年紀，卻滿肚子的惡毒心思，低聲道：「好罷！你如騙我，哼哼，小傻蛋，我決不讓你好好的死。」

楊過心道：「此時不刁難，以後沒機會了。」冷冷的道：「王家伯伯的母豬撞斷了肋骨，他閨女向我千求萬求，連叫我一百聲『好哥哥』，我才去給接骨……」陸無雙連聲道：「呸，呸，呸，臭傻蛋……啊唷……」胸口又一陣劇痛。楊過笑道：「你不肯叫，那也罷了。我回家啦，你好好兒歇著。」說著站起身來，走向門口。

陸無雙心想：「此人一去，我定要痛死在這裏了。」只得忍氣問道：「你要怎地？」楊過道：「本來嘛，你也得叫我一百聲好哥哥，但你一路上罵得我苦了，須得叫一千聲才成。」陸無雙心下計議：「一切且答允他，待我傷愈，再慢慢整治他不遲。」說道：「我就叫你好哥哥，好哥哥，好哥哥……哎唷……哎唷……」楊過道：「好罷，還有九百九十七聲，那就記在帳上，等你好了再叫。」走近身來，伸手去解她衣衫。

陸無雙不由自主的一縮，驚道：「走開！你幹甚麼？」楊過退了一步，道：「隔著衣服接斷骨我可不會，那些癩皮狗、老母豬都不穿衣服。」陸無雙也覺好笑，可是若要任他解衣，終覺害羞，過了良久，才低頭道：「好罷，我鬧不過你。」楊過道：「你不愛治就不治，我又不希罕……」

正說到此處，忽聽得門外有人說道：「這小賤人定然在此方圓二十里之內，咱們趕緊搜尋……」陸無雙一聽到這聲音，只嚇得面無人色，當下顧不得胸前痛楚，伸手按住了楊過的嘴巴，原來外面說話的正是李莫愁。

楊過聽了她聲音，也大吃一驚。只聽另一個女子聲音道：「那叫化子肩頭所插的那把彎刀，明明是師妹的銀弧刀，就可惜沒能起出來認一下。」此人自是洪凌波了。

她師徒倆從活死人墓中死裏逃生，回到赤霞莊來，見陸無雙竟已逃走，這也罷了，不料她還把一本《五毒秘傳》偷了去。李莫愁橫行江湖，武林人士盡皆忌憚，主要還不因她武功，而在她赤練神掌與冰魄銀針的劇毒。《五毒秘傳》中載得有神掌與銀針上毒藥及解藥的藥性、製法，倘若流傳出去，赤練仙子便似赤練蛇給人拔去了毒牙。秘傳中所載她早熟爛於胸，自不須帶在身邊，在赤霞莊中又藏得機密萬分，那知陸無雙平日萬事都留上了心，得知師父收藏的所在，既決意私逃，便連這本書也偷了去。

李莫愁這一番驚怒當真非同小可，帶了洪凌波連日連夜的追趕，但陸無雙逃出已久，所走的又係荒僻小道。李莫愁師徒自北至南、自南回北兜截了幾次，始終不見她蹤影。這一晚事有湊巧，師徒倆行至潼關附近，聽得丐幫弟子傳言，召集西路幫眾聚會。李莫愁心想丐幫徒眾遍於天下，耳目靈通，當會有人見到陸無雙，於是師徒倆趕到集會之處，想去打探消息，在路上恰好撞到一名五袋弟子由一名丐幫幫眾背著飛跑，另外十七八名乞兒在旁衛護。李莫愁見那人肩頭插了一柄彎刀，正是陸無雙的銀弧刀。她閃身在旁竊聽，隱約聽到那些乞丐憤然叫嚷，說給一個跛足丫頭用彎刀擲中了肩頭。

李莫愁大喜，心想他既受傷不久，陸無雙必在左近，當下急步追趕，尋到了那破廟之前。但見廟前燒了一堆火，又微微聞到血腥氣，忙晃亮火摺四下照看，果見地下有幾處血跡，血色尚新，顯是惡鬥未久。李莫愁一拉徒兒的衣袖，向那破廟指了指。洪凌波點點頭，推開廟門，舞劍護身，闖了進去。

陸無雙聽到師父與師姊說話，已知無倖，把心一橫，躺著等死。只聽得門聲輕響，一條淡青人影閃了進來，正是師姊洪凌波。

洪凌波對師妹情誼還算不錯，知道此次師父定要使盡諸般惡毒法兒，折磨得師妹痛苦難當，這才慢慢處死，眼見她躺在神枱上，當下舉劍往她心窩中刺去，免她零碎受苦。

劍尖剛要觸及陸無雙心口，李莫愁伸手在她肩頭一拍，洪凌波手臂無勁，立時垂下。李莫愁冷笑道：「難道我不會動手殺人？要你忙甚麼？」對陸無雙道：「你見到師父也不拜了麼？」她此時雖當盛怒，仍然言語斯文，一如平素。陸無雙心想：「今日既已落在她手中，不論哀求也好，挺撞也好，總是要苦受折磨。」淡淡的道：「你與我家累世深仇，甚麼話也不必說啦。」李莫愁靜靜的望著她，目光中也不知是喜是愁。洪凌波臉上滿是哀憐之色。陸無雙上唇微翹，反而神情倨傲。

三人這麼互相瞪視，過了良久，李莫愁道：「那本書呢？拿來。」陸無雙道：「給一個惡道士、一個臭叫化子搶去啦！」李莫愁暗吃一驚。她與丐幫雖無樑子，跟全眞教的過節卻是不小，素知丐幫與全眞教淵源極深，這本《五毒秘傳》落入了他們手中，那還了得？

陸無雙隱約見到師父淡淡輕笑，自是正在思量毒計。她在道上遁逃之際，提心吊膽的只怕師父追來，此刻當眞追上了，反不如先時恐懼，突然間想起：「傻蛋到那裏去了？」她命在頃刻，想起那個骯髒痴呆的牧童，不知不覺竟有一股溫暖親切之感。突然間火光閃亮，蹄聲騰騰直響。

李莫愁師徒轉過身來，只見一頭大牯牛急奔入門，那牛右角上縛了一柄單刀，左角上縛著一叢燒得正旺的柴火，眼見衝來的勢道極是威猛，李莫愁當即閃身在旁，但見牯牛在廟中打了個圈子，轉身又奔了出去。牯牛進來時橫衝直撞，出去時發足狂奔，轉眼間已奔出數丈之外。李莫愁望著牯牛後影，初時微感詫異，隨即心念一動：「是誰在牛角上縛上柴火尖刀？」轉過身來，師徒倆同聲驚呼，躺在枱上的陸無雙已影蹤不見。

洪凌波在破廟前後找了一遍，躍上屋頂。李莫愁料定是那牯牛作怪，當即追出廟去。黑暗中但見牛角上火光閃耀，已穿入了前面樹林。她在火光照映下見牛背上無人，看來陸無雙並非乘牛逃走，轉念一想：「是了，定是有人在外接應，趕這怪牛來分我之心，乘亂救了她去。」但一時之間不知向何方追去才是，腳步加快，片刻間已追上牯牛，縱身躍上牛背，卻瞧不出甚麼端倪，立即躍下，在牛臀上踢了一腳，撮口低嘯，與洪凌波通了訊號，一個自北至南，一個從西到東的追去。

這牯牛自然是楊過趕進廟去的。他聽到李莫愁師徒的聲音，當即溜出後門，站在窗外偷聽，只一句話，便知李莫愁是要來取陸無雙性命，靈機一動，奔到牯牛之旁，將陸無雙那柄給鐵鞭砸落在地的單刀拾起，再拾了幾根枯柴，分別縛上牛角，取火燃著了柴枝，伏在牛腹之下，手腳抱住牛身，驅牛衝進廟去，一把抱起陸無雙，仍藏在牛腹底下逃出廟去。他行動迅捷，兼之那牯牛模樣古怪，饒是李莫愁精明，只因事出不意，卻也沒瞧出破綻。待得她追上牯牛，楊過早已抱著陸無雙躍入長草中躲起。

這一番顛動，陸無雙早痛得死去活來，於楊過怎樣相救、怎樣抱著她藏身在牛腹之下、怎樣躍入草叢，她都迷糊不清，過了好一陣，神智稍復，「啊」的一聲叫了出來。楊過忙按住她口，在她耳邊低聲道：「別作聲！」只聽腳步聲響，洪凌波道：「咦，怎地一霎眼就不見了人？」遠處李莫愁道：「咱們走罷。這小賤人定逃得遠了。」但聽洪凌波的腳步聲漸漸遠去。陸無雙又氣悶又痛楚，又待呼痛，楊過仍按住她嘴不放。

陸無雙微微一掙，發覺讓他摟在懷內，又羞又急，正想出手打去。楊過在她耳邊低聲道：「別上當，你師父在騙你。」這句話剛說完，果然聽得李莫愁道：「當真不在此處。」說話聲音極近，幾乎就在二人身旁。陸無雙吃了一驚，心道：「若不是傻蛋見機，這番可沒命了！」原來李莫愁疑心她就藏在附近，口中說走，其實是施展輕功，悄沒聲的掩了過來。陸無雙險些中計。

楊過側耳靜聽，這次她師徒倆才當眞走了，鬆開按在陸無雙嘴上的手，笑道：「好啦，不用怕啦。」陸無雙道：「放開我。」楊過輕輕將她平放草地，說道：「我立時給你接好斷骨，咱們須得趕快離開此地，待得天明，可就脫不了身啦。」陸無雙點了點頭。楊過怕她接骨時掙扎叫痛，驚動李莫愁師徒，當即點了她麻軟穴，伸手去解她衣上扣子，說道：「千萬別作聲。」

解開外衣後，露出一件月白色內衣，內衣之下是個杏黃色肚兜。楊過不敢再解，目光上移，但見陸無雙秀眉雙蹙，緊閉雙眼，又羞又怕，渾不似一向的蠻橫模樣。楊過情竇初開，聞到她一陣陣處女體上的芳香，一顆心不自禁的怦怦而跳。陸無雙睜開眼來，輕輕的道：「你給我治罷！」說了這句話，又即閉眼，側過頭去。楊過雙手微微發顫，解開她肚兜，看到她乳酪一般的胸脯，怎麼也不敢用手觸摸，心中只當她是小龍女：「倘若她是姑姑，這般暢開了衣衫，露出胸脯，叫我接骨，我敢不敢瞧她胸脯？呸，姑姑的胸脯比這個美上一百倍，她只要不惱，我自然要瞧。」他對小龍女敬畏之心猶在，但想到她時，敬畏之中不免加上幾分男女間的相思之情。

陸無雙等了良久，但覺微風吹在自己赤裸的胸上，頗有寒意，轉頭睜眼，卻見楊過正自痴痴的瞪視，怒道：「你……你瞧……瞧……甚麼？」楊過一驚，伸手去摸她肋骨，一碰到她滑如凝脂的皮膚，身似電震，有如碰到炭火一般，立即縮手。陸無雙道：「快閉上眼睛，你再瞧我一眼，我……我……」說到此處，眼淚流了下來。

楊過忙道：「是，是。我不看了。你……你別哭。」果眞閉上眼睛，伸手摸到她斷了的兩根肋骨，將斷骨仔細對準，忙拉她肚兜遮住她胸脯，心神略定，於是折了四根樹枝，兩根放在她胸前，兩根放在背後，用樹皮牢牢綁住，使斷骨不致移位，這才又扣好她裏衣與外衣的扣子，鬆了她穴道。

陸無雙睜開眼來，見月光映在楊過臉上，雙頰緋紅，神態忸怩，正偷看她臉色，與她目光一碰，忙轉過頭去。此時她斷骨對正，雖仍疼痛，但比之適才斷骨相互銼軋時的劇痛已大爲緩和，心想：「這傻蛋倒眞有點本事。」她此時自已看出楊過實非常人，更不是傻蛋，但她一起始就對之嘲罵輕視，現下縱然蒙他相救，卻也不肯改顏尊重，問道：「傻蛋，你說怎生是好？獃在這兒呢，還是躲得遠遠地？」楊過道：「你說呢？」陸無雙道：「自然走啊，在這兒等死麼？」楊過道：「到那兒去？」陸無雙道：「我要回江南，你肯不肯送我去？」楊過道：「我要尋我姑姑，不能去那麼遠。」陸無雙一聽，臉色沉了下來，道：「好罷，那你快走！讓我死在這兒罷。」

陸無雙如若溫言軟語的相求，楊過定不答允，但見她目蘊怒色，眉含秋霜，依稀是小龍女生氣的模樣，不由得難以拒卻，心想：「說不定姑姑恰好到了江南，我送陸姑娘去，常言道好心有好報，天可憐見，卻教我撞見了姑姑。」他明知此事渺茫之極，但無法拒絕陸無雙所求，只好向自己巧所辯解罷了，嘆了口氣，俯身將她抱起。

陸無雙怒道：「你抱我幹麼？」楊過笑道：「抱你去江南啊。」陸無雙大喜，噗哧一笑，道：「傻蛋，江南這麼遠，你抱得我到麼？」話雖這麼說，卻安安靜靜的伏在他懷裏，一動也不動了。

這時那頭大牯牛早奔得不知去向。楊過生怕給李莫愁師徒撞見，儘揀荒僻小路行走。他腳下迅捷，上身卻穩然不動，全沒震痛陸無雙的傷處。陸無雙見身旁樹木不住倒退，他這一路飛馳，竟有如奔馬，比自己空身急奔還更迅速，輕功實不在師父之下，暗暗驚奇：「原來這傻蛋身負絕藝，他小小年紀，怎能練到這一身本事？」不久東方漸白，她抬起頭來，見楊過臉上雖髒，卻容貌清秀，雙目更靈動有神，不由得心中一動，漸漸忘了胸前疼痛，過了一陣，竟爾在他懷抱中沉沉睡去。

待得天色大明，楊過有些累了，奔到一棵大樹底下，輕輕將她放下，自己坐在她身邊休息。陸無雙睜開眼來，淺淺一笑，說道：「我餓啦，你餓不餓？」楊過道：「我自然也餓，好罷，咱們找家飯店吃飯。」站起身來，又抱起了她，但抱了半夜，雙臂微感酸麻，便舉起她坐在自己肩頭，緩緩而行。

陸無雙兩隻腳在楊過胸前輕輕的一盪一盪，笑道：「傻蛋，你到底叫甚麼名字？總不成在別人面前，我也叫你傻蛋。」楊過道：「我沒名字，人人都叫我傻蛋。」陸無雙惱道：「你不說就算啦！那你師父是誰？」楊過聽她提到「師父」二字，他對小龍女極是敬重，那敢輕忽玩鬧，正色答道：「我師父是我姑姑。」陸無雙信了，心道：「原來他是家傳的武藝。」又問：「你姑姑是那一家那一派？」楊過呆頭呆腦的道：「她是住在家裏的，派甚麼的我可不知道啦。」陸無雙嗔道：「你裝傻！我問你，你學的是那一門子武功？」楊過道：「你問我家的大門嗎？怎麼說是紙糊的，那明明是木頭的。」陸無雙心下沉吟：「難道此人當眞是傻蛋？武功雖好，人卻痴呆麼？」溫言道：「傻蛋，你好好跟我說，你爲甚麼救我性命？」

楊過一時難以回答，想了一陣，道：「我姑姑叫我救你，我就救你。」陸無雙道：「你姑姑是誰？」楊過道：「姑姑就是姑姑。她叫我幹甚麼，我就幹甚麼。」陸無雙嘆了口氣，心想：「這人原來眞是傻的。」本來已對他略有溫柔之意，此時卻又轉生厭憎。楊過聽她不再說話，問道：「你怎麼不說話啦？」陸無雙哼了一聲。楊過又問一句。陸無雙嗔道：「我不愛說話就不說話，傻蛋，你閉著嘴巴！」楊過知她此時臉色定然好看，不過她坐在自己肩頭，難以見到，不禁暗感可惜。

不多時，來到一個小市鎮。楊過找了一家飯店，吃過飯後，陸無雙取出銀子，叫楊過去買頭驢子，付了飯錢後，跨上驢背。但剛上驢背，斷骨處便即劇痛，忍不住呻吟出聲。那驢子的脾氣倔強，挨到牆邊，將她身子往牆上擦去。陸無雙手腳都無力氣，驚呼一聲，竟從驢背上摔落。她右足著地，穩穩站定，牽動傷處，疼痛難當，怒道：「你明明見我摔下來，也不來扶。」楊過傻笑幾下，卻不說話。陸無雙道：「你扶我騎上驢子去。」楊過依言扶她上了驢背。那驢子一覺背上有人，立時又要搗鬼。

陸無雙道：「你快牽著驢子。」楊過道：「不，我怕驢子踢我。要是我那條大牯牛跟著來，可就好了。」陸無雙氣極：「這傻蛋說他不傻卻傻，說他傻呢，卻又不傻。他明明是想抱著我。」無可奈何，只得道：「好罷，你也騎上驢背來。」楊過這才一笑跨上驢背，雙手摟在她腰裏，兩腿微一用力，那驢子但感腹邊大痛，那裏還敢作怪，乖乖的走了。

楊過道：「向那兒走？」陸無雙早已打聽過路徑，本想東行過潼關，再經中州，折而南行，那是大道，但想大路上容易撞到師父或丐幫，不如走小路，經竹林關，越龍駒寨，再過紫荊關南下，雖然路程迂遠些，卻太平得多，沉吟一會，向東南方一指，道：「往那邊去。」

驢子蹄聲得得，緩緩而行，剛出市集，路邊一個農家小孩奔到驢前，叫道：「陸姑娘，有件物事給你。」說著將手中一束花擲了過來，轉頭撒腿就跑。陸無雙伸手接過，見是一束油菜花，花束上縛著一封信，忙撕開封皮，抽出一張黃紙，見紙上寫道：

「尊師轉眼即至，即速躲藏，切切！」

黃紙粗糙，字跡卻頗秀雅。陸無雙「咦」了一聲，驚疑不定：「這小孩是誰？他怎知我姓陸？又怎知我師父即會追來？」問楊過道：「你識得這小孩，是不是？是你姑姑派來的？」

楊過在她腦後早已看到了信上字跡，心想：「這明明是個尋常農家孩童，定是受人差遣送信。只不知信是誰寫的？看來倒是好意。要是李莫愁追來，那便如何是好？」他雖學了玉女心經和九陰眞經，一身而兼修武林中兩大秘傳，但畢竟時日太淺，雖知秘奧，修爲未至，也是枉然，若給李莫愁趕上，可萬萬不是敵手，靑天白日的無處躲藏，正自沉吟無計，聽陸無雙問起，答道：「我不識得這小傻蛋，看來也不是我姑姑派來的。」

剛說了這兩句話，只聽吹打聲響，迎面抬來一乘花轎，數十人前後簇擁，原來是迎娶新娘。雖是鄉間村夫的粗鄙鼓樂，卻也喜氣洋洋，自有一股動人心魄的韻味。楊過心念一動，問道：「你想不想做新娘子？」

見陸無雙眉頭微蹙，似乎睡夢中也感到斷骨處的痛楚，楊過登時想起小龍女來，跟著記起在古墓中兩人所說的話，全身冷汗直冒，啪啪兩下，重重打了自己兩個耳光。

第九回　百計避敵

陸無雙正自惶急，聽他忽問傻話，怒道：「傻蛋！又胡說甚麼？」楊過笑道：「咱們來玩拜天地做親。你扮新娘子好不好？那才教美呢。臉上披了紅布，別人說甚麼也瞧你不見。」陸無雙一怔，道：「你教我扮新娘子躲過師父？」楊過嘻嘻笑道：「我不知道，你扮新娘子，我就扮新官人。」此時情勢緊迫，陸無雙也無暇斥罵，心想：「這傻蛋的主意眞古怪，但除此之外，實在亦無別法。」問道：「怎麼扮法啊？」楊過不敢多挨時刻，揚鞭在驢臀上連抽幾鞭，驢子發足直奔。

鄉間小路狹窄，一頂八人抬的大花轎塞住了路，兩旁已無空隙。迎親人衆見驢子迎面奔來，齊聲叱喝，叫驢上乘客勒韁緩行。楊過雙腿一夾，卻催得驢子更加快了，轉眼間已衝到迎親的人衆跟前。早有兩名壯漢搶上前來，欲待拉住驢子，以免衝撞花轎。楊過皮鞭揮處，捲住了二人手臂，一提一放，登時將二人摔在路旁，向陸無雙道：「我要扮新官人啦。」身子前探，右手伸出，已將騎在一匹白馬上的新郎提過。

那新郎十七八歲年紀，全身新衣，頭戴金花，突然給楊過抓住，嚇得魂不附體。楊過舉起他身子向上拋擲，待他飛上丈餘，再跌下來時，在衆人驚呼聲中伸手接住。迎親的共有三十來人，半數倒是身長力壯的關西大漢，見他如此本領，新郎又落入他手中，那敢上前動手？一個老者見事多了，料得大盜攔路行劫，搶上前來唱個肥喏，說道：「大王請饒了新官人。大王要多少盤纏使用，大家儘可商量。」楊過向陸無雙笑道：「媳婦兒，怎麼他叫我大王？我又不姓王？我瞧他比我還傻。」陸無雙道：「別瞎纏啦，我好似聽到了師父花驢上的鈴子聲響。」

楊過一驚，側耳靜聽，果然遠處隱隱傳來一陣鈴聲，心想：「她來得好快啊。」說道：「鈴子？甚麼鈴子？是賣糖的麼？那好極啦，咱們買糖吃。」轉頭向那老者道：「你們全都聽我的話，就放了他，要不然……」說著又將新郎往空中上拋。那新郎嚇得哇哇大叫，哭將起來。那老者不住作揖，道：「全憑大王吩咐。」楊過指著陸無雙道：「她是我媳婦兒，她見你們玩拜天地做親，很是有趣，也要來玩玩……」陸無雙斥道：「傻蛋，你說甚麼？」楊過不去理她，說道：「你們快把新娘子的衣服給她穿上，我就扮新官人玩兒。」

兒童戲耍，原是常有假扮新官人、新娘子拜天地做親之事，普天下皆然，不足為異。但萬料不到一個攔路行劫的大盜忽然要鬧這玩意，眾人面面相覷，做聲不得。看二人時，一個是弱冠少年，一個是妙齡少女，說是一對夫妻，倒也相像。眾人正沒做理會處，楊過聽金鈴之聲漸近，躍下驢背，將新郎橫放驢子鞍頭，讓陸無雙守住了，自行到花轎跟前，掀開轎門，拉了新娘出來。

那新娘嚇得尖聲大叫，臉上兜著紅布，不知外面出了甚麼事。楊過伸手拉下她臉上紅布，但見她臉如滿月，一副福相，笑道：「新娘子美得緊啊。」在她臉頰上輕輕一摸。新娘子嚇得呆了，反而不敢作聲。楊過左手提起新娘，叫道：「若要我饒她性命，快給我媳婦兒換上新娘打扮。」

陸無雙耳聽得師父花驢的鸞鈴聲越來越近，向楊過橫了一眼，心道：「這傻蛋不知天高地厚，這當口還說笑話。」但聽迎親的老者連聲催促：「快，快！快換新郎新娘的衣服。」送嫁喜娘當即七手八腳的除下了新娘的鳳冠霞帔、錦衣紅裙，給陸無雙穿戴。楊過自己動手，將新郎的吉服穿上，對陸無雙道：「乖媳婦兒，進花轎去罷。」陸無雙叫新娘先進花轎，自己坐在她身上，這才放下轎帷。

楊過看了看腳下草鞋，鈴聲卻已響到山角之處，叫道：「回頭向東南方走，快吹吹打打！有人若來查問，別說見到我們。」搶下新郎腳上的新鞋，自己換上，縱身躍上白馬，與騎在驢背上的新郎並肩而行。衆人見新夫婦都落入了強人手中，那敢違抗，嗩吶鑼鈸，一齊響起。

花轎轉過頭來，只行得十來丈，後面鸞鈴聲急，兩匹花驢踏著快步，追了上來。陸無雙在轎中聽到鈴響，心想能否脫卻大難，便在此一瞬之間了，一顆心怦怦急跳，傾聽轎外動靜。楊過裝作害羞，低頭瞧著馬頸，只聽得洪淩波叫道：「喂，瞧見一個跛腳姑娘走過沒有？」迎親隊中的老者說道：「沒……沒有啊？」洪淩波再問：「有沒見一個年輕女子騎了牲口經過？」那老者仍道：「沒有。」師徒倆縱驢從迎親人衆身旁掠過，急馳而去。

過不多時，李洪二人兜過驢頭，重行回轉。李莫愁拂塵揮出，捲住轎帷一拉，嗤的一聲，轎帷撕下了半截。楊過大驚，躍馬近前，只待她拂塵二次揮出，立時便要出手救人，那知李莫愁向轎中瞧了一眼，笑道：「新娘子挺有福氣呀。」抬頭向楊過道：「小子，你運氣不小。」楊過低下了頭，那敢與她照面，但聽蹄聲答答，二人竟自去了。

楊過大奇：「怎麼她竟然放過了陸姑娘？」向轎中張去，但見那新娘嚇得面如土色，簌簌發抖，陸無雙竟已不知去向。楊過更奇，叫道：「哎唷，我的媳婦兒呢？」陸無雙笑道：「我不見啦。」但見新娘裙子一動，陸無雙鑽了出來，原來她低身躲在新娘裙下。她知師父行事素來周密，決不輕易放過任何處所，料知她必定去後復來，便即躲了起來。楊過道：「你安安穩穩的做新娘子罷，坐花轎比騎驢子舒服。」

陸無雙點了點頭，對新娘道：「你擠得我好生氣悶，快給我出去。」新娘無奈，只得出轎，騎在陸無雙先前所乘的驢上。新娘和新郎從未見過面，此時新郎見新娘肥肥白白，頗有幾分珠圓玉潤；新娘偷看新郎，倒也五官端正。二人心下竊喜。

一行人行出二十來里，眼見天色漸漸晚了。那老者不住向楊過哀求放人，以免誤了拜天地的吉時。楊過斥道：「你囉唆甚麼？」

一句話剛出口，忽然路邊人影一閃，兩個人快步奔入樹林。楊過心下起疑，追了下去，依稀見到二人背影，衣衫襤褸，卻是化子打扮。楊過勒住了馬，心想：「莫非丐幫已瞧出了蹊蹺，又在前邊伏下人手？事已如此，只得向前直闖。」

不久花轎抬到，陸無雙從破帷裏探出頭來，問道：「瞧見了甚麼？」楊過道：「花轎帷子破了，你臉上又不兜紅布。做新娘子嘛，總須哭哭啼啼，就算心裏一百個想嫁人，也得一把眼淚一把鼻涕，喊爹叫娘，不肯出門。天下那有你這般不怕醜的新娘子？」

陸無雙聽他話中之意，似乎自己行藏已讓人瞧破，只輕輕罵了聲「傻蛋」，不再言語。又行一陣，前面山路漸漸窄了，一路上嶺，崎嶇難行，迎親人衆早疲累不堪，但生怕惹惱了楊過，沒一個敢吐半句怨言。

上得嶺後，衆人休息半晌，才抬起花轎又行，二更時分，到了一個市鎮，楊過才放迎親人衆脫身。衆人只道這番爲大盜所擄，扣押勒贖自爲意料中事，多半還要大吃苦頭，豈知那大盜當眞只玩玩假扮新郎新娘，就此了事，實是意外之喜，不禁對楊過千恩萬謝。隨伴的喜娘更加口彩連篇：「大王和壓寨娘子百年好合、白頭偕老、多生幾位小大王！」只惹得楊過哈哈大笑，賞了她一錠銀子。陸無雙又羞又嗔。

楊過與陸無雙找了一家客店住下，叫了飯菜，正坐下吃飯，忽見門口人影一閃，有人探頭進來，見到楊陸二人，立即縮頭轉身。楊過見情勢有異，追到門口，見院子中站著兩人，正是在豺狼谷中與陸無雙相鬥的申志凡與姬淸虛。二道拔出長劍，縱身撲上。楊過心想：「你們找我晦氣幹麼？想自討苦吃？」兩個道士撲近，卻側身掠過，奔入大堂，搶向陸無雙。就在此時，驀地裏傳來玎玲、玎玲一陣鈴響。

鈴聲突如其來，待得入耳，已在近處，兩名道士臉色大變，互相瞧了一眼，急忙退向西首第一間房裏，砰的一聲關上了門，再也不出來了。楊過心想：「臭道士，多半也吃過那李莫愁的苦頭，竟嚇成這個樣子。」

陸無雙低聲道：「我師父追到啦，傻蛋，你瞧怎麼辦？」楊過道：「怎麼辦？躲一躲罷！」剛伸出手去扶她，鈴聲斗然在客店門口止住，只聽李莫愁的聲音道：「你到屋上守住。」洪凌波答應了，颼的一聲，上了屋頂。又聽掌櫃的說道：「仙姑，你老人家住店……哎唷，我……」噗的一聲，仆跌在地，再無聲息。他怎知李莫愁最恨別人在她面前提到一個「老」字，何況當面稱她爲「老人家」。拂塵揮出，差一些便要了掌櫃他老人家的老命。她問店小二：「有個跛腳姑娘，住在那裏？」那店小二早嚇得魂不附體，只說：「我……我……」一句話也答不出來。李莫愁左足將他踢開，右足踹開西首第一間房的房門，進去查看，那正是申姬二道所住之處。

楊過尋思：「只好從後門溜出去，雖然定會給洪凌波瞧見，卻也不用怕她。」低聲道：「媳婦兒，跟我逃命罷。」陸無雙白了他一眼，站起身來，心想這番如再逃得性命，當眞是老天爺太瞧得起啦。

兩人剛轉過身，東角落裏一張方桌旁一個客人站了起來，走近楊陸二人身旁，低聲道：「我來設法引開敵人，快想法兒逃走。」這人一直向內坐在暗處，楊陸都沒留意他面貌。他說話之時臉孔向著別處，話剛說完，已走出大門，只見到他的後影。這人身材不高，穿一件寬大的青布長袍。

楊陸二人只對望得一眼，猛聽得鈴聲大振，直向北響去。洪凌波叫道：「師父，有人偷驢子。」黃影一閃，李莫愁從房中躍出，追出門去。陸無雙道：「快走！」楊過心想：「李莫愁輕功迅捷無比，立時便能追上此人，轉眼又即回來。我背了陸姑娘行走不快，仍難脫身。」靈機一動，闖進了西首第一間房。

只見申志凡與姬清虛坐在炕邊，臉上驚惶之色兀自未消，此時片刻也延挨不得，楊過不容二道站起喝問，搶上去手指連揮，將二人點倒，叫道：「媳婦兒，進來。」陸無雙走進房來。楊過掩上房門，道：「快脫衣服！」陸無雙臉上一紅，啐道：「傻蛋，胡說甚麼？」楊過道：「脫不脫由你，我可要脫了。」除了外衣，隨即將申志凡的道袍脫下穿上，又除了他的道冠，戴在自己頭上。陸無雙登時醒悟，道：「好，咱們扮道士騙過師父。」伸手去解衣鈕，臉上又是一紅，向姬清虛踢了一腳，道：「閉上眼睛啦，死道士！」姬清虛與申志凡不能轉動的只是四肢而非五官，當即閉上眼睛，那敢瞧她？

陸無雙又道：「傻蛋，你轉過身去，別瞧我換衣。」楊過笑道：「怕甚麼，我給你接骨之時，豈不早瞧過了？」此語一出，登覺太過輕薄無賴，不禁訕訕的有些不好意思。陸無雙秀眉一緊，反手就是一掌。

楊過只消頭一側，立時就輕易避過，但一時失魂落魄，獃獃的出了神，啪的一下，這一記重重擊在他左頰。陸無雙萬想不到這掌竟會打中，還著實不輕，心下歉然，笑道：「傻蛋，打痛了你麼？誰叫你瞎說八道？」

楊過撫著面頰，笑了一笑，轉過身去。陸無雙換上道袍，笑道：「你瞧！我像不像個小道士？」楊過道：「我瞧不見，不知道。」陸無雙道：「轉過身來啦。」楊過回過頭來，見她身上那道袍寬寬蕩蕩，更加顯得她身形纖細，正待說話，陸無雙忽然低呼一聲，指著炕上，只見炕上棉被中探出一個道士頭來，正是豺狼谷中給她砍了三根手指的皮清玄。原來他一直便躺在炕上養傷，見陸無雙進房，立即縮頭進被。楊陸二人忙著換衣，竟沒留意。陸無雙道：「他……他……」想說「他偷瞧我換衣」卻覺不便出口。

就在此時，花驢鈴聲又起。楊過聽過幾次，知花驢已給李莫愁奪回，那青衫客騎驢奔出時鈴聲雜亂，李莫愁騎驢之時，花驢奔得雖快，鈴聲卻疾徐有致。他一轉念間，將皮清玄一把提起，順手閉住了他穴道，揭開炕門，將他塞入炕底。北方天寒，冬夜炕底燒火取暖，此時天尙暖熱，炕底不用燒火，但裏面全是煙灰黑炭，皮清玄一給塞入，不免滿頭滿臉全是灰土。

只聽得鈴聲忽止，李莫愁又已到了客店門口。楊過向陸無雙道：「上炕去睡。」陸無雙皺眉道：「臭道士睡過的，髒得緊，怎能睡啊？」楊過道：「隨你便罷！」說話之間，又將申志凡塞入炕底，順手解開了姬清虛穴道。陸無雙雖覺被褥骯髒，但想起師父手段的狠辣，只得上炕，面向裏床。剛剛睡好，李莫愁已踢開房門，二次來搜。楊過拿著一隻茶杯，低頭喝茶，左手卻按住姬清虛背心死穴。李莫愁見房中仍是三個道士，炕上睡了一個，一個低頭喝茶，另一個臉如死灰，神魂不定，於是笑了一笑，去搜第二間房。她第一次來搜時曾仔細瞧過三個道人的面貌，生怕是陸無雙喬裝改扮，二次來搜時只瞧了瞧姬清虛，其餘的就沒再細看。

這一晚李莫愁、洪凌波師徒搜遍了鎮上各處，吵得家家鷄犬不寧。楊過卻安安穩穩的與陸無雙並頭躺在炕上，聞到她身上一陣陣少女的溫馨香味，不禁大樂。陸無雙心中思潮起伏，但覺楊過此人委實古怪之極，說他是傻蛋，卻似聰明無比，說他聰明罷，又儘瘋瘋顛顛的。她躺著一動也不敢動，心想那傻蛋定要伸手相抱，那時怎生是好？過了良久，楊過卻沒半點動靜，反微覺失望，聞到他身上濃重的男子氣息，竟爾顛倒難以自已，過了良久，才迷迷糊糊的睡了。

楊過一覺醒來，天已發白，見姬清虛伏在桌上沉睡未醒，陸無雙鼻息細微，雙頰暈紅，兩片薄薄紅唇略見上翹，不由得心中大動，暗道：「我如輕輕的親她一親，她決不會知道。」少年人情竇初開，此刻朝陽初升，正是情慾最盛之時，想起接骨時她胸脯之美，更加按捺不住，伸過頭去，要親她口唇。尚未觸到，已聞一陣甜香，不由得心中一蕩，熱血直湧上來，卻見她雙眉微蹙，似乎睡夢中也感到斷骨處的痛楚。楊過見到這般模樣，登時想起小龍女來，想起在古墓中兩人的說話，自己說：「姑姑，我這一生一世，就只喜歡你一個人。」小龍女說：「我也一樣。」不由得全身冷汗直冒，啪啪兩下，重重打了自己兩個耳光，躍下炕來。

這一來陸無雙也給驚醒了，睁眼問道：「傻蛋，你幹甚麼？」楊過正自羞愧難當，含含糊糊的道：「沒甚麼，蚊子咬我的臉。」陸無雙想起整晚和他同睡，突然間滿臉通紅，低下了頭，輕輕的道：「傻蛋，傻蛋！」話聲中竟大有溫柔纏綿之意。

兩人商量今後行止，忽聽得李莫愁花驢的鈴聲響起，向西北方而去，卻又是回頭往來路搜尋，料來她想起《五毒秘傳》落入叛徒手中，遲一日追回，便多一日危險，因此片刻也不躭擱，天色微明，便騎驢動身。

楊過道：「她回頭尋咱們不見，又會趕來。就可惜你身上有傷，震盪不得，否則咱們盜得兩匹駿馬，一口氣奔馳一日一夜，她那裏還追得上？」陸無雙嗔道：「你身上可沒傷，幹麼你不去盜一匹駿馬，一口氣奔馳一日一夜？」楊過心想：「這姑娘當眞是小心眼兒，我隨口一句話，她就生氣。」爲了愛瞧她發怒的神情，反而激她道：「若非你求我送到江南，我早就去了。」陸無雙怒道：「你去罷，去罷！傻蛋，我見了你就生氣，寧可自個兒死了的好。」楊過笑道：「嘿，你死了我才捨不得呢。」

他怕陸無雙眞的大怒，震動斷骨，一笑出房，到櫃台上借了墨筆硯台，回進房來，將墨在水盆中化開了，雙手蘸了墨水，突然抹在陸無雙臉上。

陸無雙未曾防備，忙掏手帕來抹，不住口的罵道：「臭傻蛋，死傻蛋。」只見楊過從炕裏掏出一大把煤灰，用水和了塗在臉上，一張臉登時凹凹凸凸，有如生滿了疙瘩。她立時醒悟：「我雖換了道人裝束，但面容未變，如給師父趕上，她豈有不識之理？」當下將淡墨水勻勻的塗在臉上。女孩兒家生性愛美，雖塗黑臉頰，仍如搽脂抹粉般細細整容。

兩人改裝已畢，楊過伸腳到炕下將兩名道人的穴道踢開。陸無雙見他看也不看，隨意踢了幾腳，兩名道人登時發出呻吟之聲，暗暗佩服：「這傻蛋武功勝我十倍。」但欽佩之意，絲毫不形於色，仍罵他傻蛋，似乎渾不將他瞧在眼裏。

楊過去市上想僱一輛大車，但市鎮太小，無車可僱，只得買了兩匹劣馬。這日陸無雙傷勢已痊愈了些，兩人各自騎了一匹，慢慢向東南行去。

行了一個多時辰，楊過怕她支持不住，扶她下馬，坐在道旁石上休息。他想起今晨居然對陸無雙有輕薄之意，輕薄她也沒甚麼，但如此對不起姑姑，自己眞是大大的混帳王八蛋，正在深深自責，陸無雙忽道：「傻蛋，怎麼不跟我說話？」楊過微笑不答，忽然想到一事，叫道：「啊喲，不好，我眞胡塗。」陸無雙道：「你本就胡塗嘛！」楊過道：「咱們改裝易容，那三個道人盡都瞧在眼裏，如跟你師父說起，豈不糟糕？」陸無雙抿嘴一笑，道：「那三個臭道人先前騎馬經過，早趕到咱們頭裏去啦，師父還在後面。你失魂落魄的，也不知在想些甚麼，竟沒瞧見。」

楊過「啊」了一聲，向她一笑。陸無雙覺得他這一笑之中似含深意，想起自己話中「失魂落魄的，也不知想些甚麼」那幾個字，不禁臉兒紅了。就在此時，一匹馬突然縱聲長嘶。陸無雙回過頭來，只見道路轉角處兩個老丐並肩走來。

楊過見山角後另有兩個人一探頭就縮了回去，正是申志凡和姬淸虛，心下了然：「原來這三個臭道士去告知了丐幫，說我們改了道人打扮。」當下拱手說道：「兩位叫化大爺，你們討米討八方，貧道化緣卻化十方，今日要請你們布施布施了。」一個化子聲似洪鐘，說道：「你們就剃光了頭，扮作和尚尼姑，也休想逃得過我們耳目。快別裝儍啦，爽爽快快的，跟我們到執法長老跟前評理去罷。」楊過心想：「這個老叫化說話聲中氣十足，只怕武功甚爲了得。」那二人正是丐幫中的七袋弟子，見楊陸二人都是未到二十歲的少年，居然武功甚高，料想這中間定有古怪。

雙方均自遲疑之際，西北方金鈴響起，玎玲，玎玲，輕快流動，抑揚悅耳。陸無雙暗想：「糟了，糟了。我雖改了容貌裝束，偏巧此時又撞到這兩個死鬼化子，給他們一揭穿，怎麼能脫得師父毒手？唉，當眞運氣太壞，魔劫重重，偏有這麼多人吃飽了飯沒事幹，儘找上了我，纏個沒了沒完。」

片刻之間，鈴聲更加近了。楊過心想：「這李莫愁我是打不過的，只有趕快向前奪路逃走。」說道：「兩位不肯化緣，也不打緊，就請讓路罷。」說著大踏步向前走去。兩個化子見他腳下虛浮，似乎絲毫不懂武功，各伸右手抓去。楊過右掌劈出，與兩人手掌相撞，三隻手掌略一凝持，各自退了三步。這兩名七袋弟子練功數十年，內力深湛，在江湖上已少逢敵手，要論武功底子，實遠勝楊過，論到招數的奇巧奧妙，卻又不及。楊過借力打力，將二人掌力化解了，但要就此闖過，卻也不能。三人各自暗驚。

就在此時，李莫愁師徒已然趕到。洪凌波叫道：「喂，叫化兒，小道士，瞧見一個跛腳姑娘過去沒有？」兩個老丐在武林中行輩甚高，聽洪凌波如此詢問，心中有氣，丐幫幫規嚴峻，絕不許幫眾任意與外人爭吵，二人順口答道：「沒瞧見！」李莫愁眼光銳利，見了楊陸二人背影，微微起疑：「這二人似乎曾在那裏見過。」又見四人相對而立，劍拔弩張的便要動武，心想在旁瞧個熱鬧再說。

楊過斜眼微睨，見她臉現淺笑，袖手觀鬥，心念一動：「有了，如此這般，就可去了她的疑心。」轉身走到洪凌波跟前，打個問訊，嘶啞著嗓子說道：「道友請了。」洪凌波以道家禮節還禮。楊過道：「小道路過此處，給兩個惡丐平白無端的攔住，定要動武。小道未攜兵刃，請道友瞧在老君面上，相借寶劍一用。」說罷又深深一躬。洪凌波見他臉上凹凹凸凸，又黑又醜，但神態謙恭，兼之提到道家之祖的太上老君，似乎不便拒卻，拔出長劍，眼望師父，見她點頭示可，便倒轉劍柄，遞了過去。

楊過躬身謝了，接過長劍，轉身大聲向陸無雙道：「師弟，你站在一旁瞧著，不必動手，教他丐幫的化子們見識見識我全眞教門下手段。」李莫愁一凜：「原來這兩個小道士是全眞教的。但全眞教跟丐幫素來交好，怎地兩派門人卻鬧將起來？」楊過生怕兩個乞丐喝罵出來，揭破了陸無雙的秘密，挺劍搶上，叫道：「來來來，我一個鬥你們兩個。」陸無雙卻大爲擔憂：「傻蛋不知我師父曾與全眞教的道士大小十餘戰，全眞派的武功有那一招一式逃得過她眼去？天下道教派別多著，正乙、大道、太一，甚麼都好冒充，怎地偏偏指明了全眞教？」

兩個老丐聽他說道「全眞教門下」五字，都是一驚，齊聲喝道：「你當眞是全眞派門人？你和那……」

楊過那容他們提到陸無雙，長劍刺出，分攻兩人胸口小腹，正是全眞嫡傳劍法。兩個老丐輩份甚高，決不願合力鬥他一個後輩，但楊過這一招來得奇快，不得不同時舉棒招架。鐵棒剛舉，楊過長劍已從鐵棒空隙中穿了過去，仍疾刺二人胸口。兩個老丐萬料不到他劍法如此迅捷，急忙後退。楊過毫不容情，著著進逼，片刻之間，已連刺二九一十八劍，每一劍都一分爲二，刺出時只有一招，手腕抖處，劍招卻分而爲二。這是全眞派上乘武功中的「一炁化三清」劍術，每一招均可化爲三招，楊過每一劍刺出，兩個老丐就倒退三步，這一十八劍刺過，兩個老丐竟一招也還不了手，一共倒退了五十四步。玉女心經的武功專用以剋制全眞派，楊過未練玉女心經，先練全眞武功，不過練得並不精純，「一炁化三清」是化不來的，「化二清」倒也化得似模似樣。

李莫愁見小道士劍法精奇，不禁暗驚，心道：「無怪全眞教名頭這等響亮，果然是人才輩出，這人再過十年，我那裏還能是他對手？全眞教的掌教，日後只怕落在這小道人手裏。」她若跟楊過當眞動手，數招之間便能知他的全眞劍法似是而非，底子其實是古墓派功夫，但外表看來，卻眞僞難辨。楊過從趙志敬處學到全眞派功夫口訣，此後曾加修習，因此他的全眞派武功卻也不是全盤冒充。洪凌波與陸無雙自然更加瞧得神馳目眩。

楊過這一十八劍刺過，長劍急抖，卻已搶到了二丐身後，又是一劍化爲兩招刺出。二丐急忙轉身招架，楊過不容他們鐵棒與長劍相碰，晃身閃到二丐背後，兩丐急忙轉身，楊過又已搶到他們背後。他自知若憑眞實功夫，莫說以一敵二，便一個化子也抵敵不過，是以迴旋急轉，一味施展輕功繞著二丐兜圈。

全眞派每個門人武功練到適當火候，就須練這輕功，以便他日練「天罡北斗陣」時搶位之用。楊過此時步伐雖是全眞派武功，但呼吸運氣，使的卻是「玉女心經」中的心法。古墓派輕功乃天下之最，他這一起腳，兩名丐幫好手便跟隨不上，但見他急奔如電，白光閃處，長劍連刺。如他當眞要傷二人性命，二十個化子也都殺了。二丐身子急轉，掄棒防衛要害，此時已顧不得抵擋來招，只有盡力守護。

如此急轉了數十圈，二丐已累得頭暈眼花，腳步踉蹌，眼見就要暈倒。李莫愁笑道：「喂，丐幫的朋友，我教你們個法兒，兩個人背靠背站著，那就不用轉啦。」這一言提醒，二丐大喜，正要依法施爲，楊過心想：「不好！給他們這麼一來，我可要輸。」不再轉身移位，一招兩式，分刺二丐後心。

二丐只聽得背後風聲勁急，不及回棒招架，忙向前邁了一步，足剛著地，背後劍招便到，大驚之下，只得提氣急奔。那知楊過的劍尖直如影子一般，不論兩人跑得如何迅捷，劍招始終是在他兩人背後晃動。二丐腳步稍慢，背上肌肉就爲劍尖刺得劇痛。二丐心知楊過並無相害之意，否則手上微一加勁，劍尖上前一尺，刃鋒豈不穿胸而過？但腳下始終不敢有絲毫停留。三人都發力狂奔，片刻間已奔出兩里有餘，將李莫愁等遠遠抛在後面。

楊過突然足下加勁，搶在二丐前頭，笑嘻嘻的道：「慢慢走啊，小心摔交！」二丐不約而同的雙棒齊出。楊過左手一伸，已抓住一根鐵棒，同時右手長劍平著劍刃，搭在另一根鐵棒上向左推擠，左掌張處，兩根鐵棒一齊握住。二丐驚覺不妙，急忙運勁裏奪。楊過功力不及對方，那肯與他們硬拚，長劍順著鐵棒直劃下去。二丐若不放手，八根手指立時削斷，只得撒棒後躍，臉上神色甚爲尷尬，鬥是鬥不過，就此逃走，卻又未免丟人太甚。

楊過說道：「敝教與貴幫素來交好，冤有頭，債有主，古墓派的赤練仙子李莫愁明明在此，兩位何不找她去？」雙手捧起鐵棒，恭恭敬敬的還了二丐，又道：「那赤練仙子隨身攜帶之物天下聞名，兩位難道不知麼？」一個老丐恍然而悟，說道：「啊，是了，她手中拿著拂塵，花驢上繫有金鈴。那個穿青衫的就是她了？」楊過笑道：「不錯，不錯。用銀弧飛刀傷了貴幫弟子的那個姑娘，就是李莫愁的弟子……」微一沉吟，又道：「就只怕……不行，不行……」那聲若洪鐘的乞丐性子甚是急躁，忙問：「不行甚麼？」楊過道：「想那李莫愁橫行天下，貴幫雖然厲害，卻沒一個是她敵手。既然傷了貴幫朋友的是她弟子，那也只好罷休。」

那乞丐給他激得哇哇大叫，拖起鐵棒，就要往來路奔回。另一個乞丐卻性格持重，心想我二人連眼前這小道人也鬥不過，還去惹那赤練仙子，豈非白白送死？當下拉住他手臂，道：「也不須急在一時，咱們回去從長計議。」向楊過一拱手，說道：「請教道友高姓大名。」楊過笑道：「小道姓薩，名叫華滋。後會有期。」打個問訊，回頭便走。

兩丐喃喃自語：「薩華滋，薩華滋？可沒聽過他的名頭，此人年紀輕輕，武功居然如此了得……」一丐突然跳了起來，罵道：「直娘賊，狗廝鳥！」另丐問道：「甚麼？」那丐道：「他名叫薩華滋，那是殺化子啊，給這小賊道罵了還不知道。」兩丐破口大罵，卻也不敢回去尋他算帳。

楊過心中暗笑，生怕陸無雙有失，急忙回轉，見陸無雙轉過了頭，不住向這邊張望，顯是不敢與師父朝相。她一見楊過，臉有喜色，忙催馬迎來，低聲道：「傻蛋，你好，你撇下我啦。」

楊過一笑，雙手橫捧長劍，拿劍柄遞到洪凌波面前，躬身行禮，道：「多謝借劍。」洪凌波伸手接過。楊過正要轉身，李莫愁忽道：「且慢。」她見這小道士武藝了得，心想留下此人，必爲他日之患，乘他此時武功不及自己，隨手除掉了事。

楊過一聽「且慢」二字，已知不妙，當下將長劍又遞前數寸，放在洪凌波手中，隨即撒手離劍。洪凌波只得抓住劍柄，笑道：「小道人，你武功好得很啊。」楊過道：「見笑了！」李莫愁本欲激他動手，將他一拂塵擊斃，但他手中沒了兵刃，自己是何等身分，那是不能用兵刃傷他的了，於是將拂塵往後領中一插，問道：「你是全眞七子那一個的門下？」

楊過笑道：「我是王重陽的弟子。」他對全眞諸道均無好感，心中沒半點尊敬之意，丘處機雖相待不錯，但與之共處時刻甚暫，臨別時又給他狠狠教訓了一頓，至於郝大通、趙志敬等，那更是想起來就咬牙切齒。他在古墓中學練王重陽當年親手所刻的《九陰眞經》要訣，若說是他的弟子，勉強也說得上。但照他年紀，只能是趙志敬、甄志丙輩的徒兒，李莫愁見他武功不弱，才問他是全眞七子那一個的門人，實已抬舉了他。楊過如隨口答一個丘處機、王處一的名字，李莫愁倒也信了。但他不肯比打死孫婆婆的郝大通矮著一輩，便抬出王重陽來。重陽眞人是全眞教創教祖師，生平只收七個弟子，武林中衆所周知，這小道人降生之日，重陽眞人早不在人世了。

李莫愁心道：「你這小醜八怪不知天高地厚，也不知我是誰，在我面前膽敢搗鬼。」轉念一想：「全眞教道士那敢隨口拿祖師爺說笑？又怎敢口稱『王重陽』三字？但他若非全眞弟子，怎地武功招式又明明是全眞派的？」

楊過見她臉上雖仍笑吟吟地，但眉間微蹙，正自沉吟，心想自己當日扮了鄉童，跟洪凌波鬧了好一陣，在古墓中又跟她們師徒數度交手，別給她們在語音舉止中瞧出破綻，事不宜遲，走爲上策，舉手行了一禮，翻身上馬，就要縱馬奔馳。

李莫愁輕飄飄的躍出，攔在他馬前，說道：「下來，我有話問你。」楊過道：「我知道你要問甚麼？你要問我，有沒見到一個左腿有些不便的年輕美貌姑娘？可知她帶的那本書在那裏？」李莫愁心中一驚，淡淡的道：「是啊，你眞聰明。那本書在那裏？」楊過道：「適才我和這師弟在道旁休息，見那姑娘和三個化子動手。一個化子給那姑娘砍了一刀，但又有兩個化子過來，那姑娘不敵，終於給他們擒住……」

李莫愁素來鎭定自若，遇上天大的事也不動聲色，但想到陸無雙旣爲丐幫所擒，那本《五毒秘傳》勢必也落入他們手中，不由得微現焦急。

楊過見謊言見效，更加誇大其詞：「一個化子從那姑娘懷裏掏出一本甚麼書來，那姑娘不肯給，卻讓那化子打了老大個耳括子。」陸無雙向他橫了一眼，心道：「好傻蛋，你胡說八道損我，瞧我不收拾你？」楊過明知陸無雙心中駭怕，故意問她道：「師弟，你說這豈不讓人生氣？那姑娘給幾個化子又摸手、又摸腳，吃了好大的虧哪，是不是？」陸無雙低垂了頭，只得「嗯」了一聲。

說到此處，山角後馬蹄聲響，擁出一隊人馬，儀仗兵勇，聲勢甚盛，原來是一隊蒙古官兵。其時金國已滅，淮河以北盡屬蒙古。李莫愁自不將這些官兵放在眼裏，但她急欲查知陸無雙的行蹤，不想多惹事端，便避在道旁，只見鐵蹄揚塵，百餘名蒙古兵將擁著一個官員疾馳而過。那蒙古官員身穿錦袍，腰懸弓箭，騎術甚精，臉容雖瞧不清楚，縱馬大跑時的神態卻頗剽悍。

李莫愁待馬隊過後，舉拂塵拂去身上給奔馬揚起的灰土。她拂塵每動一下，陸無雙的心就劇跳一下，知道這一拂若非拂去塵土，而是落在自己頭上，勢不免立時腦漿迸裂。

李莫愁拂罷塵土，又問：「後來怎樣了？」楊過道：「幾個化子擄了那姑娘，向北方去啦。小道路見不平，意欲攔阻，那兩個叫化就留下來跟我打了一架。」

李莫愁點了點頭，微微一笑，道：「很好，多謝你啦。我姓李名莫愁，江湖上叫我赤練仙子，也有人叫我赤練魔頭。你聽過我名字麼？」楊過搖頭道：「我沒聽見過。姑娘，你這般年輕美貌，眞如天仙下凡一樣，怎可稱爲魔頭啊？」李莫愁這時已三十來歲，但內功深湛，皮膚雪白粉嫩，臉上沒一絲皺紋，望之仍如二十許人。她一生自負美貌，聽楊過這般當面奉承，心下自然樂意，拂塵一擺，道：「你跟我說笑，自稱是王重陽門人，本該好好叫你吃點苦頭再死。既然你還會說話，我就只用這拂塵稍稍教訓你一下。」

楊過搖頭道：「不成，小道不能隨便跟後輩動手。」李莫愁啐道：「死到臨頭，還在說笑。我怎麼是你後輩啦？」楊過道：「我師父重陽眞人，跟你祖師婆婆是同輩，我豈非長著你一輩？你這麼個年輕貌美的小姑娘，天眞爛漫，雪白可愛，我老人家是不能欺侮你的。」李莫愁淺淺一笑，對洪凌波道：「再將劍借給他。」楊過搖手道：「不成，我……」他話未說完，洪凌波已拔劍出鞘，只聽嚓的一響，手中拿著的只是個劍柄，劍刃卻留在劍鞘之內。她愕然之間，隨即醒悟，原來楊過還劍之時暗中使了手腳，將劍刃揑斷，但微微留下幾分勉強牽連，拔劍時稍一用力，當即斷截。

李莫愁臉上變色。楊過道：「本來嘛，我是不能跟後輩年輕小姑娘們動手的，但你既定要逼我過招，這樣罷，我空手接你拂塵三招。咱們把話說明在先，只過三招，只要你接得住，我就放你走路。但三招一過，你卻不能再跟我糾纏不清啦。」他知當此情勢，不動手是不成的了，當眞比拚，自然絕不是她對手，索性老氣橫秋，裝出一派前輩模樣，再以言語擠兌，要她答應只過三招，不能再發第四招，自己反正鬥她不過，用不用兵刃也是一樣，最好她也就此不使那招數厲害之極的拂塵。

李莫愁豈不明白他用意，心道：「憑你這小子也接得住我三招？」說道：「好啊，老前輩，後輩領教啦。」楊過道：「不敢，小妹妹……」突然間只見青影晃動，身前身後都是拂塵影子。李莫愁這一招「無孔不入」，乃向敵人周身百骸進攻，雖是一招，其實千頭萬緒，一招中包含了數十招，竟同時點他全身各處大穴。她適才見楊過與兩丐交手，劍法精妙，確非庸手，定要在三招之內傷他，倒也不易，是以一上手就使出生平最得意的「三無三不手」來。

這三下招數是她自創，連小龍女也沒見過。楊過突然見到，嚇了一跳。這其實是無可抵擋的一招，閃得左邊，右邊穴道被點，避得前面，後面穴道受傷，只武功遠勝於她的高手，以狠招正面撲擊，纔能逼得她回拂塵自救。楊過自然無此功力，情急之下，突然一個觔斗，頭下腳上，運起歐陽鋒所授功夫，經脈逆行，全身穴道盡數封閉，只覺無數穴道上同時微微一麻，立即無事。他身子急轉，倒立著飛腿踢出。

李莫愁眼見明明已點中他多處穴道，他居然仍能還擊，心中大奇，跟著一招「無所不至」。這一招點的是他周身諸處偏門穴道。楊過以頭撐地，伸出左手，伸指戳向她右膝彎「委中穴」。李莫愁更驚，急忙避開，「三無三不手」的第三手「無所不為」立即使出。

這一招不再點穴，專打眼睛、咽喉、小腹、下陰等人身諸般柔軟之處，是以叫作「無所不為」，陰狠毒辣，可說已有些無賴意味。當她練此毒招之時，那想得到世上竟有人動武時會頭下腳上，匆忙中一招發出，自是照著平時練得精熟的部位攻擊敵人，這一來，攻眼睛的打中了腳背，攻咽喉的打中了小腿，攻小腹的打中了大腿，攻下陰的打中了胸膛，攻其柔虛，逢其堅實，竟沒半點功效。

李莫愁這一驚當眞非同小可，她一生中見過不少大陣大仗，武功勝過她的人也曾會過，她事先料敵周詳，或攻或守，或擊或避，均有成竹在胸，萬料不到這小道士竟有如此不可思議的功夫，只一呆之下，楊過突然張口，已咬住了她拂塵的塵絲，一個翻身，直立起來。李莫愁手中一震，竟讓他奪去了拂塵。

當年二次華山論劍，歐陽鋒逆運經脈，一口咬中黃藥師的手指，險些送了他性命。蓋逆運經脈之時，口唇運氣，一張一合，自然而然會生咬人之意。一人全身諸處之力，均不及齒力厲害，常人可用牙齒咬碎胡桃，而大力士手力再強，亦難握破胡桃堅殼。楊過內力雖不及李莫愁遠甚，但牙齒一咬住拂塵，竟奪下她用以揚威十餘載的兵刃。

這一下變生不測，洪凌波與陸無雙同時驚叫，李莫愁雖然驚訝，卻絲毫不懼，雙掌輕拍，施展赤練神掌，撲上奪他拂塵。她一掌剛要拍出，突然叫道：「咦，是你！你師父呢？」原來楊過臉上塗了泥沙，頭下腳上的急轉幾下，泥沙剝落，露出了半邊本來面目。同時洪凌波也已認出了陸無雙，叫道：「師父，是師妹啊。」先前陸無雙一直不敢與李莫愁、洪凌波正面相對，此時楊過與李莫愁激鬥，她凝神觀看，忘了側臉避開洪凌波的眼光。

楊過左足一點，飛身上了李莫愁的花驢，同時左手彈出，一根玉蜂針射進了洪凌波所乘驢子的腦袋。李莫愁大怒，飛身向楊過撲去。楊過縱身離鞍，倒轉拂塵柄，噗的一聲，將花驢打了個腦漿迸裂，大叫：「媳婦兒，快隨你漢子走。」身子落上馬背，揮拂塵向後亂打。陸無雙立即縱馬疾馳。李莫愁的輕功施展開來，一二里內大可趕上四腿的牲口，但讓楊過適才的怪招嚇得怕了，不敢過份逼近，施展小擒拿手欲奪還拂塵，第四招上左手三指碰上了塵絲，反手抓住一拉，楊過拿揑不住，又給她奪回。

洪凌波胯下的驢子腦袋中了玉蜂針，突然發狂，猛向李莫愁衝去，張嘴大咬。李莫愁喝道：「凌波，你怎麼啦？」洪凌波道：「驢子鬧倔性兒。」用力勒韁，拉得驢子滿口是血。猛地裏那驢子四腿一軟，翻身倒斃，洪凌波躍起身來，叫道：「師父，咱們追！」此時楊陸二人早奔出半里之外，再也追不上了。

陸無雙與楊過縱騎大奔一陣，回頭見師父不再追來，叫道：「傻蛋，我胸口好疼，抵不住啦！」楊過躍下馬背，俯耳在地上傾聽，並無追騎蹄聲，道：「不用怕啦，慢慢走罷。」兩人並轡而行。

陸無雙嘆了口氣，道：「傻蛋，怎麼連我師父的拂塵也給你奪下來啦？」楊過道：「我跟她胡混亂搞，她心裏一樂，就將拂塵給了我。我老人家不好意思要她小姑娘的東西，又還了給她。」陸無雙道：「哼，她為甚麼心裏一樂，瞧你長得挺俊麼？」說了這話，臉上微微一紅。楊過笑道：「她瞧我傻得有趣，也是有的。」陸無雙道：「呸！好有趣麼？」

兩人緩行一陣，怕李莫愁趕來，又催坐騎急馳。如此快一陣、慢一陣的行到黃昏。楊過道：「媳婦兒，你如要保全小命，只好拚著傷口疼痛，再跑一晚。」陸無雙道：「你再胡說八道，瞧我理不理你？」楊過伸伸舌頭，道：「可惜是坐騎累了，再跑得一晚準得拖死。」此時天色漸黑，猛聽得前面幾聲馬嘶，楊過喜道：「咱們換馬去罷。」兩人催馬上前，奔了里許，見一個村莊外繫著百餘匹馬，原來是日間所見的那隊蒙古騎兵。楊過道：「你待在這兒，我進村探探去。」翻身下馬，走進村去。

只見一座大屋的窗中透出燈光，楊過閃身窗下，向內張望，見一個蒙古官員背窗而坐。楊過靈機一動：「與其換馬，不如換人。」待了片刻，見那蒙古官站起身來，在室中來回走動。這人約莫三十來歲，正是日間所見的那錦袍官員，神情舉止，氣派甚大，看來官職不小。楊過待他背轉身時，輕輕揭起窗格，縱身而入。那官員聽到背後風聲，倏地搶上一步，左臂橫揮，一轉身，雙手十指猶似兩把鷹爪，猛揷過來，竟是招數凌厲的「大力鷹爪功」。楊過微感詫異，不意這個蒙古官員手下倒也有幾分功夫，側身從他雙手間閃過。那官員連抓數下，都給他輕描淡寫的避開。

那官員少時曾得鷹爪門的名師傳授，自負武功了得，但與楊過交手數招，竟全然無法施展手腳。楊過見他雙手又惡狠狠的揷來，突然縱高，左手按他左肩，右手按他右肩，內力直透雙臂，喝道：「坐下！」那官員雙膝一軟，坐倒在地，但覺胸口鬱悶，似有滿腔鮮血急欲噴出。楊過伸手在他乳下穴道上揉了兩揉，那官員胸臆登鬆，一口氣舒了出來，慢慢站起，怔怔的望著楊過，隔了半晌，這才問道：「你是誰？來幹麼？」這兩句漢話倒說得字正腔圓。

楊過笑了笑，反問：「你叫甚麼名字？做的是甚麼官？」那官員怒目圓瞪，又要撲上。楊過毫不理睬，卻去坐在他先前坐過的椅中。那官員雙臂直上直下的猛擊過來，楊過隨手推卸，毫不費力的將他每一招都化解了去，說道：「喂，你肩頭受了傷，別使力才好。」那官員一怔，道：「甚麼受了傷？」左手摸摸右肩，有一處隱隱作痛，忙伸右手去摸左肩，同樣部位也是一般的隱痛，這處所先前沒去碰動，並無異感，手指按到，卻有細細一點地方似乎直疼到骨裏。那官員大驚，忙撕破衣服，斜眼看時，只見左肩上有個針孔般的紅點，右肩上也是如此。他登時醒悟，對方剛才在他肩頭按落之時，手中偷藏暗器，已算計了他，不禁又驚又怒，喝道：「你使了甚麼暗器？有毒沒毒？」

楊過微微一笑，道：「你學過武藝，怎麼連這點規矩也不知？大暗器無毒，小暗器自然有毒。」那官員心中信了九成，但仍盼他只是出言恐嚇，神色間有些將信將疑。楊過微笑道：「你肩頭中了我的神針，毒氣每天伸延一寸，約莫六天，毒氣攻心，那就歸天了。」

那官員雖想求他解救，卻不肯出口，急怒之下，喝道：「既然如此，老爺跟你拚個同歸於盡。」縱身撲上。楊過閃身避開，雙手各持了一枚玉蜂針，待他又再舉手抓來，雙手伸出，將兩枚玉蜂針分別揷入了他掌心。那官員只感掌心中一痛，當即停步，舉掌見到掌心中的細針，隨即只覺兩掌痲木，大駭之下，再也不敢倔強，過了半晌，說道：「算我輸了！」

楊過哈哈大笑，問道：「你叫甚麼名字？」那官員道：「下官耶律鑄，請問英雄高姓大名？」楊過道：「我叫楊過。你在蒙古做甚麼官？」耶律鑄說了。原來他是蒙古大丞相耶律楚材的長子。耶律楚材輔助成吉思汗和窩闊台平定四方，功勳卓著，是以耶律鑄年紀不大，卻已做到汴梁經略使的大官，這次是南下到河南汴梁去就任。

楊過也不懂汴梁經略使是甚麼官職，只點點頭，說道：「很好，很好。」耶律鑄道：「下官不知何以得罪了楊英雄，當眞胡塗萬分。楊英雄但有所命，請吩咐便是。」楊過笑了笑，道：「也沒甚麼得罪了。」突然一縱身，躍出窗去。耶律鑄大驚，急叫：

「楊英雄……」奔到窗邊，楊過早已影蹤全無。耶律鑄驚疑不定：「此人倏忽而來，倏忽而去，我身上中了他的毒針，那便如何是好？」忙拔出掌心中的細針，肩頭和掌心漸感麻癢難當。

正心煩意亂間，窗格一動，楊過已然回來，室中又多了一個少女，正是陸無雙。耶律鑄道：「啊，你回來了！」楊過指著陸無雙道：「她是我的媳婦兒，你向她磕頭罷！」陸無雙喝道：「你說甚麼？」反手就是一記巴掌。楊過倘若要避，這一記如何打他得著？但自找尋不著小龍女，沮喪無聊之際，心情反常，頗願自虐受苦，只覺受她打上一掌、罵得幾句，說不出的舒服受用，竟不躲開，啪的一響，面頰上熱辣辣的吃了一掌。

耶律鑄不知二人平時鬧著玩慣了的，只道陸無雙的武功比楊過還要高強，呆呆的望著二人，不敢作聲，楊過撫了撫被打過的面頰，對耶律鑄笑道：「你中了我神針之毒，但一時三刻死不了。只要乖乖聽話，我自會給你治好。」耶律鑄道：「下官生平最仰慕的是英雄好漢，只可惜從來沒見過眞正有本領之人，今日得能結識高賢，實慰平生之望。楊英雄有何吩咐，下官樂於照辦。」這幾句話既自高身分，又將對方大大的捧了一下。

楊過從來沒跟官府打過交道，不知居官之人最大的學問就是奉承上司，越精通做官之道的，諂諛之中越不露痕跡。耶律鑄原是遼國人，本來粗野誠樸，遼亡後在蒙古朝裏做官，漸漸也沾染了中國官場的習氣。楊過給他幾句馬屁一拍，心中大喜，翹起拇指讚道：「瞧你不出，倒是個挺有骨氣的好漢子。來，我立刻給你治了。」當下用吸鐵石將他肩頭的兩枚玉蜂針吸了出來，再給他在肩頭和掌心敷上傷藥。小龍女與楊過若非當眞遭逢大敵，所使玉蜂針是只餵極輕微毒藥的那一種。

陸無雙從未見過玉蜂針，這時見那兩口針細如頭髮，似乎放在水面也浮得起來，心想：「一陣風就能把這針吹得不知去向，卻如何能作爲暗器？」對楊過佩服之心不由得又增了一分，口中卻道：「使這般陰損暗器，沒點男子氣概，也不怕旁人笑話。」

楊過笑了笑，卻不理會，向耶律鑄道：「我們兩個，想投靠大人，做你侍從。」耶律鑄一驚，忙道：「楊英雄說笑話了，有何囑咐，請說便是。」楊過道：「我不說笑話，當眞是要做大人的侍從。」耶律鑄心想：「原來這二人想做官，圖個出身。」不由得架子登時大了起來，咳嗽一聲，正色道：「嗯，學了一身武藝，賣與帝皇家，那才是正途啊。」楊過笑道：「這個你又想錯了。我們有個極厲害的仇家對頭，一路在後追趕。咱倆打她不過，想裝成你的侍從，暫時躲她一躲。」耶律鑄好生失望，一張板了起來的臉重又放鬆，陪笑道：「想兩位這等武功，區區仇家，何足道哉。倘若他們人多勢衆，下官招集兵勇，將他們拿來聽憑處置便是。」楊過道：「連我也打她不過，大人那些兵勇就不必費事啦。快吩咐侍從，給我們拿衣服更換。」

他這幾句話說得甚為輕鬆，但語氣中自有一股威嚴，耶律鑄連聲稱是，命侍從取來衣服。楊陸二人到另室去更換了。陸無雙取過鏡子一照，鏡中人貂衣錦袍，明眸皓齒，居然是個美貌的少年蒙古軍官，自覺有趣。

次晨一早起程。楊過與陸無雙各乘一頂轎子，由轎夫抬著，耶律鑄仍然騎馬，未到午時，但聽得鸞鈴之聲隱隱響起，由遠而近，從一行人身邊掠了過去。陸無雙大喜，心道：「在這轎中舒舒服服的養傷，眞再好不過。傻蛋想出來的傻法兒倒也有幾分道理。我就這麼讓他們抬到江南。」

如此行了兩日，不再聽得鸞鈴聲響，想是李莫愁一直追下去，不再回頭尋找。向陸無雙尋仇的道人、丐幫等人，也沒發覺她的蹤跡。

第三日上，一行人到了龍駒寨，那是秦豫之間的交通要地，市肆繁盛。用過晚飯後，耶律鑄踱到楊過室中，向他請教武學，高帽一頂頂的送來，將楊過奉承得通體舒泰。楊過也就隨意指點一二。耶律鑄正自聚精會神的傾聽，一名侍從匆匆進來，說道：「啓稟大人，京裏老大人送家書到。」耶律鑄喜道：「好，我就來。」正要站起身向楊過告罪，轉念一想：「我就在他面前接見信使，以示我對他絲毫無見外之意，那麼他教我武功時也必盡心。」於是向侍從道：「叫他到這裏見我。」

那侍從臉上有異樣之色，道：「那……那……」耶律鑄將手一揮，道：「不礙事，你帶他進來。」那侍從道：「是老大人自己……」耶律鑄臉一沉道：「有這門子囉唆，快去……」話未說完，突然門帷掀處，一人笑著進來，說道：「鑄兒，你料不到是我罷。」

耶律鑄一見，又驚又喜，急忙搶上跪倒，叫道：「爹爹，怎麼你老人家……」那人笑道：「是啊！是我自己來啦。」那人正是耶律鑄的父親，蒙古國大丞相耶律楚材。當時蒙古官制稱爲中書令。

楊過聽耶律鑄叫那人爲父親，不知此人威行數萬里，乃當今一人之下、萬人之上，最有權勢的大丞相，向他瞧去，但見他年紀也不甚老，相貌清雅，威嚴中帶著三分慈和，心中不自禁的生了敬重之意。

那人剛在椅上坐定，門外又走進兩個人來，上前向耶律鑄見禮，稱他「大哥」。這兩人一男一女，男的二十三、四歲，女的年紀與楊過相仿。耶律鑄喜道：「二弟，三妹，你們也都來啦。」向父親道：「爹爹，你出京來，孩兒一點也不知道。」耶律楚材點頭道：「是啊，有一件大事，若非我親來主持，委實放心不下。」他向楊過等衆侍從望了一眼，示意要他們退下。

耶律鑄好生爲難，本該揮手屛退侍從，但楊過卻是個得罪不得之人，不由得臉現猶豫之色。楊過知他心意，笑了一笑，自行退了出去。耶律楚材早見楊過舉止有異，自己進來時，衆侍從拜伏行禮，只這一人挺身直立，此時翩然而出，更有獨來獨往、傲視公侯之概，不禁心中一動，問耶律鑄道：「此人是誰？」

耶律鑄是開府建節的封疆大吏，若在弟妹之前直說楊過的來歷，未免太過丟臉，當下含糊答道：「是孩兒在道上結識的一個朋友。爹爹親自南下，不知爲了何事？」耶律楚材領了兒女三人到耶律鑄臥房中說話。他嘆了口氣，緩緩說明情由。

原來蒙古國大汗成吉思汗逝世後，第三子窩闊台繼位。窩闊台做了十三年大汗逝世，皇后尼瑪察臨朝主政。皇后信任羣小，排擠先朝的大將大臣，朝政混亂。宰相耶律楚材是三朝元老，又是開國功臣，遇到皇后措施不對之處，時時忠言直諫。皇后見他對自己諭旨常加阻撓，自然惱怒，但因他位高望重，所說的又爲正理，輕易動搖不得。耶律楚材自知得罪皇后，全家百口的性命危如累卵，便上了一道奏本，說道河南地方不靖，須派大臣宣撫，自己請旨前往。皇后大喜，心想此人走得越遠越好，免得日日在眼前惹氣，當即准奏。於是耶律楚材帶了次子耶律齊、三女耶律燕，逕來河南，此行名爲宣撫，實爲避禍。

楊過見耶律楚材等走出自己居室，便回入己房，跟陸無雙胡言亂語的說笑，陸無雙偏過了頭不加理睬。楊過逗了她幾次全無回答，當即盤膝而坐，用起功來。

陸無雙卻感沒趣了，見他垂首閉目，過了半天仍然不動，說道：「喂，傻蛋，怎麼這當兒用起功來啦？」楊過不答。陸無雙怒道：「用功也不急在一時，你陪不陪我說話兒？」正要伸手去呵他癢，楊過忽然一躍而起，低聲道：「有人在屋頂窺探！」陸無雙沒聽到絲毫聲息，抬頭向屋頂瞧了一眼，低聲道：「又來騙人？」楊過道：「不是這裏，在那邊兩間屋子之外。」陸無雙更加不信，笑了笑，低低罵了聲：「傻蛋。」只道他裝傻說笑。

楊過扯了扯她衣袖，低聲道：「別要是你師父尋來啦，咱們先躲著。」陸無雙聽到「師父」兩字，背上登時出了一片冷汗，跟著他走到窗口。楊過指向西邊，陸無雙抬起頭來，果見兩間屋子外的屋頂上黑黝黝的伏著個人影。此時正當月盡夜，星月無光，若非凝神觀看，還眞分辨不出，心中佩服：「不知傻蛋怎生察覺的？」她知師父向來自負，夜行穿的還是杏黃或靛青道袍，決不改穿黑衣，在楊過耳邊低聲道：「不是師父。」

一言方畢，那黑衣人突然長身而起，在屋頂飛奔過去，到了耶律父子的窗外，抬腿踢開窗格，執刀躍進窗中，叫道：「耶律楚材，今日我跟你同歸於盡罷。」卻是女子聲音。

楊過心中一動：「這女子身法好快，武功似在耶律鑄之上，老頭兒只怕性命難保。」陸無雙叫道：「快去瞧！」兩人奔了過去，伏在窗外向內張去。

只見耶律鑄提著一張板凳，前支後格，正與那黑衣女子相鬥。那女子年紀甚輕，但刀法狠辣，手中柳葉刀鋒利異常，連砍數刀，已將板凳的四隻凳腳砍去。耶律鑄眼見不支，叫道：「爹爹，快避開！」隨即縱聲大叫：「來人哪！」那少女忽地飛起一腿，耶律鑄猝不及防，正中腰間，翻身倒地。那少女搶上一步，舉刀朝耶律楚材頭頂劈落。

楊過暗道：「不好！」心想先救了人再說，手中扣著一枚玉蜂針，正要往少女手腕上射去，只聽得耶律楚材的女兒耶律燕叫道：「不得無禮！」右手出掌往那少女臉上劈落，左手以空手奪白刃手法去搶她刀子。這兩下配合得頗爲巧妙，那少女側頭避開來掌，手腕已給耶律燕搭住，百忙中飛腿踢出，敎她不得不退，手中單刀才沒給奪去。楊過見這兩個少女出手迅捷，暗暗稱奇，見霎時之間，兩人已砍打閃劈，拆解了七八招。

這時門外衝進來十餘名侍衛，見二人相鬥，均欲上前。耶律鑄道：「慢著！三小姐不用你們幫手。」

楊過低聲向陸無雙道：「媳婦兒，這兩個姑娘的武功勝過你。」陸無雙大怒，側身就是一掌。楊過微笑避開，道：「別鬧，還是瞧人打架的好。」陸無雙道：「那麼你跟我說眞個的，到底是我強，還是她們強？」楊過低聲道：「一個對一個，這兩個姑娘都不如你。你一個打她們兩個呢，單論武功你就要輸。只不過她們的打法太也老實，遠不及你詭計多端、陰險毒辣，因此畢竟還是你贏。」陸無雙心下歡喜，低聲道：「甚麼

『詭計多端、陰險毒辣』的，可有多難聽！那是變化多端、靈活巧妙，說到詭計多端，世上沒人及得上咱們的傻蛋傻大爺。」楊過微笑道：「那你豈不成了傻大娘？」陸無雙輕輕啐了一口。

只見兩女又鬥一陣，耶律燕終究因沒兵刃，數次要奪對方的柳葉刀沒能奪下，反給逼得東躲西閃，沒法還手。耶律齊道：「三妹，我來試試。」斜身側進，右手連發三掌。耶律燕退在牆邊，道：「好，瞧你的。」

楊過只瞧了耶律齊出手三招，不由得暗暗驚詫。只見他左手揷在腰裏，始終不動，右手一伸一縮，也不移動腳步，隨手應付那少女的單刀，招數精妙，而時刻部位拿揑之準，更是不凡，心道：「此人好生了得，似乎是全眞派的武功，卻又頗有不同。」

陸無雙道：「傻蛋，他武功比你強得多啦。」楊過瞧得出神，竟沒聽見她說話。

李莫愁見楊過劍法精奇，自己每招每式都在他意料之中，心下怨恨師父偏心，突然縱身躍到桌上，右足斜踢，左足踏在桌邊，身子前後晃動，飄逸有致。

第十回　少年英俠

耶律齊道：「三妹，你瞧仔細了。我拍她臂儒穴，她定要斜退相避，我跟著拿她巨骨穴，她不得不舉刀反砍。這時出手要快，就能奪下她兵刃。」那黑衣少女怒道：「呸，也沒這般容易。」

耶律齊道：「是這樣。」說著右掌往她「臂儒穴」拍去。這一掌出手歪歪斜斜，卻將她前後左右的去路都封住了，只留下左側後方斜角一個空隙。那少女要躲他這一拍，只得斜退兩步。耶律齊點了點頭，果然伸手拿她「巨骨穴」。那少女心中一直記著：「千萬別舉刀反砍。」但形格勢禁，只有舉刀反砍才是連消帶打的妙著，當下無法多想，立時舉刀反砍。耶律齊道：「是這樣！」人人以為他定是要伸手奪刀，那知他右手也縮了回來，與左手相拱，雙手籠入袖筒。那少女一刀沒砍著，卻見他雙手籠袖，微微一呆。耶律齊右手忽地伸出，兩根手指夾著刀背一提，那少女握刀不住，給他奪了過去。

衆人見此神技，一時呆了半晌，隨即一個哄堂大采。那黑衣少女臉色沮喪，呆立不動。衆人都想：「二公子不出手擒你，明明放你一條生路。你還不走，更待何時？」

耶律齊緩步退開，向耶律燕道：「她也沒了兵刃，你再跟她試試，膽子大些，留心她的掌中腿。」耶律燕踏上兩步，說道：「完顏萍，我們一再饒你，你始終苦苦相逼，難道到了今日還不死心麼？」完顏萍不答，垂頭沉吟。

耶律燕道：「你既定要與我分個勝負，咱們就爽爽快快動手罷！」說著衝上去迎面就是兩拳。完顏萍後躍避開，悽然道：「刀子還我。」耶律燕一怔，心道：「我哥哥奪了你兵刃，明明是要你和我平手相鬥，怎地你又要討還刀器？」說道：「好罷！」從哥哥手裏接過柳葉刀拋給了她。一名守衛倒轉手中單刀遞過，說道：「三小姐，你也使兵刃。」耶律燕道：「不用。」但轉念一想：「我空手打不過她，咱們就比刀。」接刀虛劈兩下，覺得稍微沉了一點，但勉強也可使得。

完顏萍臉色慘白，左手提刀，右手指著耶律楚材道：「耶律楚材，你幫著蒙古人，害死我爹爹媽媽，今生我不能找你報仇了。咱們到陰世再算帳罷！」說話甫畢，左手橫刀就往自己脖子中抹去。

楊過聽她說這幾句話時眼神悽楚，一顆心怦的一跳，胸口一痛，失聲叫道：「姑姑！」

就在此時，完顏萍已橫刀自刎。耶律齊搶上兩步，右手長出，又伸兩指將她柳葉刀奪過，隨手點了她臂上穴道，說道：「好端端的，何必自尋短見？」橫刀自刎、雙指奪刀，都只一霎間之事，待衆人瞧得清楚，刀子已重入耶律齊之手。

其時室內衆人齊聲驚呼，楊過的一聲「姑姑」沒人在意，陸無雙在他身旁卻聽得清楚，低聲問道：「你叫甚麼？她是你姑姑？」楊過忙道：「不，不！不是。」原來他見完顏萍眼波中流露出一股悽惻傷痛、萬念俱灰的神色，就如小龍女與他決絕分手時一模一樣。他斗然間見到，不由得如痴如狂，竟不知身在何處。

耶律楚材緩緩說道：「完顏姑娘，你已行刺過我三次。我身爲大蒙古國宰相，滅了你大金國，害你父母。可是你知我的祖先卻又是爲何人所滅呢？」完顏萍微微搖頭，道：「我不知道。」耶律楚材道：「我姓耶律的是大遼國國姓，大遼國是給你金國滅了的。我大遼國耶律氏的子孫，給你完顏氏殺戮得沒剩下幾個。我少時立志復仇，這才輔佐蒙古大汗滅你金國。唉，怨怨相報，何年何月方了啊？」說到最後這兩句話時，抬頭望著窗外，想到只爲了幾家人爭爲帝王，以致千城民居盡成廢墟，萬里之間屍積爲山，血流成河。

完顏萍茫然無語，露出幾顆白得發亮的牙齒，咬住上唇，哼了一聲，向耶律齊道：「我三次報仇不成，自怨本領不濟，那也罷了。我要自盡，又干你何事？」耶律齊道：「姑娘只要答允以後不再尋仇，你這就去罷！」完顏萍又哼了一聲，怒目而視。耶律齊倒轉柳葉刀，用刀柄在她腰間輕輕撞了幾下，解開她穴道，隨即將刀遞了過去。

完顏萍欲接不接，微一猶豫，終於接過，說道：「耶律公子，你數次手下容情，以禮相待，我豈有不知？只是我完顏家跟你耶律家仇深似海，憑你如何慷慨高義，我父母的血海深仇不能不報。」

耶律齊心想：「這女子始終糾纏不清，她武藝不弱，我總不能寸步不離爹爹，若有失閃，如何是好？嗯，不如用言語相迫，教她只能來找我。」朗聲說道：「完顏姑娘，你為父母報仇，志氣可嘉。只是老一輩的帳，該由老一輩自己了結。咱們做小輩的自己各有恩怨。你家與我家的血帳，你只管來跟我耶律齊算便是，若再找我爹爹，在下此後與姑娘遇到，可就十分為難了。」

完顏萍道：「哼，我武藝遠不及你，怎能找你報仇？罷了，罷了。」說著掩面便走。

耶律齊知她這一出去，必定又圖自盡，有心要救她一命，冷笑道：「嘿嘿，完顏家的女子好沒志氣！」完顏萍霍地轉過身來，惱道：「怎地沒志氣了？」耶律齊冷笑道：「我武功高於你，那不錯，可這又有甚麼希罕？只因我曾得明師指點，並非我自己真有甚麼過人之處。你所學的鐵掌功夫，原是一門了不起的武功，不過教你的那位師父所學未精，你練的時日又淺，暫且不及旁人，原是理所當然。只要苦心去另尋明師，難道就找不著了？」完顏萍本來滿腔怨怒，聽了這幾句話，不由得暗暗點頭。

耶律齊又道：「我每次跟你動手，只用右手，非是我傲慢無理。只因我左手力大，出手往往便要傷人。這樣罷，待你再從明師之後，隨時可來找我，只要逼得我使用左手，我引頸就戮，決無怨言。」他知完顏萍的功夫與自己相差太遠，縱得高人指點，也難以勝得過自己單手；料想一個人欲圖自盡，只一時忿激，只要她去尋師學藝，心有專注，過得若干時日，自不會再生自殺的念頭。

完顏萍心想：「你又不是神仙，我痛下苦功，難道兩隻手當真便勝不了你單手？」提刀在空中虛劈一下，沉著聲音道：「好！君子一言……」耶律齊接口道：「快馬一鞭！」完顏萍向衆人再也不望一眼，昂首而出，但臉上掩不住流露出淒涼之色。

衆侍衛見二公子放她走路，自均不敢攔阻，紛紛向耶律楚材道驚請安，退出房去。耶律鑄見此處鬧得天翻地覆，但楊過始終並不現身，暗感奇怪。耶律燕道：「二哥，你怎麼又放了她走？」耶律齊道：「不放她怎麼？難道殺了她？」耶律燕抿嘴笑道：「你放她總是不對。」耶律齊道：「甚麼？」耶律燕笑道：「你既要她作我嫂子，就不該放她啊。」耶律齊正色道：「別胡說！」耶律燕見他認眞，怕他動怒，不敢再說笑話。

楊過在窗外聽耶律燕說到「要她做我嫂子」幾字，心中突然無緣無故的感到一陣酸意，見完顏萍上路向東南方而去，當下向陸無雙道：「我瞧瞧去。」陸無雙道：「瞧甚麼？」楊過不答，展開輕功追了出去。

完顏萍武功並不甚強，輕功卻甚高明，楊過提氣直追，直到龍駒寨鎮外，才見到她後影。只見她落入一座屋子的院子，推門進房。楊過跟著躍進，躲在牆邊。過了半晌，西廂房中傳出燈火，隨即聽到一聲長嘆。這一聲嘆息中直有千般怨愁，萬種悲苦。

楊過在窗外聽著，怔怔的竟然痴了，觸動心事，不知不覺的也長嘆一聲。完顏萍聽得窗外有人嘆息，大吃一驚，忙吹熄燈火，退在牆壁之旁，低聲喝問：「是誰？」楊過道：「跟你一般，也是傷心之人。」完顏萍更是一怔，聽他語氣中似乎並無惡意，又問：「你到底是誰？」楊過道：「常言道：君子報仇，十年未晚。你幾次行刺不成，便想自殺，可不是將自己性命看得忒也輕了？更將這番血海深仇看得忒也輕了？」

完顏萍呀的一聲，兩扇門推開，完顏萍點亮燭火，道：「閣下請進。」楊過在門外雙手一拱，走進房去。完顏萍見他身穿蒙古軍官裝束，年紀甚輕，微感驚訝，說道：「閣下指教得是，請問高姓大名。」

楊過不答，雙手籠在袖筒之中，說道：「耶律齊大言不慚，自以為只用右手就算本領了得，其實要奪人之刀，點人穴道，一隻手也不用又有何難？」完顏萍心中不以爲然，只是未摸淸對方底細，不便反駁。楊過道：「我教你三招武功，就能逼耶律齊雙手齊用。現下我先和你試試，我既不用手，又不使腳，跟你過幾招如何？」完顏萍大奇，心道：「難道你有妖法，一口氣便能將我吹倒了？」楊過見她遲疑，道：「你只管用刀子砍我，我如閃避不了，是我學藝不精，死而無怨。」完顏萍道：「好罷，我也不用刀，只用拳掌打你。」楊過搖頭道：「不，我不用手腳而奪下你刀子，你方能信服。」

完顏萍見他似笑非笑的神情，微微有氣，說道：「閣下如此了得，當眞聞所未聞。」說著抽出單刀，往他肩頭劈去。她見楊過雙手籠袖，渾若無事，只怕傷了他，這一刀的準頭略略偏了些。楊過瞧得明白，動也不動，說道：「不用相讓，要眞砍！」柳葉刀從他肩旁直劈而下，與他身子相離也只寸許。完顏萍見他毫不理會，好生佩服他膽量，又想：「難道這是個渾人？」柳葉刀一斜，橫削過去，這次卻不容情了。楊過斗地矮身，刀鋒從他頭頂掠過，相差仍只寸許。

完顏萍打起精神，提刀直砍。楊過順著刀勢避過，道：「你刀中還可再夾掌法。」完顏萍道：「好！」橫刀砍出，左掌跟著劈去。楊過側身閃避，道：「再快些不妨。」完顏萍將一路刀法施展開來，掌中夾刀，愈出愈快。楊過道：「你掌法凌厲，好過刀法。耶律齊說這是鐵掌功夫，是不是？」完顏萍點點頭，出手更加狠辣。楊過雙手始終籠在袖中，在掌影刀鋒間飄舞來去。完顏萍單刀鐵掌，連他衣服也碰不到半點。

她一套刀法使了大半，楊過道：「小心啦，三招之內，我奪你刀。」完顏萍此時對他已甚爲佩服，但說要在三招之內奪去自己兵刃，卻仍不信，不由自主的將刀柄握得更加緊了，說道：「你奪啊！」橫刀使一招「雲橫秦嶺」，向他頭頸削去。楊過一低頭，從刀底下鑽過，側過頭來，額角正好撞正她右手肘彎「曲池穴」。完顏萍手臂酸軟，手指無力。楊過仰頭張口，咬住刀背，輕輕巧巧的便奪過刀子，跟著頭一側，刀柄撞在她脅下，已點中了穴道。

楊過抬頭鬆齒，向上甩去，柳葉刀飛了上去，他將刀拋開，爲的是要清清楚楚說話，說道：「怎麼樣，服了麼？」說了這六個字，那刀落將下來，楊過張口咬住，笑嘻嘻的瞧著她。完顏萍又驚又喜，點了點頭。

楊過見她秋波流轉，嬌媚動人，不自禁想抱她一抱，親她一親，只是此事太過大膽荒唐，咬住刀背，一張臉脹得通紅。完顏萍那知他的心事，但見他神色怪異，心中微感驚奇，自覺全身酸麻，雙腿軟軟的似欲摔倒。楊過踏上一步，距她已不過尺許，正想拋去刀子，把嘴唇湊到她眼皮上去親一個吻，猛地想起：「她好生感激那耶律齊以禮相待，難道我就不如他了？哼，我偏要處處都勝過他。」低下頭來，下顎一擺，將刀柄在她腰間一撞，解開她穴道，將刀柄遞了過去。

完顏萍不接刀子，雙膝跪地，說道：「求師父指點，小女子得報父母深仇，永感大德。」楊過大爲狼狽，急忙扶起，伸手從口中取下單刀，說道：「我怎能做你師父？不過我能教你一個殺了那耶律齊的法門。」完顏萍大喜，道：「只要能殺了耶律齊，他哥哥和妹子我都不怕，自能再殺他父親……」說到此處，忽然想起一事，黯然道：「唉，待得我學到能殺他的本事，那耶律老兒怎能還在世上？我父母之仇，終究報不了的啦。」楊過笑道：「那耶律老兒一時三刻之命，總還是有的。」完顏萍奇道：「甚麼？」楊過道：「要殺耶律齊又有何難？現下我教你三招，今晚就能殺了他。」

完顏萍曾三次行刺耶律楚材，三次都讓耶律齊行若無事的打敗，知他本領高於自己十倍，心想眼前這蒙古少年軍官武功雖強，未必就勝過了耶律齊，縱使勝得，也決不能只教自己三招，就能用之殺了他，而今晚便能殺他，更加萬萬不能。她怕楊過著惱，不敢出言反駁，只微微搖頭，眼中那股讓他瞧了發痴發狂的眼色，不住滾來滾去。

楊過明白她心意，說道：「不錯，我武功未必在他之上，當眞動手，說不定我還輸多嬴少。但要教你三招，今晚去殺了他，卻決非難事。就只怕他曾饒你三次，你下不了手而已。」完顏萍心中一動，隨即硬著心腸道：「他雖有德於我，但父母深仇，不能不報。」楊過道：「好，這三招我便教你。你若能殺他而不願下手，那便如何？」完顏萍道：「憑你處置便了。反正你這麼高的本領，要打要殺，我還能逃得了麼？」楊過心道：「我怎捨得打你殺你？你殺不殺他，跟我又有甚相干？」微微一笑，說道：「其實這三招也沒甚麼了不起。你瞧清楚了。」

楊過提起刀來，緩緩自左而右的砍去，說道：「第一招，是『雲橫秦嶺』。」完顏萍心道：「這一招我早就會了，何用你教？」見刀鋒橫來，側身而避。楊過突出左手，抓住她的右掌，說道：「第二招，是你剛才使用過兩次的『枯藤纏樹』。」完顏萍點頭道：「是，這是我鐵掌擒拿手中的一招。」楊過握著她又軟又滑的手掌，心中一蕩，笑道：「你該學羊脂玉掌功才是，怎麼去學鐵掌擒拿手了？」完顏萍不知他是出言調笑，道：「有羊脂玉掌功麼？這名兒倒挺美。」只覺他揑住自己手掌，一緊一放，使力極輕，覺得這手法還不及自己所學以鐵掌功爲基的擒拿手厲害，心想：「你第一招與第二招都是我所會的功夫，難道單憑第三招一招，就能殺了耶律齊？」楊過凝視她眼睛，叫道：「看仔細了！」突然手腕疾翻，橫刀往自己項頸中抹去。

完顏萍大驚，叫道：「你幹甚麼？」她右手給楊過牢牢握住，忙伸左手去奪他單刀。雖在危急之中，她的鐵掌擒拿手仍出招極準，一把抓住楊過手腕，往外力拗，叫他手中刀子不能及頸。楊過鬆開了手，退後兩步，笑道：「你學會了麼？」

完顏萍驚魂未定，只嚇得一顆心怦怦亂跳，不明他的用意。楊過笑道：「你先使『雲橫秦嶺』橫削，再使『枯藤纏樹』牢牢抓住他右手，第三招舉刀自刎，他勢必用左手救你。他向你立過誓，只要你逼得他用了左手，任你殺他，死而無怨。這不成了麼？」完顏萍一想不錯，怔怔的瞧著他。楊過道：「這三招萬無一失，若不收效，我跟你磕頭。」完顏萍微微搖頭，說道：「他說過不用左手，一定不會用的。那便怎地？」楊過道：「那又怎地？你永世報不了仇啦，自己死了不就乾淨？」完顏萍悽然點頭，道：「你說得對。多謝指點迷津。閣下到底是誰？」

楊過還未回答，窗外忽然有個女子聲音叫道：「他叫傻蛋，你別信他鬼話。」楊過聽得是陸無雙的聲音，只笑了笑，並不理會。完顏萍縱向窗邊，只見黑影一閃，一個人影躍出圍牆。

完顏萍待要追出，楊過拉住她手，笑道：「不用追了，是我的同伴。她最愛跟我過不去。」完顏萍望著他，沉吟半晌，道：「你既不肯說自己姓名，那也罷了。我信得過你對我總是一番好意。」楊過見她秋波一轉，神色楚楚，不由得心生憐惜，當下拉著她手，和她並肩坐在床沿，柔聲道：「我姓楊名過，我是漢人，不是蒙古人。我爹爹媽媽都死啦，跟你身世一般……」完顏萍聽他說到這裏，心裏一酸，兩滴淚珠奪眶而出。楊過心情激盪，忽然哇的一聲，哭了出來。完顏萍從懷裏抽出一塊手帕，擲給了他。楊過拿到臉上拭抹，想到自己身世，眼淚卻愈來愈多。

完顏萍強笑道：「楊爺，你瞧我倒把你招哭啦。」楊過道：「別叫我楊爺。你今年幾歲啦？」完顏萍道：「我十八歲，你呢？」楊過道：「我也是十八。」心想：「我如月份小過她，給她叫一聲兄弟，可沒味兒。」說道：「我是正月裏的生日，以後你叫我楊大哥得啦。我也不跟你客氣，叫你完顏妹子啦。」完顏萍臉上一紅，覺得此人做事單刀直入，好生古怪，但對自己確然並無惡意，便點了點頭。

楊過見她點頭，喜得心癢難搔。完顏萍容色清秀，身材瘦削，遭逢不幸，似乎生來就叫人憐惜，而最要緊的是她盈盈眼波竟與小龍女極爲相似。他可沒想到一個人心中哀傷，眼色中自然有悽苦之意，天下之人莫不皆然，說她眼波與小龍女相似，只因他久尋小龍女不見，思念深切，也只是他自欺自慰的念頭而已。他凝視著她眼睛，忽而將她的黑衣幻想而爲白衣，將她瘦瘦的瓜子臉幻想成爲小龍女清麗絕俗的容貌，痴痴的瞧著，臉上不禁流露出了祈求、想念、愛憐種種柔情。

完顏萍有些害怕，輕輕掙脫他手，低聲道：「你怎麼啦？」楊過如夢方醒，嘆了口氣，道：「沒甚麼。你去不去殺他？」完顏萍道：「我這就去。楊大哥，你陪不陪我？」楊過待要說「自然陪你去」，轉念一想：「若我在旁，她有恃無恐，自刎之情不切，耶律齊就不會中計。」說道：「我不便陪你。」

完顏萍眼中登時露出失望之色，楊過心裏一軟，幾乎便要答應陪她，那知完顏萍幽幽的道：「好罷，楊大哥，只怕我再也見不到你啦。」楊過忙道：「那裏，那裏，我……」

完顏萍悽然搖頭，逕自奔出屋去，片刻之間，又已回到耶律鑄的住處。

這時耶律楚材等各已回房，正要安寢。完顏萍在大門上敲了兩下，朗聲說道：「完顏萍求見耶律齊耶律公子。」早有幾名侍衛奔過來，待要攔阻，耶律齊打開門來，說道：「完顏姑娘有何見教？」完顏萍道：「我再領教你的高招。」耶律齊心中奇怪：「怎地你如此不自量力？」側身讓開，右手一伸，說道：「請進。」

完顏萍進房拔刀，呼呼呼連環三招，刀風中夾著六招鐵掌掌法，這「一刀夾雙掌」自左右分進合擊。耶律齊左手下垂，右手劈打戳拿，將她三刀六掌盡數化解，心想：「怎生尋個法兒，叫她知難而退，永不再來糾纏？」

二人鬥了一陣，完顏萍正要使出楊過所授的三招，門外忽有一女子聲音叫道：「耶律齊，她要騙你使用左手，可須小心了。」正是陸無雙出聲呼叫。耶律齊一怔，完顏萍不等他會過意來，立時一招「雲橫秦嶺」削去，待他側身閃避，斗地伸出左手，「枯藤纏樹」，已抓住他右手，右手迴轉，橫刀猛往自己頸中抹去。

在這電光石火的一瞬之間，耶律齊心中轉了幾轉：「定須救她？但她是在騙我用左手，我一使上左手，這條命就是交給她了。大丈夫死則死耳，豈能見死不救？」楊過逆料耶律齊的心思，只要突然出此三招，他非出左手相救不可，那知陸無雙從中搗亂，竟爾搶先提醒。本來這法子已然不靈，但耶律齊慷慨豪俠，明知這一出手相救，乃自捨性命，危急之際竟仍伸出左手，在完顏萍右腕上一擋，手腕翻處，奪過了她柳葉刀。

二人交換了這三招，各自躍後兩步。耶律齊不等她開口，將刀擲了過去，說道：「你已迫得我用了左手，你殺我便是，但有一事相求。」完顏萍臉色慘白，道：「甚麼事？」耶律齊道：「求你別再加害家父。」完顏萍「哼」了一聲，慢慢走近，舉起刀來，燭光下只見他神色坦然，凜凜生威，見到這般男子漢的氣概，想起他是爲了相救自己才用左手，這一刀那裏還砍得下去？她眼中殺氣突轉柔和，將刀子往地下一擲，掩面奔出。

她六神無主，信步所之，直奔郊外，到了一條小溪之旁，望著淡淡的星光映在溪中，心中亂成一團。過了良久良久，嘆了口長氣。

忽然身後也發出一聲嘆息。完顏萍一驚，轉過身來，只見一人站在身後，正是楊過。她叫了聲「楊大哥」，垂首不語。楊過上前握住她雙手，安慰她道：「要爲父母報仇，原非易事，那也不必性急。」完顏萍道：「你都瞧見了？」楊過點點頭。完顏萍道：「以我這般無用之輩，報仇自然不易。我只要有你一半功夫，也不會落得如此下場。」

楊過攜著她手，和她並排坐在一棵大樹下，說道：「縱然學得我的武功，又有何用？你眼下雖不能報仇，總知道仇人是誰，日後豈無良機？我呢？連我爹爹是怎樣死的也不知，是誰害死他也不知，甚麼報仇雪恨，全不用提。」

完顏萍一呆，道：「你父母也是給人害死的麼？」楊過嘆道：「我媽是病死的，我爹爹卻死得不明不白。我從來沒見過我爹一面。」完顏萍道：「那怎麼會？」

楊過道：「我媽生我之時，我爹已經死了。我常問我媽，爹爹到底是怎麼死的，仇人是誰？我每次問起，媽媽總垂淚不答，後來我就不敢再問啦。那時候我想，等我年紀大些再問不遲，那知道媽媽忽然一病不起。她臨死時我又問起。媽媽只是搖頭，說道：『你爹爹……你爹爹……唉，孩兒，你這一生一世千萬別想報仇。你答允媽，千萬不能想爲爹爹報仇。』我又悲傷，又難過，大叫：『我不答允，我不答允！』媽一口氣轉不過來，就此死了。唉，你說我怎生是好啊？」他說這一番話原意是安慰完顏萍，但說到後來，自己也傷心起來。常言道：「殺父之仇，不共戴天」，人若不報父仇，乃最大不孝，終身蒙受恥辱，爲世人所不齒。楊過連殺父仇人的姓名都不知道，這恨事藏在心中鬱積已久，此時傾吐出來，語氣中自充滿了傷心怨憤。

完顏萍道：「是誰養大你的？」楊過道：「又有誰了？自然是我自己養自己。我媽死後，我就在江湖上東遊西蕩，這裏討一餐，那裏挨一宿，有時肚子餓得抵不住，偷了人家一個瓜兒薯兒，常給人抓住，飽打一頓。你瞧，這裏許多傷疤，這裏的骨頭突出來，都是小時給打的。」一面說，一面捲起衣袖褲管給她看，星光朦朧下完顏萍瞧不清楚，楊過抓住了她手，在自己小腿的傷疤上摸去。完顏萍撫摸到他腿上凹凹凸凸的疤痕，不禁心中一酸，暗想自己雖國破家亡，但父親留下不少親故舊部，金銀財寶更不計其數，與他的身世相較，自己又幸運得多了。

二人默然半晌，完顏萍將手輕輕縮轉，離開了他小腿，但手掌仍讓他握著，低聲問道：「你怎麼學了這一身高強武功？怎地又做了蒙古人的官兒？」楊過微微一笑，道：「我不是蒙古的官兒。我穿蒙古衣衫，爲了躲避仇家追尋。」完顏萍喜道：「那好啊。」楊過道：「好甚麼？」完顏萍臉上微微一紅，道：「蒙古人是我大金國的死對頭，我自然盼望你不是蒙古官兒。」楊過握著她溫軟滑膩的手掌，心神不定，說道：「倘若我做大金的官兒，你又對我怎樣？」

完顏萍當初見他容貌英俊，武功高強，本已有三分喜歡，何況在患難之際，得他誠心相助，後來聽了他訴說身世，更增了幾分憐惜，此時聽他說話有些不懷好意，卻也並不動怒，只嘆道：「倘若我爹爹在世，你想要甚麼，我爹爹總都能給你。現下我爹娘都不在了，一切還說甚麼？」

楊過聽她語氣溫和，伸手搭在她肩頭，在她耳邊低聲道：「妹子，我求你一件事。」完顏萍芳心怦怦亂跳，已自料到三分，低聲問：「甚麼？」楊過道：「我要親親你的眼睛。你放心！我只親你的眼睛，別的甚麼也不犯你。」

完顏萍初時只道他要出口求婚，又怕他要有肌膚之親，自己如若拒卻，他微一用強，怎能是他對手？何況她少女情懷，一隻手給他堅強粗厚的手掌握著，已自意亂情迷，別說他用強，縱然毫不動粗，實在也難以拒卻，那知他只說要親親自己的眼睛，不由得鬆了一口氣，可是心中卻又微感失望，略覺詫異，當眞是中心栗六，其亂如絲了。

她妙目流波，怔怔的望著他，眼神中微帶嬌羞。楊過凝視她的眼睛，忽然想起小龍女與自己最後一次分別之前，也曾這般又嬌羞又深情的望著自己，不禁大叫一聲，躍起身來。完顏萍給他嚇了一跳，想問他爲了甚麼，又感難以啓齒。

楊過心中混亂，眼前晃來晃去盡是小龍女的眼波。那日他見此眼波之時，尙是個混沌未鑿的少年，對小龍女又素來尊敬，以致全然不知其中含意，但自下得山來，與陸無雙共處幾日，此刻又與完顏萍耳鬢廝磨，驀地裏心中靈光一閃，恍然大悟，對小龍女這番柔情密意，方始領會，不由得懊喪萬端，幾欲在大樹上就此一頭撞死，心想：「姑姑對我如此一片深情，又說要做我媳婦，我竟然辜負了她的美意，此時卻又往何處尋她？」突然間大叫一聲，撲上去一把抱住完顏萍，猛往她眼皮上親去。楊過天性頗爲浮滑跳盪，只因對小龍女既敬且畏，又對她一片眞情，兩人雖共處石墓，從來不敢有絲毫褻瀆之意，但此時年歲既長，情欲茁生，對陸無雙、完顏萍既無敬意，又無顧忌，心中只當她們是小龍女化身，便即抱抱吻吻，以代相思之意。

完顏萍見他如痴如狂，心中又驚又喜，但覺他雙臂似鐵，緊緊箍在自己腰裏，當下閉了眼睛，任他恣意領受那溫柔滋味，只覺他嘴唇親來親去，始終不離自己的左眼右眼，心想此人雖然狂暴，倒言而有信，但不知他何以只親自己眼睛，不來親自己嘴唇？忽聽得楊過叫道：「姑姑，姑姑！」聲音中熱情如沸，卻又顯得極是痛楚。完顏萍正要問他叫甚麼，忽然背後一個女子聲音說道：「勞您兩位的駕！」

楊過與完顏萍同時一驚，離身躍開，見大樹旁站著一人，身穿青袍。完顏萍心下怦怦亂跳，滿臉飛紅，低頭撫弄衣角，不敢向那人再瞧上一眼。楊過卻認得清楚，正是當日在小客店中盜驢引開李莫愁的那人，於自己和陸無雙實有救命之恩，見這人頭垂雙鬟，是個女郎，當即深深一躬，說道：「日前多蒙姑娘援手，大德難忘。」

那女郎恭恭敬敬的還禮，說道：「楊爺此刻，還記得那一同出死入生的舊伴麼？」楊過道：「你說是……」那女郎道：「李莫愁師徒適才將她擒了去啦！」楊過大吃一驚，顫聲道：「當眞？她……她現下不礙事麼？」那女郎道：「一時三刻還不礙事。陸姑娘咬定那部秘本給丐幫拿了去，赤練魔頭便押著她去追討。諒來她性命一時無妨，折磨自然免不了。」楊過叫道：「咱們快救她去。」那女郎搖頭道：「楊爺武功雖高，只怕還不是那赤練魔頭的對手。咱們枉自送了性命，卻於事無補。」

楊過在淡淡星光之下，見這青衣女郎的面目竟說不出的怪異醜陋，臉上肌肉半點不動，倒似一個死人，教人一見之下，不自禁的心生怖意，向她望了幾眼，便不敢正視，心想：「這位姑娘為人這麼好，卻生了這副怪相，當真可惜。我再看她面貌，難免要流露驚詫神色，那可就得罪她了。」問道：「不敢請教姑娘尊姓？」

那女郎道：「賤姓不足掛齒，將來楊爺自會知曉，眼下快想法子救人要緊。」她說話時臉上肌膚絲毫不動，若非聽到聲音是從她口中發出，真要以為她是一具行屍走肉的殭屍。但說也奇怪，她話聲卻極嬌柔淸脆，令人聽之醒倦忘憂。楊過道：「既然如此，如何救人一憑姑娘計議。小人敬聽吩咐便是。」那女郎彬彬有禮，說道：「楊爺不必客氣，你武功強我十倍，聰明才智，我更望塵莫及。你年紀大過我，又是堂堂男子漢，你說怎麼辦，便怎麼辦，小女子聽從差遣。」

楊過聽了她這幾句又謙遜、又誠懇的話，心頭眞是說不出的舒服，心想這位姑娘面目可怖，說話卻如此的溫雅和順，眞是人不可以貌相了，想了一想，說道：「那麼咱們悄悄隨後跟去，俟機救人便了。」那女郎道：「這樣甚好。但不知完顏姑娘意下如何？」說著走了開去，讓楊過與完顏萍商議。

楊過道：「妹子，我要去救一個同伴，咱們後會有期。」完顏萍低頭道：「我本事雖低，或許也能出得一點力。楊大哥，我隨同你去救人罷。」楊過大喜，連說：「好，好！」提高聲音，向那青衣女郎說道：「姑娘，完顏姑娘願助我們去救人。」

那女郎走近身來，向完顏萍道：「完顏姑娘，你是金枝玉葉之體，行事還須三思。我們的對頭行事毒辣無比，江湖上稱做赤練魔頭，當眞萬般的不好惹。」語氣甚爲斯文有禮。完顏萍道：「且別說楊大哥於我有恩，他的事就是我的事。單憑姐姐你這位朋友，我完顏萍也很想交交。我跟了姐姐去，一切小心便是。」那女郎過來攜住她手，柔聲道：「那再好也沒有。姐姐，你年紀比我大，還是叫我妹子罷。」

完顏萍在黑暗之中瞧不見她醜陋的容貌，但聽得她聲音嬌美，握住自己手掌的一隻手也又軟又嫩，只道她是個美貌少女，心中歡喜，問道：「你今年幾歲？」那女郎輕輕一笑，道：「咱們不忙比大小。楊爺，還是救人要緊，你說是不是？」楊過道：「是了，請姑娘指引路途。」那女郎道：「我見到她們是向東南方而去，定是直奔大勝關了。」

三人當即施展輕功，齊向東南方急行。古墓派向以輕功擅長，稱得上天下第一。完顏萍武藝並不如何了得，輕功卻著實不弱。豈知那青衣女郎不疾不徐的跟在完顏萍身後，完顏萍奔得快，她跟得快，完顏萍行得慢了，她也放慢腳步，兩人之間始終是相距一兩步。楊過暗暗驚異：「這位姑娘不知是那一派弟子，瞧她輕功，實在完顏妹子之上。」他不願在兩個姑娘之前逞能，始終墮後。

行到天色大明，那女郎從衣囊中取出乾糧，又倒了淸水，分給二人。楊過見她所穿青袍雖是布質，但縫工精巧，裁剪合身，穿在身上更襯得她身形苗條，婀娜多姿，實遠勝錦衣繡服，而乾糧、水壺等物，無一不安排妥善，處處顯得她心細如髮。完顏萍見到她的容貌，甚爲駭異，不敢多看，心想：「世上怎會有如此醜陋的女子？」

那女郎待兩人吃完，對楊過道：「楊爺，李莫愁識得你，是不是？」楊過道：「她見過我幾次。」那女郎從衣囊中取出一塊薄薄的絲巾般之物，道：「這是張人皮面具，你戴了之後，她就認不得你了。」楊過接過手來，見面具上露出雙眼與口鼻四個洞孔，便貼在臉上，高低凹凸，處處吻合，就如生成一般，當下大喜稱謝。

完顏萍見楊過戴了這面具後相貌斗變，醜陋無比，這才醒悟，說道：「妹子，原來你也戴著人皮面具，我眞傻，還道你生就一副怪樣呢。眞對不起。」那女郎微笑道：「楊爺這副英俊模樣，戴了面具可就委屈了他。我的相貌哪，戴不戴都是一樣。」完顏萍道：「我才不信呢！妹子，你揭下面具給我瞧瞧，成不成？」楊過心中好奇，也急欲一見她的容貌，但那女郎退開兩步，笑道：「別瞧，別瞧，我一副怪相可要嚇壞了你。」完顏萍見她一定不肯，只得罷了。

中午時分，三人過了商州，趕到了武關，在鎮上一家酒樓上揀個座頭，坐下用飯。店家見楊過是蒙古軍官打扮，不敢怠慢，極力奉承。

三人吃得一半，門帷掀處，進來三個女子，正是李莫愁師徒押著陸無雙。楊過心想此時李莫愁雖決計認不出自己，但一副如此古怪的容貌難免引起她疑心，行事諸多不便，當下轉過頭去只管扒飯，傾聽李莫愁她們說話。不料陸無雙固默不作聲，李莫愁、洪淩波師徒要了飯菜後也不再說話。

完顏萍聽楊過說過李莫愁師徒三人的形貌，心中著急，倒轉筷子，在湯裏一沾，在桌上寫道：「動手麼？」楊過心想：「憑我三人之力，再加上媳婦兒，仍難敵她師徒。此事只可智取，不能力敵。」將筷子緩緩搖了幾搖。

樓梯腳步聲響，走上兩人。完顏萍斜眼看去，卻是耶律齊、耶律燕兄妹。二人忽見完顏萍在此，均覺驚奇，向她點了點頭，找了個座位坐下。他兄妹二人自完顏萍去後，知她不會再來行刺，於是別過父兄，結伴出來遊山玩水，在此處又遇見她，更爲寬慰。

李莫愁因《五毒秘傳》落入丐幫之手，好生愁悶，這幾日都食不下咽，這時只吃了半碗麵條，就放下筷子，抬頭往樓外閒眺，忽見街角邊站著兩個乞丐，背上都負著五隻布袋，乃丐幫中的五袋弟子，心念一動，走到窗口，向兩丐招手道：「丐幫的兩位英雄，請上樓來，貧道有一句話，相煩轉達貴幫幫主。」她知倘若平白無端的呼喚，這二人未必肯來，若說有話轉致幫主，丐幫弟子非來不可。

陸無雙聽師父召喚丐幫人衆，必是質詢《五毒秘傳》的去處，不由得臉色慘白。耶律齊知丐幫在北方勢力極大，這個相貌俊美的道姑居然有言語傳給他們幫主，不知是何等身分來歷，不由得好奇心起，手持酒杯，側頭斜睨。

片刻之間，樓梯上踏板微響，兩名化子走了上來，向李莫愁行了一禮，道：「仙姑有何差遣，自當遵奉。」李莫愁斂衽還禮，說道：「兩位請勿多禮！」一名化子見陸無雙在側，臉上倏地變色，原來他曾在道上攔截過她，當下一扯同伴，兩人躍到梯口。

李莫愁微微一笑，說道：「兩位請看手背。」兩丐的眼光同時往自己手背上瞧去，只見每隻手背上都抹著三條硃砂般的指印，實不知她如何竟以快捷無倫的手法，已神不知鬼不覺的使上了赤練神掌。她這下出手，兩丐固一無所知，連楊過與耶律齊兩人也未瞧得明白。兩丐一驚之下，同聲叫道：「你……你是赤練仙子？」

李莫愁柔聲道：「請兩位去跟你家幫主言道，你丐幫和我姓李的素來河水不犯井水，我一直仰慕貴幫英雄了得，只無緣謀面，難聆教益，實感抱憾。」兩丐互望了一眼，心想：「你說得倒好聽，怎又無緣無故的突下毒手？」李莫愁頓了一頓，說道：「兩位中了赤練神掌，那不用躭心，只要將奪去的書賜還，貧道自會給兩位醫治。」一丐道：「甚麼書？」李莫愁笑道：「這本破書，說來嘛也不值幾個大錢，貴幫倘若定然不還，原也算不了甚麼。貧道只向貴幫取一千條叫化的命兒作抵便了。」

兩丐手上尚未覺得有何異樣，但每聽她說一句，便不自禁往手背望上一眼，久聞赤練神掌陰毒無比，中了之後，死時劇痛奇癢，這時心生幻象，手背上三條殷紅指印似乎正自慢慢擴大，聽她說得兇惡，心想只有回去稟報本路長老再作計較，互相使個眼色，奔下樓去。

李莫愁心道：「你幫主若要你二人活命，勢必乖乖的拿《五毒秘傳》來求我……啊喲不好，如他抄了個副本留下，卻將原本還我，那便如何？」轉念又想：「我神掌暗器諸般毒性的解法，全在書上載得明白，他們既得此書，何必再來求我？」想到此處，不禁臉色大變，飛身搶在二丐頭裏，攔在樓梯中路，砰砰兩掌，將二丐擊得退回樓頭。她倏下倏上，只見青影閃動，已回上樓來，抓住一丐手臂一抖，喀喇聲響，那人臂骨折斷，手臂軟軟垂下。另一個化子大驚，但他甚有義氣，卻不奔逃，搶上來護住受傷的同伴，眼見李莫愁搶上前來，急忙伸拳直擊。李莫愁隨手抓住了他手腕，順勢一抖，又折斷了他臂骨。

二丐都只一招之間就身受重傷，心知今日已然無倖，兩人背靠著背，各舉一隻未傷手臂，決意負隅拚鬥。李莫愁斯斯文文的道：「你二位便留著罷，等你們幫主拿書來贖。」二丐見她回到桌邊坐下喝酒，背向他們，於是一步步的挨向梯邊，欲俟機逃走。李莫愁轉身笑道：「瞧來只有兩位的腿骨也都折斷了，這纔能屈留大駕。」說著站起身來。洪凌波瞧著不忍，道：「師父，我看守著不讓他們走就是了。」李莫愁冷笑道：

「哼，你良心倒好。」緩緩向二丐走近。二丐又憤怒，又害怕。

耶律齊兄妹一直在旁觀看，此時再也忍不住，同時霍然站起。耶律齊低聲道：「三妹，你快走，這女人好厲害。」耶律燕道：「你呢？」耶律齊道：「我救了二丐，立即逃命。」耶律燕只道二哥於當世已少有敵手，聽他說也要逃命，難以相信。

就在此時，楊過伸手用力一拍桌子，走到耶律齊跟前，說道：「耶律兄，你我一起出手救人如何？」他想要救陸無雙，遲早須跟李莫愁動手，難得有耶律齊這樣的好手要仗義救人，不拉他落水，更待何時？

耶律齊見他穿的是蒙古軍裝，相貌十分醜陋，生平從未遇見此人，心想他既與完顏萍在一起，自然知道自己是誰，但李莫愁如此功夫，自己都絕難取勝，常人出手，只有枉自送了性命，一時躊躇未答。

李莫愁聽到楊過說話，向他上下打量，只覺他話聲熟悉，但此人相貌一見之後決難忘記，卻可斷定素不相識。

楊過道：「我沒兵刃，要去借一把使使。」說著身形一晃，在洪凌波身邊一掠而過，順手在她衣帶上摘下了劍鞘，在她臉頰上一吻，叫道：「好香！」洪凌波反手一掌，他頭一低，已從她掌底鑽過。這一下身法之快，異乎尋常，正是在古墓斗室中捉麻雀練出來的最上乘輕功。他除了對小龍女一片深情，因而自謹敬重之外，對其他任何年輕女子，都不免發作輕佻的性子。李莫愁一見到他的高明輕功，心中暗驚。耶律齊卻大喜過望，叫道：「這位兄台高姓大名？」

楊過左手一擺，說道：「小弟姓楊。」舉起劍鞘道：「我猜裏面是柄斷劍。」拔劍出鞘，那口劍果是斷的。洪凌波猛然醒悟，叫道：「好小子。師父，就是他。」楊過揭下臉上面具，躬身道：「師伯，師姊，楊過參見。」這兩聲「師伯、師姊」一叫，耶律齊固如墮五里霧中，陸無雙更驚喜交集：「怎地傻蛋叫她們師伯、師姊？」李莫愁淡淡一笑，說道：「嗯，你師父好啊？」楊過心中一酸，眼眶兒登時紅了。

李莫愁冷冷的道：「你師父當真調教得好徒兒啊。」日前楊過以怪招化解了她的生平絕技「三無三不手」，最後更以牙齒奪去她拂塵，武功之怪，委實匪夷所思，她雖終於奪回拂塵，也知楊過武功與自己相距尚遠，此後回思，仍禁不住暗暗心驚：「這壞小廝進境好快，師妹可更加了不起啦。原來玉女心經中的武功竟這般厲害。幸好師妹那日沒跟他聯手，否則……否則……」此刻見他又再現身，戒懼立生，不由自主的四下一望，要看小龍女是不是也到了。

楊過猜到了她心意，笑嘻嘻的道：「我師父請問師伯安好。」李莫愁道：「她在那裏呢？咱姊妹倆很久沒見啦。」楊過道：「師父就在左近，稍待片時，便來相見。」他知自己遠不是李莫愁對手，縱然加上耶律齊，仍難取勝，於是擺下「空城計」，抬出師父來嚇她一嚇。李莫愁道：「我自管教我徒兒，又干你師父甚麼事了？」楊過笑道：「我師父向師伯求個情，請你將陸師妹放了罷。」李莫愁微微一笑，道：「你亂倫犯上，與師父做了禽獸般的苟且之事，卻在人前師父長、師父短的，羞也不羞？」

楊過聽她出言辱及師父，胸口熱血上湧，提起劍鞘當作劍使，猛力急刺過去。李莫愁笑道：「你醜事便做得，卻怕旁人說麼？」楊過使開劍鞘，連環急攻，凌厲無比，正是重陽遺刻中剋制林朝英玉女劍法的武功。李莫愁不敢怠慢，拂塵擺動，見招拆招，凝神接戰。

李莫愁拂塵上的招數皆係從玉女劍法中化出，數招一過，但覺對方的劍法精奇無比，自己每一招每一式都在他意料之中，竟給他著著搶先，若非自己功力遠勝，竟不免要落下風，心中恨道：「師父好偏心，將這套劍法留著單教師妹。哼，多半是要師妹以此來剋制我。這劍法雖奇，難道我就怕了？」招數一變，突然縱身而起，躍到桌上，右足斜踼，左足踏在桌邊，身子前後晃動，飄逸有致，直如風擺荷葉一般，笑吟吟的道：「你姘頭有沒有教過你這一手？料她自己也不會使罷？」

楊過一怔，怒道：「甚麼姘頭？」李莫愁笑道：「我師妹曾立重誓，若無男子甘願為她送命，便一生長居古墓，決不下山。她既隨你下山，你兩個又不是夫妻，那不是你姘頭是甚麼？」楊過怒極，更不打話，揮動劍鞘縱身躍起，也上了桌子。但他輕功不及對方，不敢踏在桌沿，雙足踏碎了幾隻飯碗菜碗，卻也穩穩站定，橫鞘猛劈。李莫愁舉拂塵擋開劍鞘，笑道：「你這輕功不壞啊！你姘頭待你果然很好，說得上有情有義。」

楊過怒氣勃發，不可抑止，叫道：「姓李的，你是人不是？嘴裏說人話不說？」挺劍鞘快刺急攻。李莫愁淡淡的道：「若要人不知，除非己莫爲。我古墓派出了你這兩個敗類，可說丟盡了臉面。」她手上招架，口中不住出言譏諷。她行事雖毒，談吐舉止卻向來斯文有禮，說這些言語其實大違本性，只因她躭心小龍女窺伺在側，如突然搶出動手，那就難以抵擋，因此污言穢語，滔滔不絕，要罵得小龍女不敢現身。

楊過聽她越說越不堪，如只謾罵自己，那就毫不在乎，但竟如此侮辱小龍女，狂怒之下，手腳顫抖，頭腦中忽然一暈，只覺眼前發黑，登時站立不穩，大叫一聲，從桌上摔下。李莫愁急揮拂塵，往他天靈蓋直擊下去。

耶律齊眼見勢急，在桌上搶起兩隻酒杯往李莫愁背上打去。李莫愁聽到暗器風聲，斜眼見是酒杯，當即吸口氣封住了背心穴道，定要將楊過打死再說，心想兩隻小小酒杯何足道哉。那知酒杯未到，酒先潑至，但覺「至陽」「中樞」兩穴給酒流衝得微微一麻，暗叫：「不好！師妹到了。酒已如此，酒杯何堪？」急忙倒轉拂塵，及時拂開兩隻酒杯，只覺手臂一震，心中更增煩憂：「怎麼這小妮子力氣也練得這麼大了？」

待得轉過身來，見揚手擲杯的並非小龍女，卻是那蒙古裝束的長身少年，她大爲驚訝：「後輩之中竟有這許多好手？」見他拔出長劍，朗聲說道：「仙姑下手過於狠毒，在下要討教幾招。」李莫愁見他慢慢走近，腳步凝重，看他年紀不過二十來歲，但適才投擲酒杯的手勁，以及拔劍邁步的姿式，竟似有二十餘年功力一般，當下凝眸笑問：「閣下是誰？尊師是那一位？」耶律齊恭身道：「在下耶律齊，是全眞派門下。」

此時楊過已避在一旁，聽得耶律齊說是全眞派門下，心道：「他果然是全眞派的，難道是馬鈺的弟子？料得郝大通也教不出這樣的好手來。」

李莫愁問道：「尊師是馬鈺，還是丘處機？」耶律齊道：「不是。」李莫愁道：「是劉、王、郝中的那一位？」耶律齊道：「都不是。」李莫愁格格一笑，指著楊過道：「他自稱是王重陽的弟子，那你和他是師兄弟啦。」耶律齊奇道：「不會的罷？重陽眞人謝世已久，這位兄台那能是他弟子？」李莫愁皺眉道：「嘿嘿，全眞門下盡是些撒謊不眨眼的小子，全眞派乘早給我改名爲『全假派』罷。看招！」拂塵輕揚，當頭擊落。

耶律齊左手揑著劍訣，左足踏開，一招「定陽針」向上斜刺，正是正宗全眞劍法。這一招神完氣足，勁、功、式、力，無不恰到好處，看來平平無奇，但要練到這般沒半點瑕疵，天資稍差之人積一世之功也未必能夠。楊過在古墓中學過全眞劍法，自然識得其中妙處，不過他武功學得雜了，這招「定陽針」就無論如何使不到如此端凝厚重。

李莫愁見他此招一出，便知是勁敵，跨步斜走，拂塵後揮。耶律齊見灰影閃動，拂塵絲或左或右、四面八方的掠將過來，他接戰經歷甚少，此時初逢強敵，抖擻精神，全力應付。霎時之間二人拆了四十餘招，李莫愁越攻越近，耶律齊縮小劍圈，凝神招架，眼見敗象已成，但李莫愁要立時得手，卻也不成。她暗暗讚賞：「這小子果是極精純的全眞武功，雖不及丘王劉諸子，卻也不輸於孫不二。全眞門下當眞人才輩出。」

又拆數招，李莫愁賣個破綻。耶律齊不知是計，提劍直刺，李莫愁忽地飛出左腳，踢中他手腕，耶律齊手上一疼，長劍脫手，但他雖敗不亂，左手斜劈，右手竟用擒拿法來奪她拂塵。李莫愁一笑，讚道：「好俊功夫！」只數招間，便察覺耶律齊的擒拿法中蘊有餘意不盡的柔勁，卻為劉處玄、孫不二等人之所無，心下更暗暗詫異。

楊過破口罵道：「賊賤人，今生今世我再不認你做師伯。」挺劍鞘上前夾攻。李莫愁見耶律齊的長劍落下，拂塵一起，捲住長劍，往楊過臉上擲去，笑道：「你是你師父的漢子，那麼叫我師姊也成。」楊過看準長劍來勢，舉起劍鞘迎去。陸無雙、完顏萍等齊聲驚呼，卻聽得唰的一聲，長劍正好插入了劍鞘。

這一下以鞘就劍，當眞間不容髮，只要劍鞘偏得厘毫，以李莫愁這一擲之勢，長劍自是在他身上穿胸而過。可是他在古墓中勤練暗器，於拿捏時刻先後、力道輕重、準頭方位各節，已練到實無厘毫之差的地步，細如毛髮的玉蜂針尚能揮手必中，要接這柄長劍渾不當一回事。他便以劍鞘作爲兵刃，與耶律齊聯手雙戰。他與小龍女一起練功，所使的乃是無鋭尖、無側鋒的鈍劍，劍頭主要用於打穴，使這劍鞘，恰與使鈍頭「無鋒劍」相似，倒也頗爲順手。

這時酒樓上凳翻枱歪，碗碎碟破，衆酒客早走避一空。洪淩波自跟師父出道以來，從未見她在戰陣中落過下風，古墓中受挫於小龍女，只爲了不識水性；拂塵雖曾給楊過奪去，轉眼便即奪回，仍逼得楊過落荒而逃，雖見二人向師父夾攻，仍毫不擔憂，只站在一旁觀戰。三人鬥到酣處，李莫愁招數又變，拂塵上發出一股勁風，迫得二人站立不定，霎時之間，耶律齊與楊過迭遇險招。

耶律燕與完顏萍叫聲：「不好。」同時上前助戰。只拆得三招，耶律燕左腿給拂塵拂中，登時踉蹌跌出，腰間撞上桌緣，才不摔倒。耶律齊見妹子受挫，心神微亂，給李莫愁幾下猛攻，不由得連連倒退。

那青衣少女見情勢危急，縱上前來扶起耶律燕退開。李莫愁於惡鬥之際眼觀六路，耳聽八方，見那少女縱起時身法輕盈，顯是名家高弟，揮拂塵往她臉上掠去，問道：「姑娘尊姓？尊師是那一位？」

二人相隔丈餘，但拂塵說到就到，晃眼之間，拂塵絲已掠到她臉前。青衣少女嚇了一跳，右手急揚，袖中揮出兵刃，擋開拂塵。李莫愁見這兵刃閃閃生光，長約三尺，是根牙簫玉笛一類的銀色短棒，心中琢磨：「這是那一家那一派的兵刃？」數下急攻，要逼她盡展所長。那少女抵擋不住，楊過與耶律齊忙搶上相救。但實在難敵李莫愁那東發一招、西劈一掌、飄忽靈動的戰法，頃刻間險象環生。

楊過心想：「我們只要稍有疏虞，眼前個個難逃性命。」張口大叫：「好媳婦兒、完顏好妹子、穿青衣的好姊姊、耶律好師妹、洪凌波小妹子，大家快下樓去散散心罷！李莫愁這小姑娘潑辣得緊，老哥哥收拾她不了！」幾個少女聽他亂叫胡嚷，都不禁皺起了眉頭。眼見情勢確然緊迫，陸無雙首先下樓，青衣少女也扶著耶律燕下去。

兩個化子見這幾個少年英俠爲了自己而與李莫愁打得天翻地覆，有心要上前助戰，苦於臂膀斷折，動手不得。他兩人甚有義氣，雖李莫愁無暇相顧，二人始終站著不動，不肯先楊過等人逃命。

楊過與耶律齊並肩而鬥，抵擋李莫愁愈來愈凌厲的招術，接著完顏萍也退下樓去。楊過道：「耶律兄，這裏手腳施展不開，咱們下樓打罷。」他想到了人多之處，就可乘機溜走。耶律齊道：「好！」兩人並肩從樓梯一步步退下。李莫愁步步搶攻，雖然得勝，心中卻大爲惱怒：「我生平要殺誰就殺誰，今日卻教這兩個小子擋住了，如陸無雙這小賤人竟因此逃脫，赤練仙子威名何存？」她一意要擒回陸無雙，跟著追殺下樓。

衆人各出全力，自酒樓直鬥到街心，又自大街鬥到荒郊。楊過不住叫嚷：「親親媳婦兒，完顏好妹子，走得越快越好。耶律師妹、靑衫姑娘，你們也快走。李莫愁這麼年輕美貌的小姑娘，咱們蒙古還眞少見，我要捉她回去做個老婆！」耶律齊卻一言不發，他年紀只比楊過稍大幾歲，但容色威嚴，沉毅厚重，全然不同於楊過的輕捷剽悍、浮躁跳脫。二人斷後擋敵，耶律齊硬碰硬的擋接敵人毒招，楊過卻縱前躍後，擾亂對方心神。

李莫愁見小龍女始終沒現身，更加放心寬懷，全力施展。楊過和耶律齊畢竟功力和她相差太遠，戰到此時，二人均已面紅心跳，呼呼氣喘。李莫愁見狀大喜，心道：「不用半個時辰，便可盡取這批小鬼的性命。」

正激鬥間，忽聽得空中幾聲唳鳴，聲音淸亮，兩頭大鵰往她頭頂疾撲下來，四翅鼓風，只帶得滿地灰沙飛揚，聲勢驚人。楊過識得這對大鵰是郭靖夫婦所養，自己幼時在桃花島上也曾與雙鵰一起玩耍，心想雙鵰旣來，郭靖夫婦必在左近，自己反出重陽宮，可不願再與他相見，忙躍後數步，取出人皮面具戴上。

雙鵰倏左倏右，上下翻飛，不住向李莫愁翅撲喙啄。原來雙鵰記心甚好，當年吃過她冰魄銀針的苦頭，一直懷恨在心，此時在空中遠遠望見，登時飛來搏擊，但仍怕她銀針厲害，一見她揚手，便即振翅上翔。

耶律齊瞧得好生詭異，見雙鵰難以取勝，叫道：「楊兄，咱們再上，四面夾擊，瞧她怎地？」正要猱身搶上，忽聽東南方馬蹄聲響，一乘馬急馳而至。

那馬腳步迅捷無比，甫聞蹄聲，便已奔到跟前，身長腿高，遍體紅毛，神駿非凡。李莫愁和耶律齊都是一驚：「這馬怎地如此快法？」馬上騎著個紅衣少女，連人帶馬，宛如一塊大火炭般撲將過來，只她一張雪白的臉龐才不是紅色。楊過見了雙鵰紅馬，早料到馬上少女必是郭靖、黃蓉的女兒郭芙。只見她一勒馬韁，紅馬倏地立住。這馬在急奔之中說定便定，既不人立，復不嘶鳴，神定氣閒。耶律齊自幼在蒙古長大，駿馬不知見過多少，但如此英物卻從所未見，更是驚訝。他不知此馬乃郭靖在蒙古大漠所得的汗血寶馬，當年是小紅馬，此時馬齒已增，算來已過中年，但神物畢竟不同凡馬，年齒雖長，仍然筋骨強壯，腳力雄健，不減壯時。

楊過與郭芙多年不見，偶爾想到她時，總記得她是個驕縱蠻橫的女孩，那知此時已長成一個顏若春花的美貌少女。她一陣急馳之後，額頭微微見汗，雙頰為紅衣一映，更增嬌艷。她向雙鵰看了片刻，又向耶律齊等人瞥了一眼，眼光掃到楊過臉上時，見他身穿蒙古裝束，戴了面具後又容貌怪異，不由得雙蛾微蹙，神色間頗為鄙夷。

楊過自幼與她不睦，此番重逢，見她仍厭憎自己，自卑自傷之心更加強了，心道：「你瞧我不起，難道我就非要你瞧得起不可？你爹爹是當世大俠、你媽媽是丐幫幫主、你外公是武學大宗師，普天下武學之士，沒一人不敬重你郭家。可是我父母呢？我媽是個鄉下女子，我從來沒見過我爹，他又死得不明不白……哼，我自然不能跟你比，我生來命苦，受人欺侮。你再來欺侮，也不過又多一個瞧不起我的人而已，老子在乎嗎？」他站在一旁暗暗傷心，但覺天地之間無人看重自己，活在世上了無意味。只師父小龍女對自己一片眞心，可是此時又不知去了何方？不知今生今世，是否還有重見她的日子？

正自難過，聽得馬蹄聲響，又有兩乘馬馳來。兩匹馬一靑一黃，也都是良種，但與郭芙的紅馬相形之下，可就差得太遠。每匹馬上騎著一個少年男子，均身穿黃衫。

郭芙叫道：「武家哥哥，又見到這惡女人啦。」馬上少年正是武敦儒、武修文兄弟。二人一見李莫愁，她是殺死母親的大仇人，數年來日夜不忘，豈知在此相見，登時急躍下馬，各抽長劍，左右攻了上去。郭芙叫道：「我也來。」從馬鞍旁取出寶劍，下馬上前助戰。

李莫愁見敵人越戰越多，卻個個年紀甚輕，眼見兩個少年一上來就面紅目赤，惡狠狠的情同拚命，劍法如此純正，顯然也是名家弟子，接著那紅衣美貌少女也攻了上來，一出手劍尖微顫，耀目生光，這一劍斜刺正至，暗藏極厲害的後著，功力雖淺，劍法卻甚奧妙，心中一凜，叫道：「你是桃花島郭姑娘？」

郭芙笑道：「你倒識得我。」唰唰連出兩劍，均是刺向她胸腹之間的要害。李莫愁舉拂塵擋開，心道：「小女孩兒好驕橫，憑你這點兒微末本領，竟也敢來向我無禮，若不是忌憚你爹娘，就有十個也一起斃了。」拂塵迴轉，正想奪下她長劍，突然兩脅間風聲颯然，武氏兄弟兩柄長劍同時指到。他哥兒倆和郭芙的武藝都是郭靖一手親傳，三人在桃花島上朝夕共處，練的是同樣劍法。三人劍招配合得緊密無比，此退彼進，彼上此落，雖非甚麼陣法，但三柄劍使將開來，互相照應，聲勢也頗不弱。

三人二鵰連環搏擊，將李莫愁圍在垓心。若憑他三人眞實本領，時刻稍長，李莫愁必能俟機傷得一人，其餘二人就絕難自保。但她見敵方人多勢衆，如一擁而上，倒不易敵，若再惹得郭靖夫婦出手，更加討不了好去，拂塵迴捲，笑道：「小娃娃們，且瞧瞧赤練仙子耍猴兒的手段！」呼呼呼連進六招，每一招都直指要害，逼得郭芙與武氏兄弟手忙腳亂，不住跳躍避讓，當眞有些猴兒模樣。李莫愁左足獨立，長笑聲中，滴溜溜一個轉身，叫道：「凌波，去罷！」師徒倆向西北方奔去。

郭芙叫道：「她怕了咱們，追啊！」提劍急追。武氏兄弟展開輕功，隨後趕去。李莫愁將拂塵在身後一揮一拂，瀟洒自如，足下微塵不起，輕飄飄的似是緩步而行。洪凌波則發足急奔。郭芙和武氏兄弟用足力氣，卻與她師徒倆愈離愈遠。只兩隻大鵰才比李莫愁更快，不斷俯衝啄擊。武敦儒眼見今日報仇無望，吹動口哨，召雙鵰回轉。

耶律齊等生怕三人有失，趕來接應，見郭芙等回轉，上前行禮相見。衆人少年心性，三言兩語就說得投機。耶律齊忽然想起，叫道：「楊兄呢？」完顏萍道：「他一個兒走啦。我問他去那裏，他理也不理。」說著垂下頭來，神色淒苦。

耶律齊奔上個小丘，四下瞭望，見那青衣少女與陸無雙並肩而行，走得已遠，楊過卻沒半點影蹤。耶律齊茫然若失，頗感惆悵，他與楊過此次初會，聯手拒敵，爲時雖暫，但數次性命出入於呼吸之間，攻守配合，互相救援，那是打出來的交情，見他忽然不別而行，倒似不見了一位多年結交的良友一般。

原來楊過見武氏兄弟趕到，與郭芙三人合攻李莫愁，三人神情親密，所施展劍法又極精妙，不多招之間竟將李莫愁趕跑。他不知李莫愁是忌憚郭靖夫婦這才離去，還道三人劍招之中暗藏極厲害內力，逼得她非逃不可。當日郭靖送他上終南山學藝，曾大展雄威，打敗無數全眞道士，武功之高，在他小小心靈中留下了極深印象，心想郭靖教出來的弟子，武功自然勝己十倍，有了這先入爲主的念頭，見郭芙等三人一招尋常劍法，也以爲其中必含奧妙後著。他越看越不忿，想起幼時在桃花島上給武氏兄弟兩番毆打，郭芙則在旁大叫：「打得好，用力打！」又想起黃蓉故意不教自己武功，郭靖武功如此高強，卻不肯傳授，將自己送到重陽宮去受一羣惡道折磨，登時滿腔怨憤，衝向胸膛。

殊不知郭靖自將他送往重陽宮從師後，心中也常自記掛，和黃蓉談起，關心楊過武功進展如何，在桃花島上日長無事，常起意要伴同黃蓉到終南山走走，去看望楊過。黃蓉總記得楊過之父楊康當年毒手害死江南五怪、引得郭靖對自己父女視作仇人的恨事，又見楊過狡獪，常不安分，不願多見他，說道：「靖哥哥，咱們去全眞教瞧楊過，只怕那些老道要多心，說咱們疑心全眞教教得不認眞，要親自來查考查考。」郭靖搖頭道：「馬道長、丘道長、王道長他們對我都親厚得很，絕不會多心。」黃蓉道：「上一輩的當然不會，但上次你獨自挑了他們十來個天罡北斗陣，全眞教大失面子，第三代弟子以下，未必個個都不介懷吧？」郭靖仔細琢磨，覺妻子的話十分有理，自己見了楊過，非查詢他武功不可，一查之下，只怕重陽宮中當眞有人多心了。此事其後便不再提。楊過雖知郭靖對自己不錯，但也不知他有此心意。

楊過又眼見完顏萍、陸無雙、青衣少女、耶律燕四女都眼望自己，臉有詫異之色，心想：「李莫愁污言罵我姑姑，你們便都信了。你們瞧不起我，那也罷了，可怎敢輕視我姑姑？我此刻臉色難看，那是我氣不過武氏兄弟和郭芙，氣不過郭伯伯、郭伯母，你們便當我跟姑姑有了苟且、因而內心有愧嗎？」突然發足狂奔，也不依循道路，只在荒野中亂走。此時他心神異常，只道普天下之人都要與自己爲難，卻沒想自己戴著人皮面具，雖滿臉妒恨不平之色，完顏萍等又如何瞧得見？他面貌奇特，旁人自覺詫異。李莫愁惡名滿江湖，又是衆人公敵，所說的言語誰能信了？

他本來自西北向東南行，現下要與這些人離得越遠越好，反而折返西北。心中混亂，厭憎塵世，摘下面具，只在荒山野嶺間亂走，肚子飢了，就摘些野果野菜果腹。越行越遠，不到一個月，已形容枯槁，衣衫破爛，到了一處高山叢中。他也不知這是「五嶽天下險」的華山，見山勢險峻陡峭，就發狠往絕頂上爬去。

他輕功雖高，但華山是天下之險，也不能說上就上。待爬到半山時，天候驟寒，鉛雲低壓，北風漸緊，接著天空竟飄下一片片雪花。他要盡力折磨自己，並不找地方避雪，風雪越大，越在巉崖峭壁處行走，走到天色向晚，雪下得一發大了，足底滑溜，道路更難辨認，若一個踏空，勢必掉在萬仞深谷中跌得粉身碎骨。他也毫不在乎，姑姑既離己而去，自己這條命也就毫不足貴，生死無所縈懷，仍昂首直上。

又走一陣，忽聽身後發出極輕的嗤嗤之聲，似有甚麼野獸在雪中行走，楊過立即轉身，只見後面一個人影晃動，躍入了山谷。

楊過大驚，忙奔過去，向谷中張望，只見一人伸出三根手指鉤在石上，身子凌空。楊過見他以三指之力支持全身，憑臨萬仞深谷，武功之高，實到了不可思議的地步，恭恭敬敬的向他行了一禮，說道：「老前輩請上來！」

那人哈哈大笑，震得山谷鳴響，手指一捺，已從山崖旁躍上，突然厲聲喝問：「你是川邊五醜的同黨不是？大風大雪，半夜三更，鬼鬼祟祟在這裏幹甚麼？」

楊過給他這般沒來由的一罵，心想：「大風大雪，三更半夜，我鬼鬼祟祟的到底在這裏幹甚麼了？」觸動心事，突然間放聲大哭，想起一生不幸，受人輕賤，自己敬愛之極的姑姑，卻又無端怪責，決絕而去，此生多半再無相見之日，哭到傷心處，當眞天愁地慘，畢生的怨憤屈辱，盡數湧上心來。那人起初見他大哭，不由得一怔，聽他越哭越傷心，更覺奇怪，後來見他竟哭得沒完沒了，突然之間縱聲長笑，一哭一笑，在山谷間交互撞擊，直震得山上積雪一大塊一大塊的掉落。

楊過聽他大笑，哭聲頓止，怒道：「你笑甚麼？」那人笑道：「你哭甚麼？」楊過待要惡聲相加，想起此人武功深不可測，登時將憤怒之意抑制了，恭恭敬敬的拜倒，說道：「小人楊過，參見前輩。」那人手中拿著一根竹棒，在他手臂上輕輕一挑，楊過也不覺有甚麼大力逼來，便身不由自主的向後摔跌。依這一摔之勢，原該摔得爬也爬不起來，但他練過頭下腳上的逆練內功，在半空順勢一個觔斗，仍好端端的站著。

這一來，兩人都大出意料之外。憑楊過目前的武功，要一出手就摔他一個觔斗，雖李莫愁、丘處機之輩也萬萬不能；而那人見他一個倒翻觔斗之後居然仍能穩立，也不由得另眼相看，又問：「你哭甚麼？」

楊過打量他時，見他是個鬚髮俱白的老者，身上衣衫破爛，似乎是個化子，雖在黑夜，但地下白雪一映，看到他滿臉紅光，神采奕奕，心中肅然起敬，答道：「我是個苦命人，活在世上實在多餘，不如死了乾淨。」

那老丐聽他言辭酸楚，滿腹含怨，點了點頭，問道：「誰欺侮你啦？快說給你公公聽。」楊過道：「我爹爹給人害死，卻不知是何人害他。我媽又生病死了，這世上沒人憐我疼我。」那老丐「嗯」了一聲，道：「那也眞可憐哪。教你武功的師父是誰？」楊過心想：「郭伯母名兒上是我師父，卻不教我半點武功。全眞教的臭道士們提起來就令人可恨。歐陽鋒是我義父，並非師父。我的武功是姑姑教的，但她說要做我媳婦，我如說她是我師父，她是要生氣的。王重陽祖師和林婆婆石室傳經，又怎能說是我師父？我師父雖多，卻沒一個能提。」那老丐這一問觸動他的心事，猛地裏又放聲大哭，叫道：「我沒師父，我沒師父！」那老丐道：「好啦，好啦！你不肯說也就罷了。」楊過哭道：「我不是不肯說，是沒有。」

那老丐道：「沒有就沒有，又用得著哭？你識得川邊五醜麼？」楊過道：「不識。」那老丐道：「我見你一人黑夜行走，還道是川邊五醜的同黨，既然不是，那便很好。」

此人正是九指神丐洪七公。他將丐幫幫主的位子傳了給黃蓉後，獨個兒東飄西遊，尋訪天下的異味美食。廣東地氣和暖，珍奇食譜最多。他到了嶺南之後，得其所哉，十餘年不再北返中原。那百粵之地毒蛇作羹，老貓燉盅，斑魚似鼠，巨蝦稱龍，肥蠔炆老薑，龍虱蒸禾蟲，翅生西沙，螺號東風，烤小豬而皮脆，煨果貍則肉紅，洪七公如登仙界，其樂無窮。

他偶爾見到不平之事，便暗中扶危濟困，殺惡誅奸，以他此時本領，自無人得知他來蹤去跡。有時偷聽丐幫弟子談話，得知丐幫在黃蓉、魯有腳主持下太平無事，內消污衣、淨衣兩派之爭，外除金人與鐵掌幫之逼，他老人家無牽無掛，每日裏只是張口大嚼、開喉狂吞便了。

這一年川邊五醜中的第二醜在廣東濫殺無辜，害死了不少良善。洪七公嫉惡如仇，本擬隨手將他除去，但想殺他一人甚易，再尋餘下四醜就難了，因此上暗地跟蹤，要等他五醜聚會，然後一舉屠絕，不料這一跟自南至北，千里迢迢，竟跟上了華山。此時四醜已集，尚有大醜一人未到，卻在深夜雪地裏遇到楊過。

洪七公道：「咱們且不說這個，我瞧你肚子也餓啦，咱們吃飽了再說。」扒開雪地，找些枯柴斷枝生了個火堆。楊過幫他撿拾柴枝，問道：「煮甚麼吃啊？」洪七公道：「蜈蚣！」

楊過只道他說笑，淡淡一笑，也不再問。洪七公笑道：「我辛辛苦苦的從嶺南追趕川邊五醜，一直來到華山，若不尋幾樣異味吃吃，怎對得起它？」說著拍了拍肚子。楊過見他全身骨格堅朗，只這大肚子卻肥肥凸凸的有些累贅。洪七公又道：「華山之陰，是天下極陰寒之處，所產蜈蚣最為肥嫩。廣東天時炎熱，百物快生快長，豬肉太肥，青菜筋多，蜈蚣肉也就粗糙了。」楊過聽他說得認眞，似乎並非說笑，好生疑惑。

洪七公將四塊石頭圍在火旁，從背上取下一隻小鐵鍋架在石上，抓了兩團雪放在鍋裏，道：「跟我取蜈蚣去罷。」幾個起落，已縱到兩丈高的峭壁上。楊過見山勢陡峭，不敢躍上。洪七公叫道：「沒中用的小子，快上來！」楊過最恨別人輕賤於他，聽了此言，咬一咬牙，提氣直上，心道：「怕甚麼？摔死就摔死罷。」膽氣一粗，輕功施展時便更圓轉如意，緊緊跟在洪七公之後，十分險峻滑溜之處，居然也給他攀了上去。

只一盞茶時分，兩人已攀上了一處人跡不到的山峯絕頂。洪七公見他有如此膽氣輕功，甚是喜愛，以他見識之廣博，竟看不出這少年的武功來歷，欲待查問，卻記掛著美食，走到一塊大巖石邊，抓起泥土往旁抛擲，不久土中露出一隻死公鷄來。楊過大是奇怪，道：「咦，這裏怎麼有隻大公鷄？」隨即省悟：「啊，是你老人家埋著的。」

洪七公微微一笑，提起公鷄。雪光掩映下楊過瞧得分明，鷄身上咬滿了百來條七八寸長的大蜈蚣，紅黑相間，花紋斑斕，蠕蠕而動。他自小流落江湖，本來不怕毒蟲，但驀地見到這許多大蜈蚣，也不禁怵然而懼。洪七公大爲得意，說道：「蜈蚣和鷄生性相剋，我昨天在這兒埋了一隻公鷄，果然把四下裏的蜈蚣都引來啦。」當下取出粗布包袱，連鷄帶蜈蚣一起包了，歡天喜地的溜下山峯。

楊過跟隨在後，心中發毛：「難道眞的吃蜈蚣？瞧他神情，又並非故意嚇我。」這時一鍋雪水已煮得滾熱，洪七公打開包袱，拉住蜈蚣尾巴，一條條的抛入鍋裏。那些蜈蚣掙扎一陣，便都給湯死了。洪七公道：「蜈蚣臨死之時，將毒液毒尿盡數吐了出來，這鍋雪水劇毒無比。」楊過將毒水倒入了深谷。

洪七公取出小刀，斬去蜈蚣頭尾，輕輕一揑，殼兒應手而落，露出肉來，雪白透明，有如大蝦。楊過心想：「這般做法，只怕當眞能吃也未可知。」洪七公又煮了兩鍋雪水，再將蜈蚣肉過水洗滌，不餘半點毒液，然後從背囊中取出大大小小七八個鐵盒，盒中盛的是油鹽醬醋之類。他起了油鍋，把蜈蚣肉倒下去一炸，立時一股香氣撲向鼻端。楊過見他狂吞口涎，饞相畢露，不由得又驚訝，又好笑。

洪七公待蜈蚣炸得微黃，加上作料拌勻，伸手往鍋中提了一條上來放入口中，輕輕嚼了幾嚼，兩眼微閉，嘆了一口氣，只覺天下之至樂，無逾於此矣，將背上負著的一個酒葫蘆取下來放在一旁，說道：「吃蜈蚣就別喝酒，否則舌尖麻了，蹧蹋了蜈蚣的美味。」他一口氣吃了十多條，才向楊過道：「吃啊，客氣甚麼？」楊過搖頭道：「我不吃。」洪七公一怔，哈哈大笑，說道：「不錯，我見過不少英雄漢子，殺頭流血不皺半點眉頭，卻沒一個敢跟我老叫化吃一條蜈蚣。嘿嘿，你這小子畢竟也是個膽小鬼。」

楊過給他一激，心想：「我閉著眼睛，嚼也不嚼，呑他幾條便是，可別讓他小覷了。」用兩條細樹枝作筷，到鍋中夾了一條炸蜈蚣上來。洪七公早猜中他心意，說道：

「你閉著眼睛，嚼也不嚼，一口氣吞他十幾條，這叫做無賴撒潑，並非英雄好漢。」楊過道：「吃毒蟲也算是英雄好漢？」洪七公道：「天下大言不慚自稱英雄好漢之人甚多，敢吃蜈蚣的卻找不出幾個。」楊過心想：「除死無大事。」將那條蜈蚣放在口中一嚼。只一嚼將下去，但覺滿嘴鮮美，又脆又香，清甜甘濃，一生之中從未嘗過如此異味，再嚼了幾口，一骨碌吞了下去，又去夾第二條來吃，連讚：「妙極，好吃！」

洪七公見他吃得香甜，心中大喜，覺這少年是個知己。二人你搶我奪，把百餘條大蜈蚣吃得乾乾淨淨。洪七公伸舌頭在嘴邊舔那汁水，恨不得再有一百條蜈蚣下肚才好。楊過道：「我把公雞再去埋了，引蜈蚣來吃。」洪七公道：「不成啦，一來公雞的猛性已盡，二來附近已沒肥大蜈蚣留下。」忽地伸個懶腰，打個呵欠，仰天往雪地裏便倒，說道：「我急趕歹徒，已五日五夜沒睡，難得今日吃一餐好的，要好好睡他三天，便天塌下來，你也別吵醒我。你給我照料著，別讓野獸乘我不覺，咬了我半個頭去。」楊過笑道：「遵命。」洪七公閉上了眼，不久便沉沉睡去。

楊過心想：「這位前輩眞是奇人。難道當眞會睡上三天？管他是眞是假，反正我也無處可去，便等他三天就是。」那華山蜈蚣是天下至寒之物，楊過吃了之後，只覺腹中有一團涼意，便如當日睡了寒玉床一般，找塊巖石坐下，運息用功良久，便即全身舒暢。此時滿天鵝毛般的大雪兀自下個不停，洪七公頭上身上蓋滿了一層白雪，猶如棉花一般。人身本有熱氣，雪花遇熱即熔，如何能停留在他臉上？楊過初時不解，轉念一想便即省悟：「是了，他睡覺時潛行神功，將熱氣盡數收在體內。好端端一個活人，睡著時竟如殭屍一般，這等內功委實可驚可羨。姑姑讓我睡寒玉床，就是盼望我日後也能練成這等深厚內功。唉，寒玉床哪，寒玉床！」言念及此，忍不住淚水奪眶而出。

次晨天將破曉，洪七公已葬身雪墳之中，惟見地下高起一塊，不露人形。楊過並無倦意，但見四下裏都暗沉沉地，忽聽得東北方山邊有嚓嚓嚓的踏雪之聲，凝神望去，見五條黑影急奔而來，身法迅捷，背上刀光閃爍。楊過心念一動：「多半是這位老前輩所說的川邊五醜。」忙在一塊大岩石後躲起。

不多時五人便奔到岩石之前。一人「咦」的一聲，叫道：「老叫化的酒葫蘆！」另一人顫聲道：「他……他在華山？」五人臉現驚惶之色，聚在一起悄悄商議。突然間五人同時分開，急奔下峯。山峯上道路本窄，一人只奔出幾步，就踏在洪七公身上，只覺腳下柔軟，「啊」的一聲大叫。其餘四人停步圍攏，扒開積雪，見洪七公躺在地上，似已死去多時。五人大喜，伸手探他鼻息，已沒了呼吸，身上也冰涼一片。五人歡呼大叫，亂蹦亂跳，當眞比拾到奇珍異寶還歡喜百倍。

一人道：「這老叫化一路跟蹤，搞得老子好慘，原來死在這裏。」另一人道：「洪七公這老賊武功了得，好端端的怎會死了？」又一人道：「武功再好，難道就不死了？

你想想，老賊有多大年紀啦。」一人道：「老賊年紀也還不太老，他內功精強，不該這麼快就死。」一人道：「天幸閻羅王抓了他去，否則倒難對付。」首先那人道：「來，大夥兒來剁這老賊幾刀出出氣！任他九指神丐洪七公英雄蓋世，到頭來終究給川邊五雄剁成了他媽的十七廿八塊。」

楊過心道：「原來這位老前輩便是洪七公，難怪武功如此了得。」洪七公的名頭和「降龍十八掌」等絕技，他曾聽小龍女在閒談時說過，但洪七公的形貌脾氣，當年連林朝英也不大清楚，小龍女自更不會知道。他手中扣了玉蜂針，心想五人難以齊敵，只得俟機偷發暗器，傷得三兩人後，餘下的就好打發了。但隨即聽那人說要剁幾刀出氣，只怕他們傷了洪七公，不及發射暗器，大喝一聲，從岩石後躍將出來。他沒攜兵刃，隨手撿起兩根樹枝，快招連發，分刺五人。這五招迅捷異常，就可惜先行喝了一聲，五醜有了提防，否則總會有一二人給他刺中。饒是如此，五醜也已頗爲狼狽，竄閃擋架，才得避開。

五人轉過身來，見只是個衣衫襤褸的少年，手中拿了兩段枯柴，登時把驚懼之心去了八九。那大醜喝道：「臭小子，你是丐幫的小叫化不是？你的老叫化祖宗西天去啦，快跪下給五位爺爺磕頭罷。」

楊過見了五人剛才閃避的身法，已約略瞧出他們武功深淺。五醜均使厚背大刀，武功是一師所傳，功夫有高低之別，家數卻是一般。單打獨鬥，自己必可取勝，但如五人齊上，卻抵敵不過，聽大醜叫自己磕頭，便道：「是，小人給五位爺磕頭。」搶上一步，拜將下去。他跪下拜倒的這一招「前恭後踞」，當年孫婆婆便曾使過，於全眞道人張志光出其不意之際擲出瓷瓶，差一點便打瞎了他眼睛，此刻楊過「前恭後踞」之後，接著是一招「推窗望月」，突然雙手橫掃，兩根枯柴分左右擊出。

他左邊是五醜，右邊是三醜。這一招「推窗望月」甚是陰毒，三醜功夫較高，忙豎刀擋架，給他枯柴打上刀背，虎口發熱，大刀險些脫手。五醜卻給掃中了腳骨，喀喇一聲，腳骨雖不折斷，卻已痛得站不起身。其餘四醜大怒，四柄單刀呼呼呼呼的劈來。楊過身法靈便，東西閃避，四醜一時奈何不了他。接著五醜一蹺一拐加入戰團，惱怒異常，出手猶似拚命。

楊過輕功遠在五人之上，若要逃走，原亦不難，但他掛念著洪七公，只怕一步遠離，五人就下毒手。但敵不過五人聯手，頃刻間便連遇險招，當即俯身抱起洪七公，右手舞動枯柴奪路而行，發足奔出十餘丈。川邊五醜隨後趕來。

楊過只覺手中的洪七公身子冰冷，不禁暗暗著慌，心想他睡得再沉，也決無不醒之理，莫非眞的死了？叫道：「老前輩，老前輩！」洪七公毫不動彈，宛似死屍無異，只不過並不僵硬。楊過伸手去摸他心口，似乎一顆心尚微微跳動，鼻息卻已全無。

這稍一停留，大醜已然追到，他見楊過武功了得，心存忌憚，不敢單獨逼近，待得等齊二醜、四醜，楊過又已奔出十餘丈外。川邊五醜見他攀上峯頂，那山峯只此一條通路，心想你難道飛上天去？倒也並不著急，一步步的追上。

山道越行越險，楊過轉過一處彎角，見前面山道狹窄之極，一人通行也不容易，窄道之旁是萬丈深淵，雲繚霧繞，不見其底，心想：「我就在這裏擋住他們。」加快腳步衝過窄道，將洪七公放在一塊大岩石畔，立即轉身，大醜已奔到窄道路口。

楊過直衝過去，喝道：「醜八怪，你敢來嗎？」

那大醜眞怕給他一撞之下，一齊掉下深谷，急忙後退。楊過站在路口，是時朝陽初昇，大雪已止，放眼但見瓊瑤遍山，水晶匝地，陽光映照白雪，瑰美無倫。

楊過將人皮面具往臉上一罩，喝道：「你醜還是我醜？」川邊五醜的相貌固然難看，可也不是奇醜絕倫，那一個「醜」字，主要是指他們的行逕而言。這時見楊過雙手往臉上一抹，突然變了副容貌，臉皮蠟黃，神情木然，竟如墳墓中鑽出來的殭屍一般，五醜面面相覷，無不駭然。

楊過慢慢退到窄道的最狹隘處，使個「魁星踢斗勢」，左足立地，右足朝天踢起，身子在曉風中輕輕晃動。瞬時之間，只覺英雄之氣充塞胸臆：「敵人縱有千軍萬馬衝來，我便也這般一夫當關。」五醜心中嘀咕：「丐幫中那裏鑽出來這樣個古怪少年？」

見地勢奇險，不敢衝向窄道，聚首商議：「咱們守在這裏，輪流下山取食，不出兩日，定教他餓得筋疲力盡。」四人一字排在隘口，由二醜下山去搬取食物。

雙方便如此僵持下來，楊過不敢過去，四醜也不敢過來。